외톨이들

누카가 미오
장편소설

서은혜 옮김

창비

위트릴이들

차
례

1

외톨이와
「어메이징 그레이스」

후카사쿠 히토코

졸업장을 받으면 아무래도 뭔가 생각나는 거 아닐까? 즐거운 추억이야 떠오르지 않겠지만. 괴로운 기억이 되살아나서 눈물을 글썽이게 되는 것 아닐까? 그건 싫은데.

그래서 배에 힘을 주고 단상에 올랐더니 졸업장 수여는 별거 아니었다. 교장이 히토코, 하고 이름을 부르고는 "이하 동문. 졸업 축하한다." 하더니 끝. 아아, 이런 거였나. 이런 거지, 뭐. 신기하게 몸이 가벼워진 느낌이었다.

교장 선생에게 인사를 하고 단을 내려온다. 단 앞에 앉은 졸업생은 열다섯 명. 히토코 자신을 포함해서 겨우 열여섯 명. 유치원 때부터 5학년 9월까지 친구였던 가호가 끝자리에 앉아 있다. 마찬가지 친구 그룹이었던 지요는 고개를 거기 매달아 두기라도 한 것처럼 고집스레 히토코를 외면하고 있다. 그날부터 줄곧, 지요는 히토코에게 이런 태도를 보여 왔다.

이 근처 초등학교에서는 중학교 교복을 입고 졸업식을 한다. 아직 초등학교를 졸업하지도 않았는데 중학교 교복을 입다니, 따지고 보면 이상하다. 이제 우리는 너희를 돌보지 않을 거야,라는 식의 선언 같기도 하다.

목의 깃을 세운 교복이며 세일러복으로 몸을 감싼 동급생들은 모두 눈물을 글썽이고 있었다. 어제까지 제각각의 옷차림이던 아이들이 같은 모양, 같은 색의 옷을 입고 있는 것도 왠지 웃긴다. 그런 웃기는 모습으로 눈이 벌게져 어깨를 떨며, 추억으로 가득 찬 초등학교를 떠나는 슬픔을 온몸으로 표현하고 있다.

초등학교를 졸업한댓자 모두 같은 중학교로 가는 건데. 친구는 줄어들지 않는다. 다른 초등학교에서 온 아이들이 늘어날 따름. 초등학교와 그다지 다를 것도 없는 날들이 이어질 게 분명하다. 슬퍼할 필요가 뭐 있을까?

기대할 건 또 뭐 있을까?

계단을 내려가 내빈석에 인사를 하고 히토코는 자기 자리로 돌아왔다. 도중에 작년 담임이었던 모토야나기 선생 앞을 지났다. 작년보다 한 10킬로그램쯤 불은 거 아닐까? 얼굴이 동그래지고, 툭 튀어나온 배는 옷 위로도 티가 난다. 다리도 굵어졌다.

뭐라더라, 별거 중이던 남편하고 최근에 화해를 했다던가? 지난해부터 올해에 걸쳐 부쩍 살이 찐 것은, 사랑하는 아들이 남편과 함께 집을 나가 버려 만나지 못하게 된 스트레스 때문이었던 듯. 5학년 가을에는 사소한 일에도 툭하면 히스테리를 부리고 학생들에게 난리를 치는 바람에 '히스'야나기라고 불렸다. 어쩌면 이젠 그 별명도 없어질지 모른다.

똑바로 해, 당신.

접의자에 앉아 졸업장을 통에 집어넣고 나니 속에서 그런 말이 솟아올랐다. 똑바로 해, 당신. 당신이라니, 누구? 아마도 모토야나기 선생. 하지만 꼭 그렇지만도 않은가 싶기도 하다. 가호. 지요. 반 아이들 전부. 모조리 똑바로 해, 일지도 모른다.

후유키는 거기 포함되는 것일까? 두 손에 쥔 통을 내려다보며 히토코는 생각한다.

5학년 여름까지 반 아이들은 열일곱 명이었다. 후유키가 여름방학에 전학을 가서 열여섯 명이 되었다. 만약 후유키가 전학 가지 않고 그냥 있었더라면 분명 히토코 자신은 지금쯤 다른 아이들처럼 눈시울을 붉히고 있었을 것이다.

식을 마치고 교실로 돌아오니 담임인 누마사 선생님 말고 선생님 셋이 더 있었다. 전근 간 사람을 제외하고 지금까지의 담임들이다. 2학년 때의 야기 선생. 3학년 때의 이다 선생. 5학년 때의 모토야나기 선생. 졸업식 날 육 년간의 담임들이 모이는 것은 매년 있어 온 일이니 몰랐던 건 아니다. 그런데도 다들 기쁜 모양이었다.

야기 선생님부터 졸업생들에게 축하 인사를 해 나간다. 2학년 때는 아직 다들 어렸지, 어쩌고 해 가며. 모토야나기 선생이 교단에 서서 교실을 둘러보았을 때, 그날 일이 떠올랐다. 무슨 우연인지, 히토코의 자리는 그때와 같은 곳이었다. 저기서 선생님이 성큼성큼 다가와 히토코를 때렸다.

"작년, 여러분의 담임이었던 것이 먼 옛날처럼 여겨지네요. 그만큼 모두들 어른스러워졌기 때문이겠죠."

아마 그건 최근 일 년, 사랑하는 아드님을 못 보셨기 때문이겠죠. 깔깔거리며 웃는 모토야나기 선생에게 그렇게 말해 주고 싶었다.

"중학교엔 즐거운 일이 가득이에요. 새 친구도 잔뜩 생길 거고요. 동아리 활동도 시작되죠. 힘든 일도 많겠지만 여러분은 분명 이겨 낼 거라고 선생님은 믿고 있어요."

마지막에 코맹맹이 소리를 내면서 선생은 정장 주머니에서 손수건을 꺼내 눈가로 가져갔다. 아이고, 뭐 하세요? 싶다. 자기가 행복할 때는 이것저것 따질 것 없이 모조리 예뻐 보이는 걸까? 분명 히토코 같은 건 지금 선생의 안중에도 없을 것이다. 옛날부터 이런 애였다고 생각하고 있겠지. 학급을 맡았을 때부터 히토코가 마음에 안 들었는지, 아니면 그날 어쩌다가 맹렬하게 부아가 치밀어서 누군가를 때려 주고 싶었는지는 모른다. 그런 거야 새삼 아무려면 어떠랴.

다들 그런다. 자신의 행복과 감동에 맞지 않는 건, 죄다 잊어버렸다.

＊

여름 방학이 막 끝난 날, 하늘은 현기증이 날 만큼 맑고 푸르고, 예쁘고 커다란 구름이 떠 있었다.

"너무해."

아침에 교실에 들어서서 처음 하는 말은 항상 그랬다.

에비사와 후유키가 도쿄로 전학 간 뒤 생물 당번은 히토코 혼자가 되었다. 학교에 오면 우선 교실 앞쪽 선반에 놓여 있는 어항의 물을 간다. 먹이를 주고 어항 청소하기, 관찰 일기 쓰기. 후유키가 있을 때는 모조리 그 아이의 일이었다. 가호나 지요가 모여 있는 책상으로 달려가서 어제 본 텔레비전을 화제 삼아 이야기꽃을 피우는 것이 자기 일과였건만.

너무해. 몇 번이나 그렇게 중얼거리며 커다란 어항을 끌어안고 히토코는 오늘도 수돗가로 향했다. 화장실 앞의 수도에는 등교 직후의 남자아이들이 물을 먹으려고 줄을 서 있었다.

오늘은 덥다. 어항에선 냄새가 난다. 비린내가 지독하다.

후유키가 마츠리(일본의 전통 축제) 때 노점에서 창호지로 떠냈다는 금붕어는 무럭무럭 자랐다. 입술이 두툼하고 눈알을 희번덕거려서 징그럽다.

그런 금붕어를 바지런히 돌보던 후유키가 가 버리고 오롯이 혼자 떠맡게 된 것이다.

"거기 남자들, 좀 비켜 줄래?"

5학년 남자애들이 몰려 서 있는 줄 뒤로 돌아가서 거친 소리를 냈다. 돌아본 스구루와 겐스케가 뭐야, 하고 얼굴을 찡그린다.

"어항 물, 조회 전에 갈아야 되니까 내가 먼저 할게."

어이, 아키히로, 생물 당번께서 비키라신다. 스구루가 수도꼭지에 입을 대고 있던 아키히로의 등을 찔렀다. 이쪽을 돌아보고 아키히로는 심술궂게 웃었다.

"줄 서 있어. 순서를 지키라고."

다시 수도꼭지에 입을 가져간다. 나를 놀리고 있어, 나를 무시하고 있다고. 비웃는 거야. 짜증 난다, 짜증 나. 남자랍시고.

"빨리 좀 해."

오른쪽 발로 바닥을 굴러 소리를 낸다. 탁, 탁, 탁. 스구루와 겐스케는 돌아보았지만 아키히로는 무시했다.

"이쪽은 당번 일을 하는 거니까! 빨리 해, 빨리 해, 빨리 하라고!"

옆줄에 서 있던 하급생들이 깜짝 놀라 돌아보더니 히토코와 눈이 마주칠세라 고개를 떨군다.

생물 당번이 된 건 재수가 없어서였다. 실은 게시판 당번이 되고 싶었건만 정원이 차 버렸고 가위바위보에서 졌다. 남은 건 생물 당번뿐이었다. 그런데도 괜찮았던 거다. 후유키는 혼자서 바지런히 금붕어를 돌보았고 히토코가 도와주지 않아도 불평 한마디 없었다.

그런 후유키가 도쿄로 이사 가 버렸다. 뭐야? 이사를 가려면 금붕어도 데리고 가야지. 어이가 없네. 그렇게 말하고 싶지만 그는 이미 여기 없다.

복도 끝에 담임 모토야나기 선생님의 모습이 보여서 히토코는 아키히로의 등을 다시 쳐다본다. 히죽 웃고는 숨을 크게 들이켰다.

"모토야나기 선생님! 아키히로가 생물 당번 일을 방해하고 있어요!"

선생님이라는 말을 듣자마자 스구루와 겐스케는 쏜살같이 달아났다. 고자질쟁이. 내뱉듯이 말하고 아키히로는 히토코의 어깨를 부딪치고 지나쳤다. 어항 물이 튀어 블라우스 가슴팍에 얼룩이 생겼다. 냄새나는 물. 금붕어 똥이 떠 있는 더러운 물.

"선생님, 아키히로가 저한테 일부러 부딪쳐서 옷을 버렸어요!"

교실로 달아나던 아키히로를 모토야나기 선생이 붙잡았다. 꼴좋다. 그렇게 내뱉고는 히토코는 수돗가에 난폭하게 어항을 내려놓았다. 물이 크게 출렁인다. 금붕어가 깜짝 놀라 어항 속을 오갔다. 물을 갈고 염소 중화제를 넣는다. 정해진 분량도 확인하지 않고 대충 병에서 붓는다.

아침마다 어항의 물을 간다. 손에서 냄새가 난다. 그 냄새는 2교시가 되도록 없어지지 않는다. 히토코, 손에서 냄새나. 손 씻고 왔는데. 그래? 가호나 지요가 그런 소릴 한다. 손 씻었다고. 그런 소릴 하려거든 너희들이 해 보든지. 매일매일 어항을 씻어 보라고.
어째서 내가 이 일을 해야 하는 거지?

너무해. 너무해 너무해 너무해.

교실로 돌아오니 선생님이 "생물 당번, 내일부터는 좀 더 일찍
어항 청소를 해 주세요." 하고 주의를 준다.

"남자애들이 방해를 해서 그래요! 저는 제대로 하고 있는데."

아키히로를 가리켰다. 다음으로 겐스케, 그리고 스구루. 소리를
내진 않았지만 "뭐야, 너, 죽어." 하고 세 사람의 입술이 움직였다.

가호가 "남자들 최악이야, 최악!"이라고 편을 들어 주어 기분이
엄청 좋았다.

종례에서 하는 '오늘의 좋은 일, 나쁜 일' 보고 때도 세 녀석 이
야기를 해 줘야지.

에비사와 후유키

"야, 후유키. 너네 엄마, 아까 계단 앞에 있더라."

반 친구 다쿠미의 말을 듣던 후유키는 식빵에 바르려고 들고 있던 잼을 떨어뜨릴 뻔했다.

"아까, 라고?"

"급식실에 급식 받으러 갈 때."

다쿠미는 이번 주 급식 당번이다. 급식실은 교무실과 계단 바로 앞이다.

"또 선생님하고 싸우러 온 거 아냐?"

히죽히죽 웃어 가며 다쿠미는 스튜가 든 그릇에 커다란 숟가락을 집어넣었다. 그만해라, 하고 싶었지만 이런 식으로 우스갯소리처럼 말해 주는 것이 오히려 고마웠다.

반 아이들 대부분은 "저 녀석과 얽혔다간 언제 재네 엄마가 야단을 치러 들이닥칠지 몰라." 하면서 자신과는 거리를 두고 있다.

"이번엔 또 뭣 땜에 뚜껑이 열린 거야?"

"나도 알고 싶네."

이바라키에서 도쿄로 이사해서 나카노의 초등학교에 다니기 시작한 건 5학년 때. 9월이었다. 엄마가 처음 학교에 말했던 불만은 담임 선생이 사투리를 쓰지 못하게 하라는 것이었다. 5학년 때 담임은 이바라키 출신이어서 분명 사투리가 있었다. 우리 아이가 잘못된 일본어를 배우면 안 되니까 즉각 그만두게 해 주세요. 엄마는 학교에 그렇게 전화를 걸었다.

몇 달 후에는 급식 시간에 "잘 먹겠습니다." "잘 먹었습니다."라는 인사를 하지 않도록 헤 달라고 요구해 왔다. 학부모가 급식비를 내고 있으니 학교가 자선을 베푸는 것이 아닌데 "잘 먹겠습니다." 하는 건 이상하다는 이야기인 듯했다. 담임 선생은 안 건드리는 게 좋다고 생각했는지 후유키에게서 멀찌감치 물러섰다. 하지만 선생을 원망할 마음은 들지 않았다. 자기가 담임이었어도 그랬을 거다.

6학년이 된 지금도 엄마는 달라지지 않았다. 사회과 견학으로 목장이나 농장에 가게 되었을 때도 "그런 비위생적인 곳에 아이들을 데려가다니." 하며 학교로 쳐들어왔다. 더구나 몇몇 학부모가 이에 찬동하여 엄마 편을 들어 버리는 바람에 기세등등. 그 덕분에 사회과 견학은 냉동식품 공장에 가는 것으로 변경되었다.

"그거 아니야? 학예회 합창 발표."

학예회는 두 주일 전에 개최되었다. 모든 학급이 참가한 합창 대회도 그때 열렸다.

"근데, 그건 후유키 엄마 의견이 죄다 통했으니까 불평할 필요가 없을 거고."

지휘자와 반주자를 정하는 시기에 엄마는 후유키에게 지휘자를 하라고 집요하게 권했다.

지휘자는 멋지니까. 다른 아이를 지도하는 입장에 서는 거니까. 네가 해. 다른 아이에게 뒤처지면 안 돼.

정말이지 지휘자 같은 건 하고 싶지 않았다. 애당초 후유키는 남들 앞에 서는 게 내키지 않았다. 입후보 따위 안 할 작정이었건만 뜬금없이 지휘자 선정은 담임이 하겠다는 거였다.

지휘자로 지명된 사람은 후유키였다.

엄마는 후유키가 입후보하지 않을 것을 예상했으리라. 알면서도 어떻게든 후유키를 지휘자로 만들려고 했다. 학급 회의 전에 학교에 "우리 아들은 소질이 있으니까 지휘자 시켜 주세요." 하고 연락해 둔 것이다. 그걸 받아들여 버린 담임도 담임이다 싶었지만 사회과 견학 건을 생각하니 어쩔 수 없었겠다 싶기도 했다.

싫다고 말했다. 지휘자 같은 건 하고 싶지 않아. 절대로 싫어. 그렇게 말했지만 엄마는 듣지 않았다. 자신이 엄마 의견에 부정적인 입장에 서는 순간, 엄마는 눈이 보이지 않게 된다. 귀도 들리지 않게 된다. 그리고 자신의 주장만을 반복하는 것이다. 후유키에게도,

아버지에게도.

"합창 건은 괜찮을 텐데. 학예회 끝나고는 엄마 기분도 좋았고."

이렇게 말해 버리는 자신의 감각 역시, 분명 마비되어 있다. 엄마를 말리지 않게 되어 버린 아버지도 그렇고.

"운동회 같은 데서 '순서를 매기다니 가엾어라! 다 함께 손을 잡고 사이좋게 골인시켜요!' 하는 부모가 있다는 소린 들었지만 후유키네 엄마는 레벨이 다르니까."

그 덕분에 학교에서 말을 걸어 주는 것은 다쿠미 정도였다. 바보랑 놀면 바보가 되니까 친구는 같은 학원 애들로 하렴, 하고 말하는 엄마지만 학년 1등, 학원에서도 가장 성적이 좋은 다쿠미라면 뭐라 흠잡을 게 없었다.

처음 다쿠미에게 말을 걸었던 것 역시 그따위 지질한 이유 때문이었다. 엄마의 눈에 드는 친구를 만들면 자기는 외톨이가 아니게 되고 엄마도 귀찮게 굴지 않을 테니까. 아무도 후유키에게 관여하지 않게 되어 버린 이런 상황에서도 다쿠미가 변함없이 친구로 남아 주리라는 걸 알았을 때부터, 함께 있으면 견딜 수 없이 가슴이 아팠다. 다쿠미에게 너무 미안하다는 생각이 든다. 그리고 그 이상으로 그런 자신이 싫어졌다.

멈춰 있던 손을 움직여 잼 봉지를 찢었다. 너무 세게 찢는 바람에 잼이 엄지손가락에 묻었다.

엄마가 이상해진 건 언제부터였을까? 곁에 있었던 자신도 알 수가 없다. 아마 아빠도 모를 거다. 하지만 원인은 대충 알 것 같다.

초등학교 2학년 여름. 그 무렵엔 아직 이바라키에 있었다. 이바라키현 나노가타군 아소초. 가스미가우라와 기타우라라는 거대한 호수 사이에 끼어 있는 조그만 마을.

여름 방학에 들어가고 얼마 지나지 않았을 때였다. 처음으로 마을 밖 친구 집에 놀러 가는 걸 허락받았다. 학교에서도, 1학년 때는 마을 밖 친구 집에 가는 것은 금지되어 있었다.

그날 처음으로 이웃 마을에 사는 데츠야네 집에 놀러 갈 수가 있었다.

후유키의 집보다 훨씬 더 호수에 가깝다. 논밭에 둘러싸인 목조 가옥. 농가라고 했다. 벼와 감자 농사를 짓는 모양이었다. 마당에는 커다란 헛간이 있었고 안쪽으로는 나락을 저장하는 탱크가 보였다.

데츠야와 근처 습지에서 가재를 잡았다. 엄마는 동물 기르기를 허락하지 않으니까, 후유키가 잡은 가재 세 마리는 모두 데츠야에게 주었다. 데츠야 집 헛간에 있던 커다란 어항에 넣어 둔 가재 다섯 마리를 보며 살짝 쓸쓸한 기분이 들었다.

이제 곧 5시 종이 울리겠지 싶을 무렵, 데츠야 할아버지가 논일을 마치고 돌아왔다. 소형 트럭이 자갈을 밟아 대더니 무뚝뚝한 얼굴의 할아버지가 내렸다. 농협 모자를 쓰고 있었는데, 머리도 수염도 새하얬다.

"넌 어느 집 손자여?"

후유키를 본다.

"네고야의 에비사와입니다."

예의 바르게 후유키는 고개를 숙였다.

"택호가 간에몬인가? 덴스케 씨 손자구먼."

그렇습니다, 하고 답한다. 덴스케란 후유키가 태어나기 전에 돌아가신 할아버지 이름이다.

"우리 집에 온 건 처음이지?"

모자를 바로잡으며 할아버지는 손자 데츠야를 쳐다본다.

"응, 1학년 때는 다른 마을 친구 집에 놀러 가면 안 되거든."

2학년 올라가서도 후유키의 엄마는 허락해 주지 않았다. 위험하니까. 머니까. 할머니는 그런 부분에 너그러운 분이어서 곧잘 말싸움이 벌어졌다. 겨우, 가까스로 허락을 받은 것이었다. 어젯밤 엄마와 할머니가 말다툼을 하긴 했지만 그 덕분에 자기는 데츠야 집에 놀러 올 수 있었다.

"그렇구먼."

흙투성이 발을 끌듯이 하며 할아버지는 현관으로 들어간다. 안에서 "흙투성이니까 뒷문으로 들어와서 바로 욕실로 가요." 하는 할머니 음성이 들렸다. "시끄러워, 시끄러워." 하며 웃는 소리도 났다.

슬슬 가야겠어, 엄마가 잔소리할 것 같아. 그렇게 말하는 참에 할아버지가 다시 오셨다. 웃통을 벗은 채였다.

"간에몬 손자야."

후유키에게 비닐봉지를 내밀었다.

"가져가. 맛있어."

봉지는 이웃 마을 슈퍼마켓 것이었다. 받아 들고 안을 들여다보니 닭이었다. 냉장고에라도 들어 있던 것일까? 비닐 너머로 찬 기운이 전해져 왔다. 목숨 잃은 것의 차가움이다. 닭. 그것도 통째로. 크리스마스에 먹을 법한 통닭구이와는 다르다. 생생한 닭이었다. 목이 잘려 나간 단면이나 발을 잘라 낸 자리가 잔혹한 모습이었다. 닭고기라는 것이 이런 느낌이구나. 그것이 후유키가 처음 받은 감상이었다.

"이렇게 돼 버리고 나면 징그럽지도 않지?"

데츠야가 봉지를 들여다본다. 태연한 얼굴을 하고 말하는 바람에 후유키도 무심결에 고개를 끄덕였다.

"어제 근처 양계장 아저씨가 준 거야. 맛있어."

할아버지랑 완전히 똑같은 말투였다.

"목을 잘라 내고 끓는 물에 담가서 털을 뽑고, 똥구멍으로 손을 집어넣어서 내장을 꺼내는 거야. 거기까진 기분 나쁘지만 신선하니까 엄청나게 맛있어."

상상하다가 도중에 그만두었다.

"한 마리 가져가라. 우린 아직 세 마리나 있으니까."

무뚝뚝한 할아버지가 웃으며 그렇게 말하기에, 후유키는 조용히 끄덕이고는 "감사합니다." 하고 고개를 숙였다. 얼굴을 들자 "데츠야, 너도 이렇게 예의 바르게 좀 해 봐." 하고 다시 엄한 얼굴로 돌아가 있었다.

손바닥에 전해지는 서늘한 느낌이 기분 좋았다.

집에 돌아와 엄마에게 "데츠야네서 줬어."라며 닭을 건네는 순간 아차 싶었다.

친구 집에서 음료수나 과자가 나와도 거절해야 해. 과자나 주스는 네가 들고 가면 되니까. 그런 소리를 하는 엄마가 닭을 받아 왔는데 화를 내지 않을 리 없다.

늦었다. 엄마는 뜨악한 표정으로 봉지를 받아 들고 안을 들여다보았다.

엄마 눈에 들어온 것은 잘라 낸 목의 단면이었으리라.

새된 비명을 내지르며 엄마는 닭을 집어 던졌다. 천장을 스치고, 닭은 식탁을 치고 튕겨 올라 바닥에 탕, 하고 떨어졌다. 비닐봉지에서 잘린 목의 단면이 툭, 불거져 나왔다.

후유키, 높다란 소리로 아들을 부르더니 엄마는 후유키의 양어깨를 움켜쥐었다. 앞뒤로 마구 흔들어 댄다.

"너, 저게 뭐야? 어디서 저런 걸 주워 온 거야?"

아니, 그러니까 데츠야네 집에서 줬다니까. 더듬더듬 그렇게 말했지만 엄마는 그치지 않았다.

"저런 끔찍한 걸 어째서 들고 왔냐고?"

아냐, 목 잘린 데는 좀 징그럽지만 데츠야랑 걔네 할아버지가 그러는데 엄청 맛있대.

가슴속의 말을 꺼내지도 못한 채 엄마한테 야단을 맞고 있으려니까 주방 문이 열렸다. 옆 거실에서 할머니가 놀란 얼굴로 이쪽을 들여다본다. "무슨 일이야, 무슨 일?" 하고 성큼성큼 두 사람에게 다가오더니 바닥에 떨어져 있던 닭고기를 주웠다. 속을 들여다보고 "이런, 이런." 하는 소리를 냈다.

"닭고기잖아. 후유키가 가져왔어?"

닭을 식탁 위에 놓고 할머니는 후유키를 바라본다. 끄덕였다. 친구네 할아버지가 주셨어.

양계장에서 받았다고, 좀 나눠 가라고. 그렇게 전하자 할머니는 "그랬구나, 그랬어." 하더니 다시 한번 비닐봉지 속을 들여다본다.

"좋은데? 이 닭. 신선해서 닭꼬치 만들 수 있겠네. 맛있겠다."

상냥한 표정으로 냉장고에 닭을 집어넣으려는 할머니. 그 얼굴에서 엄마 얼굴로 시선을 옮겼을 때, 후유키는 숨을 죽였다.

귀신 같은 얼굴로 엄마는 허공을 노려보고 있었다. 입술이 덜덜 떨리면서 "믿을 수가 없어." 하는 소리가 새어 나왔다. 믿을 수가 없어, 믿을 수가 없어. 조그만 소리가 겹쳐 쌓여 엄마의 내면을 가득 채워 버렸다.

"믿을 수가 없어!"

발을 구르며 엄마는 소리쳤다. 끼익끼익끼익끽! 바닥이 울린다. 식기장이 새된 비명을 질렀다.

"징그러워!"

"가오루."

할머니가 엄마 이름을 부른다.

"그런 걸 아이한테 들려 보내다니. 트라우마가 생기면 어쩌려고! 그런 짓을 아무렇지 않게 하니까 폭력적인 아이가 되는 거라고요! 나쁜 짓을 하는 아이가 된다니까! 이래서 촌놈들이 싫어, 싫다고! 믿을 수가 없어!"

오른발로 바닥을 굴러 대며 엄마는 오른손으로 식탁을 몇 번이나 내리쳤다.

"아이 앞에서 적당히 해라."

할머니의 음성이 거칠어지자 엄마는 그쪽을 노려보았다.

"후유키한테 이딴 걸 들려 보내다니! 아아, 놀러 가라고 하는 게 아니었어!"

거기까지 듣더니 할머니가 험악한 눈초리로 엄마에게 성큼성큼 다가섰다.

"가오루, 너는 아이를 어떻게 교육하려는 거야! 닭고기가 처음부터 토막으로 태어난다고 가르치려는 거야? 생선은 모조리 비닐 팩에 든 채로 태어나는 거라고 가르칠 셈이냐고?"

"아니 아니 아니! 가르치는 거랑 보이는 건 다르죠. 전혀 다르잖아요! 어째서 그런 걸 몰라?"

다시 발을 구른다.

장난감을 빼앗긴 어린애 같아 보인다, 엄마가. 충격이었다. 엄마가 병이라도 난 건가 싶었다. 엄마한테 야단맞는 일이야 얼마든지 있다. 하지만 이런 식으로 난리를 치는 엄마는 본 적이 없다.

할머니가 "후유키, 네 방에 좀 가 있으렴." 하고 억지로 웃음을 지으며 말했다. 후유키의 어깨에 손을 얹으려는데, 엄마의 손이 막아섰다. 찰싹, 하고 할머니의 주름투성이 손을 쳐 냈다.

"후유키한테 손대지 마! 어머니도 똑같아, 똑같아, 똑같다고요. 애한테만 잘 보이려고! 마음에 들어 보려고! 그래서 나한테서 후유키를 빼앗아 가려는 거지!"

할머니의 손이 쓰윽, 복도를 가리킨다. 기다렸다는 듯이 후유키는 순종했다. 도망치듯이. 아니, 실제로 도망친 것이다. 본 적이 없던 엄마 모습에 후유키는 도망쳤다. 거실을 지나 자기 방으로 향했다. 거실에 놓인 검게 빛나는 업라이트 피아노에 겁에 질린 자신이 비쳐 보였다.

"후유키에겐 메밀 알레르기가 있는데도 괜찮으니 먹어라 먹어

하고! 언제나 그렇지! 그런 게 질색이야! 상식이 있나, 섬세함이
있나! 후유키는 절대로 당신들 같은 인간으로 안 만들어, 안 만든
다고, 안 만들어!"

방으로 돌아오고 나서도 말다툼 소리가 들렸다. 아빠가 돌아올
때까지 안 끝나면 어떡하지 싶었지만 7시쯤엔 두 사람의 싸움은
그쳐 있었다. 아무 일도 없었다는 듯이 평소처럼 넷이서 저녁을 먹
었다. 할머니도 평소와 같았다. 오히려 그것이 아까 같은 말다툼이
드문 일이 아니라는 걸 후유키에게 알려 주었다.

후유키가 가져온 닭고기는 식탁에 오르지 않았다.

잠자러 가기 직전에 주방 쓰레기통을 들여다보니 음식물 쓰레
기 속에서 닭고기가 나왔다. 부엌칼로 푹푹 찔러 놓은 자국이 있어
등줄기가 서늘해졌다. 돌아다보면 엄마가 귀신 같은 얼굴로 자신
을 내려다보고 있는 것 아닐까, 그런 기분이 들었다.

*

"가토 선생님."

종례가 끝나고 모두들 교실을 나가고 있는 동안, 후유키는 책
상에 앉아 프린트물을 정리하고 있던 담임 가토 선생에게 말을 걸
었다.

"아, 응, 에비사와."

스포츠에 능한 상큼한 선생님. 처음 만났을 때의 이미지는 그랬다. 이제는 후유키 앞에서 어색한 웃음을 지을 따름이다.

"오늘 낮에 우리 엄마가 왔었다고 세리카와가 그러던데요."

프린트 묶음을 세고 있던 손을 멈추고 선생님은 후유키를 보았다. 복잡한 눈길이었다. 짜증과 당황스러움. 죄송한 마음이 든다.

"엄마가 뭐라던가요?"

잠시 침묵하다가 선생님은 프린트물을 놓아두고 머리를 감쌌다. "아아아아." 하는 음성과 함께 한숨을 내쉬더니 어깨를 툭 떨구었다.

"합창 대회에서 말이야."

아아, 역시 지휘자 건인가?

"어떻다고……."

엄마의 요청은 모조리 받아들여지지 않았던가? 최우수상까지 받아서 그날 밤엔 진수성찬이었다. 콧노래를 부르며 "넌 엄마의 자랑스러운 아들이야."라는 둥 하면서 자신의 목에 두 팔을 감기도 했다.

"사진이야."

턱을 고이고 선생님은 다시 한번 한숨을 내쉰다.

"에비사와가 뒷모습밖에 안 찍혔다고."

"네에?"

놀랐다. 엄마의 분노 안테나는 그런 데까지 반응하는 것일까?

"이번 주부터 학예회 사진 신청이 시작됐잖아? 우리 아들 얼굴이 찍힌 사진은 왜 없냐는 거지."

학예회 사진은 복도에 내걸렸고 견본이 인쇄된 유인물과 주문표가 가정마다 배부되었다. 후유키 역시 엄마에게 전달했다.

"기껏 최우수상을 받았는데 뒷모습 사진뿐이라니 이상하다, 사진 담당 선생 나와라, 하면서 꽤 오랫동안 이야기했어."

그런 멍청한. 자기가 지휘를 하라고 해 놓고. 선생님에게 압력까지 넣었으면서, 이번엔 사진이라고? 얼굴이 안 나왔어? 무슨 소릴 하는 거야? 정말이지, 머리가 어떻게 된 거야. 아빠가 집에 오고 싶어 하지 않는 것도 무리는 아니라고. 나라도 싫겠다. 마음이 복잡하다. 어쩌다가 엄마는 그런 사람이 되어 버린 걸까? 도쿄에 오면 제대로 된 인간이 될 줄 알았건만. 오히려 더 형편없어졌다.

"이 이야기는 부탁이니 어머니껜 하지 말아 줘."

선생님이 고개를 푹 숙였다. 아, 그럼요, 안 하지요. 그렇게 말했지만 선생님은 엄청나게 심란해 보인다.

"저야말로 죄송합니다."

선생님에게 지지 않을 정도로 깊이 고개를 숙였다. 나야말로 한숨이 나온다고요.

*

초등학교 5학년. 아직 전학 전이었다. 이바라키에서 지낸 마지막 봄.

"모토야나기 선생님, 교실에서 금붕어를 기르면 안 되나요?"

4월 8일. 신학기가 시작되기 직전에 할머니가 데려가 준 마츠리에서 금붕어 뜨기를 했다. 새빨간 금붕어를 세 마리 가져왔지만 엄마는 못 기르게 했다.

엄만 살아 있는 것들이 싫어.

그렇게 말하는 엄마에게 그럼 나도 싫겠네? 하고 묻고 싶었다. 차마 묻지 못했지만.

내일 학교에서 기를 수 있도록 선생님께 부탁할게. 그렇게 말하자 엄마는 마지못해 고개를 끄덕였다.

"금붕어?"

"네. 마츠리에서 잡았는데 엄마가 집에서 기르면 안 된다고 해서요."

월요일. 아침 조례가 끝나자마자 후유키는 모토야나기 선생에게 달려갔다.

"돌보는 건 제가 할게요. 안 될까요?"

잠깐 생각하더니 선생님은 후유키에게 웃어 보였다. 옳다구나, 마음속에서 쾌재를 불렀다.

"교실에서 모두 함께 뭔가 길러 보면 어떨까, 선생님도 생각했는데. 마침 잘됐네. 금붕어로 할까?"

그날로 모토야나기 선생님은 어항을 마련해 주었고 학급 회의에서 곧장 생물 담당을 정했다. 맨 먼저 손을 든 후유키와 게시판 담당에서 밀려난 히토코가 생물 담당이 되었다.

학급 회의 후에 곧바로 어항 청소 순서를 정하려고 히토코 자리로 갔더니 히토코는 '못마땅해'라는 얼굴을 하고 있었다. 가까운 자리의 가호에게 "진짜, 최악이야."라고 말하고 가호는 "그러게." 하며 위로하고 있었다.

그런 광경을 보고 나니 당번을 정하자는 소리를 할 수 없게 되어 버렸다.

"히토코, 금붕어는 내가 좋아서 기르기로 한 거니까 나 혼자 돌볼게."

히토코는 금붕어 돌보기 안 해도 돼. 그렇게 말하자 히토코는 눈을 반짝이며 후유키에게 얼굴을 들이밀었다.

"정말이야? 괜찮겠어?"

"응, 내 금붕어니까. 혼자서 할게."

히토코는 끝까지 들어 주지도 않았다. 후유키가 말을 끝내기도 전에 가호랑 지요에게로 "신난다!" 하고 고함치며 달려갔다.

어쩔 수 없지. 히토코는 애당초 게시판 담당을 하고 싶어 했으니까. 그렇게 생각하면서 후유키는 칠판 옆에 놓인 어항에 먹이를 톡톡 뿌려 주었다. 커다란 눈을 껌벅이며 금붕어 세 마리가 입을 벌리고 수면으로 떠올랐다. 그 모습이 귀엽고 익살스러워서 무심결에 웃었다. 그런 자기 얼굴이 수면에 비치고 있었다.

그 무렵, 엄마와 할머니는 거의 말을 섞지 않았다. 이야기를 하나 싶으면 싸우고 있었다. 그것도 그냥 말다툼이 아니었다. 당장이라도 서로 엉겨 붙는 거 아닐까 싶을 정도로 살벌한 싸움이었다.

엄마가 사소한 일들로 학교에 불평을 하기 시작한 것은 4학년 무렵부터였다. 아키히로가 밀쳐서 무릎이 까졌다. 엄마는 학교로 쳐들어와서 가해자와 그 부모를 내놓으라며 울부짖었다.

모토야나기 선생님이 금붕어를 기르라고 허락해 준 것도 그런 자신을 가엾게 여겨서라는 걸, 금붕어를 교실에서 기르기 시작하고 얼마 지나지 않아서 알게 됐다.

"저런, 히토코는 또 금붕어를 그냥 두고 가 버린 거야?"

방과 후, 교실에서 금붕어 관찰 일기를 쓰고 있으려니까 모토야나기 선생이 교실로 들어왔다.

"정말이지, 친구들 앞에서만 그럴듯하게 구는 애네."

"제가 히토코한테 저 혼자 할 테니까 괜찮다고 했어요."

"아무리 그래도. 그렇다고 당번 일을 안 해도 되는 건 아니지. 모두 역할을 나누어 맡은 건데."

후유키 옆 의자에 앉아서 선생님은 다시 한번 "골치 아픈 애네." 하며 팔짱을 끼었다.

"금붕어도 제가 원해서 기르게 된 거니까 괜찮아요. 히토코 야단치지 말아 주세요."

진심이었다. 히토코가 꾸중을 들었으면 좋겠다는 생각은 손톱만큼도 하지 않았다.

"당사자인 후유키가 그렇게까지 말한다면, 알았어."

그렇게 말하고 선생님은 팔짱 끼고 있던 팔을 풀었다. 오른손이 후유키의 머리로 뻗어 온다.

"후유키는 착한 아이구나."

선생님의 하얀 손이 천천히 후유키의 머리를 쓰다듬었다.

"후유키네 어머니는 무서운 사람이지만, 그래서 오히려 후유키는 착한 아이가 된 거야."

엄마는 모토야나기 선생님을 그다지 좋아하지 않는다. 4월에 담임이 된 직후, 선생님은 남편과 별거를 시작한 모양이었다. 시골에서 소문이 퍼지는 속도는 빠르다. 이혼도 초읽기. 이유는 남편과의 불화와 고부 갈등이라고 들었다. 선생님은 별거하면서 중학생 아들과 함께 살 생각이었지만 아들이 거부했다. 그래서 선생님은 지금 외톨이.

그런 여자가 제대로 선생 노릇을 할 수 있을 리가 없어. 엄마는 틈만 나면 그런 소리를 했다. 어디까지가 사실인지 모르지만 새 학기가 시작되고 두 주일 정도 지나니 모조리 거짓말은 아니라는 걸 알게 됐다.

평소엔 상냥하고, 너무 젊어 보이려는 건 있지만 생글생글 귀엽게 웃는 사람이다. 남학생들이 짓궂게 굴어도 때리거나 하진 않는데, 날카로운 소리로 야단을 친다. 그리고 운다. 이런 아이들의 담임이라니 난 불행해! 하는 듯이.

아아, 이 사람은 엄마랑 똑같아.

머리를 쓰다듬는 동안 고개를 숙이고 후유키는 생각했다. 이 손길은 제자를 칭찬하며 쓰다듬는 게 아냐.

훨씬 질척하고 끈적거렸다. 불쾌하고 비틀린 형태의 감정. 가족이 싫고 자기가 있는 장소가 싫고. 싫다, 스스로가 불행하다, 불행하다 생각하고 있다. 마음 어딘가에 상처를 입었다.

"그러고 보니 후유키는 우리 아들이랑 좀 닮았네. 상냥하고 머리가 좋고……."

그래서 말이야. 그렇게 중얼거리고는, 선생님은 후유키를 쓰다듬던 손을 멈췄다. 고개를 숙이고 아무 말 없이 주먹을 쥐었다가 폈다가 하기를 반복했다.

어쩌면 이 사람은, 내 모습에 자기 아들을 겹쳐 보고 있는 것 아닐까? 그런 상상을 했다. 등골이 오싹해졌다. 도대체 선생님 눈에 자신이 어떻게 보이고 있는 걸까? 어쩌면 에비사와 후유키라는 인간은 전혀 안 보이는 건지도 모른다.

그해 여름, 아버지가 미토 지사에서 도쿄 본사로 옮겨 가는 결정이 났다. 엄마는 신이 나서 이사를 가기로 했다. 그 무렵엔 아버지도 할머니도 집에서 아무 말을 하지 않게 되어 있었다. 할머니 역시 손자랑 사는 것과 며느리에게서 떨어지는 것을 저울질한 끝에 후자를 선택했다고 생각한다.

여름 방학 중에 전학 갈 것 같아. 금붕어는 못 데려가. 정말 미안. 그렇게 말했더니 히토코가 노골적으로 싫은 얼굴을 하는 바람에 좀 심란했다.

후유키가 전학 가는 걸 알고 모토야나기 선생님은 울었다. 후유키의 이름과 함께 다른 남자아이 이름을 중얼거렸다. 아마도, 아들 이름이었을 것이다.

후카사쿠 히토코

9월, 삼일간의 연휴가 끝나고 학교에 갔더니 금붕어가 죽어 있었다. 세 마리 모두. 어항에 산소를 공급하는 기계가 꺼져 있고 수면에 금붕어가 둥둥 떠 있었다.

눈을 홉뜨고 히토코를 노려보고 있었다.

놀란 것은 처음 몇 초간이었고 슬픔도 충격도 아닌 감정이 솟아났다. 그거 보라니까. 이젠 어항 청소에서 해방이다. 친구들과 수다를 떨 수 있어. 혼자 이야기를 못 따라갈 일도 없고. 히토코, 금붕어 챙겨야지! 나중에 보자. 그런 소외감을 이젠 안 느껴도 된다.

죽은 금붕어를 그물로 건져 내서 신문지에 둘둘 말아 쓰레기통에 버렸다. 아침 조례 시간에 "혹시 새로운 사항은 없나요?" 하고 선생님이 말했을 때 의기양양 손을 들었다.

"산소 공급 장치가 꺼져서 금붕어가 죽어 버렸어요."

뭐? 하며 선생님이 칠판 옆 어항으로 달려갔다. 물론 아무것도 없다. 어항도 수초도 산소 공급 장치도 깔끔하게 씻어서 교실 뒤 선반에 치웠다. 이러면 새 금붕어를 사 오자는 등 하지도 않으리라.

"히토코, 금붕어는? 금붕어가 전부 죽어 버린 거야?"

"네. 누가 산소 기계 전원을 껐나 봐요."

금붕어는? 금붕어는 어떻게 됐어? 창백한 얼굴로 선생님은 같은 소리를 반복했다. 그러니까 죽어 버렸다니까요. 몇 번이나 말했잖아요. 그렇게 말하려고 입을 열려는데 갑자기 선생님이 얼굴을 들었다.

창가에 있는 히토코의 자리까지 또각또각 구두 굽 소리를 내며 다가왔다.

"그 금붕어는, 죽어 버린 금붕어는 어떻게 했어?"

"신문지로 싸서 버렸는데요."

나는 생물 당번으로서 할 일을 제대로 했어요. 그런 얼굴로 히토코는 대답했다.

그러니 선생님의 눈이 갑자기 험악해진 이유를 알 수 없었다.

"너 설마, 후유키의 금붕어를 죽인 거야?"

"네?"

"네?가 아니지. 질문에 대답을 해."

나는 죽었다고 말한 거예요. 그게 어떻게 '죽였다'가 되죠?

그때, 등 뒤에서 이런 소리가 날아들었다.

"히토코, 늘 금붕어를 '죽여 버리고 싶다'고 했었지."

가호의 음성이다. 잘못 들었을 리는 없다. 유치원 때부터 쭉 친구였으니까.

돌아보니 가호가 "맞지? 그랬었잖아?" 하고 옆자리의 지요에게 묻고 있었다.

"아, 그랬었던가?"

지요와 가호가 마주 보며 고갤 끄덕인다.

"아침에 금붕어 돌보기 진짜 질색했던 건 사실이에요."

이번엔 겐스케였다. 스구루가 "맞아요." 하고 돌림노래를 부른다.

"후카사쿠, 솔직하게 말해."

평소엔 '히토코'라고 부르는데 느닷없이 선생님은 '후카사쿠'라며 성으로 불렀다.

"아니에요. 아침에 와 보니 죽어 있었어요."

선생님의 손이, 그것도 주먹이 히토코의 머리로 날아왔다. 위에서 마치 히토코를 때려 부수겠다는 듯이 쾅! 하고 내리쳤다. 아프다. 별이 보인다. 양손을 머리에 올린 채 지끈지끈 퍼져 가는 아픔에 몸을 떨었다. 히토코의 손을 억지로 떼어 내고 선생님은 또 머리를 때렸다.

"너, 후유키가 소중하게 키우던 금붕어를 죽여 버렸지?"

죽여 버렸지. 그 말이 차가운 얼음이 되어 히토코의 몸을 뚫고 지나갔다.

"후유키의 금붕어를, 후유키가 전학을 가자마자 죽여 버리다니, 이런 독한 것 같으니라고."

아니에요. 산소 기계 전원을 끈 건 내가 아니라고요. 누군가가 껐다니까요. 내가 안 그랬어요. 울먹거리며 그렇게 말했지만 선생님의 얼굴은 풀어지지 않았다.

"변명하지 마!"

이번엔 귀를 잡아당긴다. 이대로 뜯겨 나가나 싶었다.

"너, 후유키가 전학 가기 전엔 후유키 혼자 모조리 일하게 만들었었지? 금붕어가 죽어 버리면 당번 노릇을 안 해도 된다 싶었겠지. 선생님은 전부터 알고 있었어. 그래도 후유키가 자기가 좋아서 하는 일이니까 후카사쿠를 야단치지 말라고 하는 바람에 아무 소리 안 하고 있었던 거야. 후유키가 얼마나 착한지도 모르고 귀찮다는 이유로 살아 있는 것을 죽이다니, 악마 같은 애네."

선생님은 그런 애가 우리 반에 있다는 게 너무 슬퍼. 모토야나기 선생님은 얼굴을 두 손으로 감싸더니 그대로 교탁 위에 엎드렸다. 근처에 있던 아이가 "선생님, 괜찮으세요? 어떡하지?" 하며 들여다본다.

선생님이 멀어지면서 얻어맞을 걱정은 줄었다. 히토코는 천천히 교실을 둘러본다. 누군가 "선생님, 히토코는 잘못이 없어요." "때리는 건 너무하셨어요." 하고 항의해 줄 줄 알았다.

"더구나 금붕어 무덤도 안 만들어 주고 쓰레기통에 버리다니."

히토코를 제외한 나머지 열다섯 명의 얼굴은 히토코와 선생님을 번갈아 가며 보고 있었다. 선생님은 너무 젊어 보이려 기를 쓰긴 하지만 좋은 사람이었다. 남자애들이 아무리 장난을 쳐도 때리지는 않는 사람이었다. 그런 선생님이 주먹으로 때렸다. 귀를 잡아당겼다. 모두들 놀랐다. 마음 약한 다카코는 울어 버렸다.

한 사람쯤은 편을 들어 줄 거라 여겼다.

"후유키가 전학 간다는 이야기를 듣고도 히토코는 후유키를 흉보고 있었어요."

또 가호였다. 더는 돌아보지 않는다. 치맛자락을 움켜쥐고 히토코는 자기 책상만 바라본다. 나뭇결, 구멍, 낙서, 익숙한 자기 책상이 점점 멀어져 간다.

"금붕어도 가지고 이사 가. 바보, 멍청이라고 했어요."

아니다. 바보라고 한 적 없다. 멍청이라고도 하지 않았다. 아키히로나 겐스케 같은 애들에겐 그런 말을 쓰지만 후유키에겐 쓰지 않는다.

선생님의 깊고 깊은 한숨 소리가 들렸다. 그리고 조용한 음성으로 히토코를 성으로 불렀다.

"후카사쿠, 지금 당장 쓰레기통에서 금붕어를 꺼내다가 교정에 무덤을 만드세요. 그러고 나서 어항을 깨끗이 씻도록."

아아, 분명 앞으로는 가호나 애들이랑 즐겁게 이야기하는 건 무리겠군. 모두들 선생님 말을 진짜라고 믿고 나를 '후유키가 소중히 여기던 금붕어를 죽여 버린 악마 같은 애'라고 생각하고 있어.

"반성문을 써요. 종례 때 읽어야 해."

나뭇결, 구멍, 낙서. 4월부터 오늘까지 다섯 달 동안 계속 써 온 낯익은 책상이 휘청, 비틀리더니 앞이 까매졌다.

교정 한구석에 구멍을 파고 쓰레기통에서 꺼내 온 금붕어를 묻었다. 큼직한 돌을 찾아 묘석으로 삼았다. 그것 말고 어떻게 해 주면 좋을지 모르겠다. 지난주 금요일, 산소 기계 스위치를 끈 기억은 없다. 금붕어를 죽인 것은 내가 아니다.

반성문도 그렇다. 무엇을 어떻게 반성하면 좋을지, 아무리 생각해도 알 수가 없었다. 점심시간에 교무실로 불려 가 부르는 대로 반성문을 썼다. 아무것도 생각하지 않고 선생님이 말하는 대로 연필을 움직였다. 나는 당번 일이 귀찮아서 후유키에게 줄곧 미루고 있었습니다. 후유키가 전학을 가서 당번 일을 하는 것이 너무나 싫었습니다. 친구들과 노는 시간이 줄어드니까 금붕어가 죽어 버렸으면 좋겠다고 생각했습니다. 그래서 금요일 방과 후에 어항의 산소 스위치를 끄고 집에 갔습니다. 목숨을 가볍게 여겼습니다. 나는 정말 나쁜 아이입니다. 정말 죄송합니다. 이제부터 마음을 새롭게 하여 착한 아이가 되도록 노력하겠습니다. 그러니 여러분, 저를 용서해 주세요. 부탁드립니다.

그런 반성문을 종례 때 읽고, 반 아이들 모두에게 깊이 고개를 숙였다. 교실을 둘러보니 가호는 이쪽을 보고 있지 않았다. 지요도 마찬가지. 다른 아이들도 모두 그랬다. 모토야나기 선생님은 여전히 화가 나 있었다. 이 사람이 '용서'로부터는 가장 동떨어진 곳에 있었다.

체포한다, 체포.

그날 집에 가는 길에 스구루가 그렇게 말하며 히토코의 앞을 막아섰다. 교문을 나와 바로. 뒤에서는 겐스케와 지요가 오고 있다. 같은 방향으로 가는 아이들이 모두 모여 히토코를 둘러쌌다.

금붕어를 죽였으니!

체포해라!

지요와 겐스케가 리듬을 붙여 노래한다. 스구루가 히토코 뒤로 돌아가 히토코의 두 손을 붙잡아 등 뒤로 돌렸다. 경찰에 붙잡힌 용의자처럼 꽉 결박당했다. 가방이 사이에 끼어 있어서 손목이 이상한 방향으로 구부러져 아팠다. 아야, 놔줘.

그렇게 말했더니, 금붕어를 죽인 놈 말은 안 들어요! 하고는 신발주머니로 머리를 쳤다.

지요였다.

크ㅎㅎㅎ, 하고 웃으며 지요는 선두에서 걷기 시작했다. 그 뒤를 따라 양팔을 잡힌 채 걸어야 했다. 정말이지 체포당한 용의자였다. 텔레비전 드라마를 흉내 내는 것일까? 겐스케가 때로 곁으로 와서 모자를 움켜쥐고 억지로 위를 보게 만든다. 모자의 목 끈이 목 줄기를 파고들어 숨이 막혔다.

논밭 사이를 가로지른 농로가 등하굣길이다. 가을걷이도 대충 끝나 버린 그날, 아이들의 그런 잔인한 장난을 말려 줄 어른은 없었다.

가는 도중에 지요가 밭 구석에서 비닐 끈을 발견했다. 밭에 지주 같은 걸 세우고 남은 거겠지. 그걸 주워 들더니 히토코의 양손을 묶었다. 닥치는 대로 꽉 묶었다. 아마도 칼 같은 것 없이는 풀 수 없을 만큼.

목소리가 나오지 않았다. 하지만 눈물은 나왔다. 꾹 참고 있었건만 더는 안 된다. 두 눈에서 흘러나오는 눈물이 멈추지 않고 목과 어깨가 경련한다. 세 사람은 그것조차 재미있어하며 웃었다.

얼굴이 온통 눈물 콧물로 범벅이 된 히토코를 세 사람은 논 옆의 용수로까지 끌고 갔다. 콘크리트로 만든 용수로 가장자리에 세워 놓고 세 사람이 번갈아 가며 히토코가 멘 책가방을 "왁! 왁!" 하고 가볍게 밀었다. 미는 힘이 점점 거세졌다.

발끝에 힘을 주고 용수로에 떨어지지 않도록 버텼다. 하지만 점점 세 사람의 힘은 강해진다. 언제까지 히토코가 버틸 수 있을지 내기를 시작했다.

아아, 더는 안 돼.

그냥 떨어져 버릴까?

그렇게 생각했을 때, 등 뒤에서 자동차가 멈춰 서는 소리가 났다. 책가방을 밀던 손이 딱 멈춘다.

돌아보니 처음 보는 할머니가 운전석에서 얼굴을 내밀고 있다.

"못된 놈들, 뭐 하는 거니?"

보라색이 섞인 어여쁜 백발을 바람에 날리며 이쪽을 내려다본다. 옆으로 긴 눈이 험악하게 반짝인다.

"으악, 걸렸다."

겐스케가 그렇게 말하더니 정신없이 도망치기 시작했다. 스구루, 조금 늦게 지요 역시 뒤를 따랐다. 히토코를 손이 묶인 채 남겨 두고.

할머니는 용수로 옆까지 내려왔다. 아무 말 없이 히토코를 묶고 있던 비닐 끈을 풀어 주었다. 마구잡이로 묶어 둔 것인데도 거짓말처럼 술술 풀렸다.

할머니는 손도 얼굴도 주름투성이였지만 허리도 굽지 않고 젊어 보였다. 머리카락에서인지 옷에서인지 밀감이나 자몽에서 나는 듯한 새콤달콤한 향기가 난다.

"학교에 못된 녀석들이 이런 짓을 하고 있었다고 전화해 줄까?"

주저 없이 고개를 저었다. 휙휙, 소리가 날 만큼 세차게.

"이런 걸 바로 이지메라고 하는 거야."

"알아요."

"그래? 아는구나."

그렇다면 됐어,라는 듯이 담백하게 할머니는 차로 돌아갔다. 운전석에 올라타더니 문을 닫는다.

"적당적당히 잘해 봐라."

열린 창으로 히토코에게 그렇게 말하고 아무 일도 없다는 듯이 가 버렸다.

집에 돌아오니 엄마가 현관에 주저앉아 히토코를 기다리고 있었다. 멍하니 생각에 잠겨 있었던 듯 턱을 괴고 천장을 바라보고 있었다.

"……왜 그러고 있어?"

"다녀왔니?"

슬쩍 시선을 히토코에게 옮기더니 엄마는 표정을 바꾸지 않고 말했다. 그 시선이, 좀 더 이동한다. 자기 오른쪽 손목으로 가는 것을 깨닫고 히토코는 아, 하고 숨을 죽였다. 세 사람에게 비닐 끈으로 묶였던 자리가 지렁이처럼 부풀어 올라 있었다. 오른손엔 살짝 피멍이 든 곳도 있다.

순간 몇 가지 핑계를 떠올렸다. 하지만 그 어느 것도 말이 되어 입 밖으로 나와 주지 않는다.

"잠깐 기다려."

엄마는 일단 거실 쪽으로 들어가 구급약 상자를 들고 돌아왔다. 반창고를 꺼내더니 "어디." 하고 손을 내민다.

"그런 걸 그냥 두면 꽤나 아프거든." 하는 말을 들으며 얌전히 따르기로 했다. 엄마 손에 히토코의 오른손을 올려놓고 반창고를 붙였다.

"아사히야에서 구운 팥빵 사다 놨는데, 간식으로 먹을래? 아직 따뜻한데."

"필요 없어."

"그래? 그럼 엄마가 두 개 먹어야지."

그것 말곤 아무것도 묻지 않는다. 하지만 어떻게 된 건지 히토코는 알 것 같다. 분명 모토야나기 선생님이 엄마한테 전화를 한 거야. 오늘 있었던 일을 모조리 엄마한테 전한 거다.

댁에선 도대체 어떤 교육을 하고 있나요? 그러고 보니 후카사쿠 씨는 이혼을 하셨지요? 그런 부분이 따님에게 나쁜 영향을 주고 있는 것은 아닌가요? 잔인하고 잔혹한 충동을 참지 못하게 되어 버린 것 아닐까요?

상상 속 선생님의 말이 마치 정말 들리는 것처럼 머릿속을 날아다녔다. 바로 그 말이 부숴 버린 것 같다. 선생님한테 주먹으로 얻어맞아 실금이 가 있던 히토코 안의 무엇인가를. 묶이고 조롱당하면서 치욕으로 바스라져 버릴 듯했던 무언가가, 깔끔하게 부서져 버린 느낌이었다. 확실하게, 소리가 들렸다.

"내가 그런 게 아냐."

배에 힘을 주고 히토코는 말했다. 엄마는 아무 말 없이, 하지만 살짝 끄덕여 주었다. 붙여 준 반창고는, 언제나 쓰던 어린이용 꽃무늬가 아니라 어른용의, 약간 두껍고 튼실한 것이었다. 물기로부터도 차가운 공기로부터도, 어떤 말들로부터도, 폭력으로부터도 지켜 줄 것 같았다.

"괜찮아. 적당적당히 잘해 볼 테니 걱정하지 마."

*

정문 앞에 매화가 피어 있었다. 교실이나 복도에는 졸업생들이 옹기종기 모여 서서 서로 사진을 찍어 주고 있다. 그 집단을 피하듯 히토코는 학교를 빠져나왔다. 익숙하지 않은 세일러복 깃에 매화 꽃잎이 내려앉는다. 손으로 털어 내니 바람을 타고 어딘가로 가 버렸다.

언제나 다니던 지장보살이 있는 모퉁이를 돌지 않고 히토코는 집과 반대 방향을 향해 갔다. 동복이라곤 해도 세일러복으로는 약간 쌀쌀하다. 북항에 면해 있는 이 근처에 부는 바람은 바다의 차가움도 함께 불러온다.

대숲을 빠져나간 끝 쪽에 파란 기와집 한 채가 있다. 논밭과 산들뿐인 곳에 엷은 색 구멍이 뚫린 듯이 산울타리 너머에는 매화나무가 하얗게 꽃을 매달고 있다.

규젠. 돌로 된 문패 아래를 지나 히토코는 정원에 발을 들여놓았다. 바람을 타고 피아노 소리가 울려 온다. 소리를 따라가듯이 현관을 그냥 지나쳐 집 뒤쪽으로 돌아갔다.

단층집 대청 쪽은 나무 데크가 깔려 있어 그곳만 별개의 공간 같았다. 멋들어진 꽃이 심겨 있고, 화분들이 진열되어 매화 향기가 났다. 그 향기 속을 떠돌듯이 피아노 소리가 멜로디가 된다.

나무 데크에서 들여다본 방 한가운데 커다란 피아노가 자리 잡고 있었다. 새까만 피아노는 창에서 비쳐 드는 햇살에 군데군데 하얗게 빛난다. 의자에 앉아 피아노를 연주하고 있는 것은 백발의 할머니였다.

적당히 곡의 매듭을 기다려 히토코는 나무 데크로 올라가 소리쳤다.

"규 할머니."

피아노 소리가 멈추더니 할머니가 돌아보았다. 히토코의 얼굴을 보더니 미간을 살짝 찡그린다. 규 할머니. 성이 규젠이고 택호가 규베여서 다들 규 할머니라고 부르는 모양이다. 너무 친한 척한 걸까?

갑자기 나타난 히토코를 보고 규 할머니는 그날 히토코를 묶은 비닐 끈을 풀어 줄 때와 같은 표정을 지었다.

"뭐야, 너였구나."

"안녕하세요."

고개를 꾸벅 숙인다.

"그날은 감사했습니다."

그때 하지 못한 말을 제대로 할 수 있었다.

"너, 어느 집 아이야?"

"야하타의 진베예요."

진베는 히토코네 집 택호다.

"겐지로 씨 손녀구나?"

끄덕였다.

"후카사쿠 히토코입니다."

"히토코. 어떤 글자를 써?"

"날 일(日) 자에 도시 할 때 도(都), 그리고 아들 자(子)."

"한 번밖에 본 적 없는 할머니 집에 용케 왔네."

용케 왔다는 것치고 목소리는 그다지 밝지 않다. 떠돌이 개가 집 안으로 들어와 버렸구나, 하는 얼굴이다.

규 할머니는 혼자서 파란 지붕 집에 살고 있다. 아들 부부는 사이타마에 살고, 할머니는 집에서 피아노 교실을 열고 있었다. 삶의 보람이라곤 그것뿐인 쓸쓸한 할머니란다, 하고 엄마가 말한 적이 있다.

"졸업식이야?"

"예, 다음 달부터 중학생이에요."

올라오라는 말에 구두를 벗었다. 바닥은 양말 너머로도 느껴질 만큼 차갑다.

"가족들은 안 갔어?"

"일을 하니까."

"그래도 졸업식 같은 데는 가는 거 아냐?"

"내가 안 와도 된다고 했거든요."

중학교나 고등학교 졸업식이라면 또 몰라도 인간관계도 통학 시간도 거의 바뀔 게 없는데 집을 비우고 굳이 안 와도 돼. 그렇게 말했더니 엄마는 마지못해 받아들였다.

"부모님께 졸업장도 보여 드리기 전에 우리 집에는 무슨 볼일?"

"다음 달부터 피아노를 배우고 싶어서요."

바람 길이 바뀌어 방 안에 바람이 불어 든다. 차가운 바람이 레이스 커튼을 크게 흔들고 매화 향이 실려 온다.

"여기서 말이야?"

히토코를 보지 않고 규 할머니는 악보에 눈길을 두고 있었다. 무뚝뚝하고 아이들에게나 어른들에게나 꾸밈이라곤 없는 말투로 툭툭 하고 싶은 말을 하니까 피아노 교실 수강생이 점점 줄어드는 모양이다.

"중학교에 가면 동아리 활동도 있고. 이런 할머니 상대로 피아노를 치는 것보다야 친구들과 함께 지내는 편이 훨씬 재밌지."

"재미없어요."

조금 목소리가 커졌다.

"전혀 재미없다고요."

그 말에 규 할머니는 그날 이후 히토코가 어떻게 살고 있는지를 이해한 것 같았다.

"초등학교는 어땠어?"

"기억해 내기도 싫어요."

한 학년에 한 학급. 1학년부터 6학년까지 그대로 올라간다. 그건 '학급'이라는 커뮤니티를 초월한, 훨씬 경직되고 협소한 무언가가 되어 버렸다.

초등학교 5학년 9월. 히토코는 그런 집단 속에서 '용서받지 못할 자'가 되었다. 학급의 중심 그룹에서 배제되면서 피라미드의 꼭대기에서 땅바닥으로 굴러떨어진 것이다.

"그런 짓을, 계속 당한 거야?"

"당했지만 그냥 무시하고 있었더니 싫증 났나 봐요."

아침에 교실에 들어가도 아무도 말을 걸지 않는다. 금붕어를 죽인 악마 같은 아이와 친구하긴 싫다는 아이. 친하게 지냈다간 선생님한테 자기까지 '악마 같은 아이' 소리를 들을까 봐 겁먹은 아이.

체육 시간에 팀을 짤 때도 아무도 넣어 주지 않는다. 모토야나기 선생님은 그게 마음에 드나 보다. "누가 후카사쿠 좀 끼워 줘."라는 식의 말은 절대 하지 않는다. 어쩔 수 없이 체육관 구석에 앉아서 수업에 참가하지 않고 있으면 "제대로 해! 네 체육 성적은 '가'야, 벌써 정했어!" 하며 히토코의 귀를 잡아당겼다. 사람이 모자라는 팀에 들어가려고 하면 "어째서 후카사쿠가 들어오는데?" 하는 소리를 면전에서 듣는다.

최근 일 년간은 그런 일의 반복이었다.

"그럼 지금은 어떤 상태?"

"외톨이."

"외톨이?"

"언제나 혼자 있으니까 외톨이죠."

어쩌면 금붕어는 빌미가 되었을 뿐, 전부터 모두들 줄곧 자기를 싫어하고 있었는지도 모른다.

좋은 기회라고 여기고들 있는지도 모른다. 그렇게 생각한 순간부터 모든 일이 심드렁해졌다.

히토코는 외톨이가 되었다.

항상 혼자였고 누구도 상대해 주지 않았다. 굳이 누구랑 얽히려 들지도 않았다. 당연한 일이라는 듯이. 옛날부터 그랬었다는 듯이. 히토코도 주변 사람들도 그렇게 익숙해져 갔다.

"중학교에 가면 초등학교 때랑 다른 아이들을 만나게 돼. 지금은 친구가 없어도 새로 친구가 생긴다고."

"그런 거 절대, 필요 없어요."

눈을 가늘게 뜨고 규 할머니는 히토코의 얼굴을 본다. 눈의 깊고 깊은 곳으로 이쪽에서 생각하고 있는 바를 읽어 내듯이. 가슴팍 루프 타이를 고정하는 펜던트도 히토코를 보고 있는 것 같았다. 청색과 주홍빛이 섞여 만들어진 문양. 무언가의 형태를 본떴다기보다는 추상적인 무늬처럼 보였다.

　신기하게도 히토코에겐 그것이 아침 해가 떠오르는 모습처럼 느껴졌다. 밤에서 차츰 아침이 되어 간다. 그 서글프고 청신하며 성가신 모습을 표현하고 있는 듯이 여겨졌다.

　규 할머니의 눈을 마주 보며 히토코는 말한다.

　"히가시 중학교는 동아리 활동이 강제예요."

　중학교에 가 봤자 달라질 건 아무것도 없다. 다만 동아리 활동만은 고민거리였다.

　"그런데 학교 밖에서 뭔가를 배우면 동아리 활동 안 해도 되거든요."

　그것만이 유일한 구원이다. 아무거나 좋으니 배우고 있으면 동아리 활동을 안 해도 된다.

　"어째서 동아리 활동을 하고 싶지 않은데?"

　"얽히지 않아도 될 사람과는 얽히고 싶지 않으니까."

　그 끝엔 분명 번거로움이 있다.

　"그래서 나한테 피아노를 배우고 싶다는 거야?"

　"네."

　"나는 '얽히지 않아도 될 사람'이 아닌 거니?"

　"그야 뭐, 규 할머니랑 얽히면 훨씬 많은 수의 '얽히지 않아도 될 사람'에게 다가가지 않아도 되니까요."

　흐음, 하는 소리가 규 할머니의 입에서 새어 나왔다. 매화 향기가 히토코의 코를 간지럽힌다. 살짝 기분 좋네, 하고 생각한다.

"이유는 그것뿐이야?"

순간, 말을 해도 되는 건가 싶었다.

"피아노는 혼자 할 수 있잖아요? 합주 같은 거랑 달리."

"피아노도 합창 반주를 한다든가, 모두와 함께하는 경우도 있지."

"여기선 혼자 할 수 있으니까요. 선생님이 무서우니까 수강생은 계속 줄고 있지, 친절하고 평판 좋은 선생님이 가르치는 피아노 교실이 가시마에 새로 생겼으니 이제부터 사람이 늘거나 할 일도 없을 거고."

너무 나갔나. 자기도 모르게 히토코는 손으로 입을 막았다. 조심스레 규 할머니를 보니 표정 변화 없이 이쪽을 보고 있다.

"너희 부모님은 피아노 배운다는 걸 알고 계시니?"

"동아리 활동 대신에 배우고 싶다니까 좋다고 했어요."

평판이 좋다는 옆 마을 피아노 교실에 가게 될 뻔한 건 그저께였다. 비용도 이쪽이 싸다.

"그렇구나. 그럼 4월부터 화요일, 금요일에 오렴. 수강생이 아무도 없는 날이니까."

의자에서 일어나더니 규 할머니는 벽에 걸린 달력을 들어 보았다. 요일마다 수강생 이름이 적혀 있지만, 4월부터 놀랄 만큼 줄어 있었다. 신학기에도 계속 오는 건 네 명 정도 되나 보다. 거의 개점 휴업 상태다.

히토코가 달력을 자세히 들여다보고 있으니 할머니는 눈을 흘긴다.

"이왕 왔으니 뭐 한 곡 쳐 보렴."

칠 수 있는 거 없어? 거칠게 물으며 피아노 의자에서 일어난다.

"「어메이징 그레이스」 같은 거요."

작년 음악 수업 시간에 배웠다. 멜로디언으로 배웠으니까 어렴풋이 운지법은 생각이 난다.

"애들한테는 아까운 곡이지만, 좋아. 어디 한번 쳐 봐."

의자에 앉아 검지를 하얀 건반 위에 올렸다. 생각보다 무거워서 손가락 끝에 힘을 주었다.

통, 하고 예쁜 소리가 울린다. 솔, 도, 미, 도, 미, 레, 도, 라, 솔. 한 손으로 끝나는 음의 조합. 너무 간단해서 화를 내지 않을까 싶었다. 하지만 규 할머니는 정원의 매화와 히토코를 번갈아 보면서 "네 졸업식에 어울리는 울림이 있는 곡이네." 하며 웃었다.

배 속 깊은 곳. 그날, 모토야나기 선생의 주먹으로 무언가가 부서져 없어져 버린 곳. 텅 비어 버린 장소. 그곳에 피아노 소리가 부드럽게 울렸다.

"남들이 싫어하는 사람끼리, 이제부터 사이좋게 잘해 보자."

웃음기 없는 눈으로 히토코를 응시하면서 규 할머니는 오른손을 내밀었다. 하얗고 주름투성이지만 가늘고 긴 손가락. 혈관이 튀어나온 팔. 그런 손과 주저주저 악수를 나누었다.

오츠 가호

어째서 손으로 만든 덧옷이 아니면 안 된다는 걸까?

유치원생이지만 가호는 줄곧 그렇게 생각하고 있었다. 가게에 가면 얼마든지 팔고 있으니 그걸 사다 입어도 되지 않나? 그런 가게에서 다같이 사 와서 모두 같은 걸 입어도 될 것을.

그런 생각을 할 만큼 가호는 자기 덧옷이 싫었다.

아빠도 엄마도 모두 일을 하러 다니는 가호네 집에서 유치원 다니는 데 필요한 것을 만들어 주는 사람은 할머니뿐이었다. 옆 동네 쇼핑몰까지 차로 가서 천을 사다가 낡아 빠진 재봉틀로 들들들 박아서 만들어 낸 덧옷과 손가방은 아무리 봐도 귀엽지 않았다.

일단 헝겊의 무늬부터 꽝이다. 꽃무늬가 좋아. 핑크 꽃은 도모가 찜했으니까 다른 색. 오렌지색이나 노란색. 할머니는 차를 운전하는 동안 가호가 한 말의 뒷부분을 잊어버렸나 보다. 사 온 것은 초록색 꽃무늬 천. 이런 거 말고. 바꿔 와,라는 말은 엄마가 째려보는 통에 끝.

초록색 꽃무늬라도 디자인에 따라서는 귀여울 수도 있겠지. 하지만 할머니가 사 온 천은 어두운 초록색에다 잔꽃 무늬가 흩어져 있는, 밭일하는 노인들이 쓰는 머릿수건 무늬였다. 꽃무늬건만 꽃으로 안 보인다. 풀 무늬라고나 할까? 가호를 달래려고 할머니가 빨간색 주머니까지 달아 주었지만 마치 구멍이 나서 다른 천을 갖다 댄 것같이 되어 버렸다.

세트로 만들어 준 손가방 역시 인상을 바꾸진 못했다.

"가호 덧옷은 우리 할머니 블라우스 같은 무늬네."

핑크색 꽃무늬를 몸에 두른 도모의 말이 결정타가 되어, 그날 가호는 덧옷을 버려야지, 마음먹었다. 잃어버리거나, 찢어지거나, 빨아도 절대로 지워지지 않을 정도로 커다란 얼룩이 생겨 버리면 새 덧옷을 만들어 줄 거라 생각했다. 그때는 천을 사러 갈 때 따라가야지. 무슨 일이 있어도 내가 고를 거야.

5월 중순. 무척 맑고 더운 날에 가호는 그렇게 결심하고 유치원 뒤로 돌아간 것이다. 해가 들지 않는 그곳에는 울타리 너머로 대나무밭이 펼쳐져 있다. 용수로도 있었다.

이때다 싶어 울타리에 발을 올려놓았을 때였다. 등 뒤에서 풀을 헤치는 마른 소리가 나더니 "엇." 하는 음성이 들렸다.

돌아보니 누가 있었다. 호리코시 아키히로였다.

"……뭐 하는 거야?"

아키히로는 혼자서, 우거진 질경이풀을 헤치듯 하며 허리를 구부린 채 땅 위를 살펴보고 있었다.

"용무당벌레를 찾는 거야."

"용?"

풀에 스쳐 가려웠는지 손바닥을 긁어 가며 아키히로가 끄덕인다.

"오렌지색 점이 있거든, 용한테는."

"뭐 하러 그런 걸 찾는 건데?"

"어제 봤거든. 그런데 아무도 안 믿더라. 무당벌레는 빨간색에 검은 점이라면서. 마치코 선생님도 유치원에서는 그런 걸 본 적이 없대."

있었는데, 용. 그렇게 말하며 다시 주저앉더니 질경이 이파리를 헤치며 용무당벌레를 찾는다.

"있잖아, 가호도 좀 도와줘."

그렇게 말하고는 하얀 이를 드러내고 웃으면서 가호의 덧옷을 가리켰다.

"그거, 풀 같은 무늬니까 분명 벌레도 사람인 줄 모를 거야."

무심결에 자기 덧옷을 내려다보았다. 황록색 바탕에 춤추는 초록빛 작은 꽃은 멀리서 보면 잡초가 우거진 듯 보인다. 놀림을 받은 건데 왠지 화는 나지 않았다. 만약 이게 도모가 한 말이었다면 두말할 것 없이 그 자리에서 덧옷을 벗어 집어 던졌을지도 모른다.

대꾸를 하지 않는 가호를 보고 아키히로는 멋쩍은 모양이었다.

"알았어. 도와줄게."

울타리에서 발을 내리고 그 자리에 쭈그려 앉았다. 땅 위의 풀을 시험 삼아 손으로 만져 본다. 개미가 아래서 기어 나왔다.

몇 번이나 그렇게 반복했지만 개미나 메뚜기는 나오는데 무당벌레는 안 보인다. 그러다 보니 꽤 멀리 떨어져 있었던 아키히로가 서로 엉덩이가 부딪힐 만큼 가까워져 있었다.

그의 덧옷은 아무런 무늬도 없는 하늘색의 단순한 것이었다. 진흙이나 크레용이 묻은 채 지워지지 않아 무늬처럼 되어 있다. "이거, 미국 모양이지롱." 어쩌고 하며 진흙 얼룩을 친구에게 보여 주고 자랑한 적도 있었다.

"가호야."

"응?"

"무당벌레는 왜 점이 있는 걸까?"

"알 게 뭐야."

"아니, 나 같으면 등짝에 점을 그리자는 생각은 절대 안 할 텐데 말이야."

"모른다니까."

결국 용무당벌레는 못 잡았다. 유치원 스피커에서 「코끼리 아저씨」 멜로디가 흘러나온다. 이 소리가 들리면 교실로 들어가야 한다. 이번엔 급식이다.

"급식 뒤에도 찾을 거야? 용."

"당근이지."

무릎에 묻은 습기 찬 흙을 털며 아키히로가 손가락으로 브이(V) 사인을 만든다. 용무당벌레를 찾는 게 물론 중요하지만 급식은 더 중요한가 보다. 잰걸음으로 유치원 현관을 향해 갔다.

"도와줄까? 노는 시간에도."

그의 뒤를 쫓아가며 가호는 자기도 모르게 그렇게 말했다. 노는 시간엔 도모와 줄넘기를 하자고 약속했었지만 아무래도 좋다 싶었다.

"둘이서 찾는 편이 빠를걸."

뒤돌아서더니 아키히로는 뒷걸음으로 걸으며 가호에게 웃어 보였다.

"그럼, 도와줘."

웃느라 가늘어졌던 그의 눈이 가호의 덧옷 한곳을 보더니 커다래졌다. "아!" 하는 소리를 내며 뛰어왔다. 손톱 끝이 새까매진 손으로 가호의 덧옷을 움켜쥐었다.

"봐 봐!"

덧옷 자락에 무당벌레가 있었다. 처음엔 거뭇한 검불이라도 붙은 건가 싶었지만 분명 오렌지색 점이 박혀 있었다.

"용무당벌레."

좋아하며 아키히로는 무당벌레를 잡았다. 손바닥에 올려놓고 가호에게 보여 준다. 조그만 손바닥 위를 천천히 기어가는 무당벌레. 어둡게 빛나는 검은 바탕에 선명한 오렌지색 점들.

별과 같았다.

"데츠하고 마츠한테 보여 주고 올게, 그리고 마치코 선생님한테도!"

가까스로 잡은 무당벌레가 눌리지 않도록 살짝 주먹을 쥐더니 아키히로는 달려갔다. 순간, 자기도 따라서 달려갈까 싶었다. 하지만 아키히로는 눈 깜짝할 사이에 멀어졌다.

유치원 마당 쪽으로 나가는 모퉁이에서 한 번 더 돌아서서, 가호를, 가호의 덧옷을 보았다.

"자기네 집인 줄 알았나 봐!"

그러더니 마당에서 친구를 보았는지 "용 찾았어! 용." 하고 고함을 치며 아키히로는 달려갔다.

스피커에서 울리던 「코끼리 아저씨」 멜로디가 그쳤다. 슬슬 교실로 들어가지 않으면 선생님께 야단을 맞는다. 천천히 걷기 시작한 가호는 두 손으로 덧옷 자락을 쥐었다. 천천히 펼쳐 보며 농작업용 수건 같은, 할머니 블라우스 같은, 잡초 같은 무늬를 응시했다. 역시 안 예쁘다. 안 예뻐.

하지만 내다 버릴 정도는 분명 아냐.

*

포렴을 살짝 들어 올려 주방을 살펴보고, 무심결에 "참, 나." 하는 소리를 내고 말았다. 안에까지 들렸는지 싱크대 앞에 서 있던 할머니가 돌아보았다.

일어났니? 할머니가 그렇게 말하는 동안 콩콩콩, 발소리를 내며 식탁으로 다가섰다.

식탁엔 도시락이 있었다. 같은 반 후카사쿠 히토코와 걔네 엄마가 옆 동네 쇼핑몰에 데려가 주었을 때 산 도시락 통. 히토코와는 색깔만 다르게, 가호는 오렌지색을, 히토코는 핑크색을 샀다. 젓가락과 도시락 보자기까지 세트로 있는, 초등학교 3학년짜리 용돈으로는 고가품이었다. 그래도 귀여우니 상관없다.

사회과 견학 날, 이걸로 함께 도시락 먹자.

그렇게 말한 히토코에게 가호는 망설임 없이 고개를 끄덕였었다. 오렌지색 바탕에 노란색 물방울무늬가 있는 도시락 통은 학급에서 모두 사용하고 있는 캐릭터 도시락 통과 달리 어른스러우면서도 여자다웠다.

3학년 사회과 견학은 가시마시에 있는 가시마 임해 공업 지대를 온종일 견학하기로 되어 있었다. 오전에는 비누라든가 세제를 만드는 공장, 오후엔 제철소. 공장을 견학하는 것엔 흥미가 없었지만 공장 근처 공원에서 점심을 먹는 것은 기다려진다. 새 도시락을 자랑하기에 딱 좋아.

그래서 오늘 도시락은 엄마가 만들어 주길 바랐던 건데.

벌써 일주일도 더 전부터 그렇게 부탁을 했고 엄마도 알았다고 하더니만 식탁 위엔 할머니가 만든 도시락이 놓여 있었다. 소금물에 데친 누에콩. 잔뜩 담긴 조림의 재료는 당근, 우엉, 곤약에 강낭콩. 절인 연어에 톳 무침. 밥엔 붉은 깻잎이라도 섞은 건지 엷은 보라색이다.

한눈에도 엄마가 만든 게 아니라는 걸 알겠다. 구석구석까지 빼곡히 반찬이 들어 있어서 이젠 뚜껑만 닫으면 돼, 하는 상태였다.

도시락을 들여다보고 있는 가호에게 할머니가 씻어 낸 방울토마토를 들고 보여 주러 왔다.

"이거, 마지막으로 넣자."

가호, 토마토 좋아하잖아. 그렇게 말하더니 토마토를 조림과 연어 사이에 집어넣는다고 할까, 밀어 넣었다. 방울토마토가 들어갈 공간이라곤 없는 곳에 꾸욱, 엄지손가락으로.

어차피 할머니가 만드는 도시락은 갈색이었다. 연어는 핑크잖아, 라든가 강낭콩은 연두색이지 하고 말할지도 모르지만, 어쨌든 갈색이다. 도시락이 아무리 예쁘고 귀여워도, 뚜껑을 여는 순간에 느끼는 이미지는, 어쩔 건데? 하듯이 갈색인 것이다.

"도시락은 이제 됐고, 밥 먹자."

주걱을 들고 전기밥솥을 여는 할머니를 곁눈으로 보며 가호는 부모의 침실로 향했다. 아빠는 이미 일하러 나갔고 화장대 앞에서 엄마가 화장 중이다.

"저기, 엄마."

주방의 할머니에게 들리지 않도록 소리를 죽여 말했다.

"도시락, 엄마가 만든다고 했었잖아."

파운데이션을 얼굴에 두드려 가며 엄마는 거울 너머로 가호를 보았다. 어깨를 으쓱했지만 팔을 움직여 뭔가를 감추는 듯한 느낌이었다. 언제나 이렇다. 가호가 뭔가를 조르거나 부탁하거나 불평하거나 하면 엄마는 대놓고 이런 식이다.

"어젯밤에 할머니가 만들어 준다고 해서 부탁한 거야."

"그래도, 약속했잖아."

"엄마가 만들어도 별로 다를 것도 없는데."

"다르지."

다르다, 전혀 다르다. 적어도 저런 조림투성이 도시락은 아니다. 엄마는 그다지 요리를 잘하는 편은 아니지만 달걀말이를 넣어 준다. 비엔나소시지를 문어 모양으로 만들어 준다. 냉동 미트볼도 담아 귀여운 색으로 이쑤시개를 꽂아 준다.

그것만으로도 완전히 달라지건만.

그런 도시락, 벌써 한 일 년 이상 먹질 못했다.

"할머니가 애써 만들어 줬으니까 불평하지 마."

치사해. 그렇게 말하면 뭐라 할 말이 없잖아.

"……알았어."

알고 있다. 이제 와서 이러쿵저러쿵해 봤자, 할머니의 도시락은 이미 만들어져 버렸다. 들고 가는 수밖에 없다. 안 가져갈 수도, 먹지 않을 수도, 더구나 내다 버리는 못된 짓을 할 수도 없다.

"있잖아, 가호. 그 도시락, 가져왔어?"
오전 견학을 마치고 버스에 타자마자 옆에 앉은 히토코가 물었다.
공장에서 보여 준 종이 기저귀의 원재료가 물을 엄청나게 빨아들이는 실험이 재미있었던지, 견학 전의 지루하다는 얼굴은 아니었다.
"응, 가져왔어."
천천히 흘러가는 바깥 풍경을 바라보며 가호는 끄덕였다. 히토코의 눈을 볼 수 없었다.
"오늘 말이야, 엄마가 삼색밥을 만들어 줬거든. 달걀이랑 연어랑 닭튀김 밥이 예쁘게 늘어서 있어."
아스파라거스와 당근 고기말이, 다진 채소가 든 달걀말이, 채소 깨무침, 연근이 든 고기단자, 디저트는 밀감한천젤리. 냉동해 두어서 점심 먹을 무렵엔 딱 좋을 만큼 녹아서 차갑고 맛있을 거야.
도시락을 열기도 전에 히토코는 거기 들어 있는 것들을 찬찬히 설명해 주었다.
가호 엄마도 히토코 엄마도 일하는 건 마찬가진데 히토코의 엄마는 소풍이나 운동회 날엔 제대로 된 도시락을 만든다. 예쁘고 컬

러풀한 데다가 먹음직스러운 도시락을.

한숨이 나올 뻔했다. 가호의 도시락도 보라색 밥이긴 하지만 분명 히토코의 도시락과는 전혀 다른 모양새일 것이다. 색깔만 다른 도시락 통이건만, 두 사람 모두 엄마가 일을 하고 있건만, 어째서 이렇게도 다른 것일까? 정수리에서 목덜미까지 커다랗게 세 번 웨이브를 넣은 머리카락을 손끝으로 어루만지며 가호는 도시락이 들어 있는 가방을 내려다보았다.

방울토마토를 조림과 연어 사이에 밀어 넣는 주름투성이 엄지손가락. 어째서일까? 생생하게, 오늘 아침 일이 생각났다.

토마토 같은 건 전혀 좋아하지 않는다. 그저 갈색의 할머니 도시락을 어떻게 좀 해 보고 싶어서 "방울토마토 넣어 줘." 하고, 언젠가 말했을 뿐. 하지만 아무런 효과도 없었다. 갈색 도시락에 한 군데만 빨간색이 들어갔을 따름이다. 발악을 하고 있는 것 같아 꼴불견이었다.

할머니가 애써 만들어 줬으니까 불평하지 마. 화장대 앞에서 그렇게 말하던 엄마의 등을 떠올린다.

기분 나빠.

조그맣게 혼자 중얼거린 것뿐인데 다 끝났다. 히토코가 "왜 그래? 차멀미? 토할 것 같아?" 하고 속삭이더니 담임 선생님을 불러 왔다.

점심을 먹을 공원 주차장에 버스가 정차하고도 가호는 입을 손으로 가리고 자기 자리에 웅크리고 있었다. 히토코와 자리를 바꾼 선생님이 등을 문질러 주었다.

"가호, 애들이랑 같이 버스에서 내릴까? 바깥공기를 쐬면 기분이 좀 나아질 텐데."

고개를 가로젓는다. 몇 번이나.

"버스 안에서 도시락 먹어도 되나요?"

몸이 영 안 좋은 듯한 음성으로, 얼굴로, 그렇게 말했다. 선생님은 '어쩔 수 없네.' 하는 표정을 지으며 버스 창문을 열어 놓고 아이들을 데리고 버스에서 내렸다. 히토코가 유감스럽다는 듯이 가방을 안고 찾아왔지만 가호는 그녀의 얼굴을 보지 않은 채 "미안." 하고 말했다.

"괜찮아. 도시락 먹고 나서 같이 놀자."

그렇게 말하더니 히토코는 똑바로 내려뜨린 예쁜 머리카락을 흔들며 버스에서 내렸다. 선생님에게 '가호와 함께 먹겠다'고 끝까지 졸라 대지 않는 건, 어쩌면 가호의 거짓말을 눈치챈 건 아닐까? 평소에도 늘 가호의 도시락을 불쌍해하고 있었을지도 모른다. 도시락뿐이 아니지. 헝겊 가방도 젓가락 통도, 이것저것 모조리.

모조리.

활짝 열어 둔 창으로 기분 좋은 바람이 불어 들어온다. 밖은 약간 더울 것 같으니, 버스 안에서 도시락을 먹는 것이 딱 좋을지도 모른다.

　좌석을 살짝 눕히고 무릎 위에 도시락을 놓고 가호는 혼자서 도시락을 먹었다. 방울토마토는 연어와 조림 사이에서 짓눌려 터져 있었다.

　토마토 즙이 스며든 연어도 나쁘진 않았다. 맛이 약간 진해서 식어서도 밥반찬으로 딱 맞는다.

　부드럽게 익은 당근을 젓가락으로 집었을 때, 버스가 흔들렸다. 누군가 뛰어 올라온 것이다. 뛰는 듯한 발걸음, 선생님은 아니었다. 버스 기사도 아까부터 주차장 옆 벤치에서 도시락을 먹는 중이다.

　발소리의 주인은 호리코시 아키히로였다.

　"어이, 괜찮냐?"

　가호 옆을 그냥 지나치더니 자기 자리로 간다.

　"무슨 일이야?"

　"물통을 잊어버렸어."

　뒤쪽을 보니 아키히로가 자기 좌석 아래서 커다란 물통을 끄집어내고 있었다.

　"도시락 먹고 나니 목이 말라서."

　"빠르다, 벌써 다 먹었어?"

　"멋지지?"

　급식 때도 아키히로는 언제나 제일 먼저 먹어 치운다. 그러고는 남은 우유라든가 디저트를 재빨리 차지하는 것이다.

"차멀미 가라앉았으면 너도 같이 먹으면 좋았을 텐데."

통로 쪽으로 얼굴을 내밀고 있던 가호에게 아키히로가 말했다. 가호는 원래 위치로 돌아왔다.

"벌써 도시락 먹기 시작했는걸. 굳이 뭐, 괜찮아."

밖은 더울 것 같기도 하고. 그렇게 덧붙이자 아키히로는 "맞아!" 하고 큰 소리로 말하더니, 통로 건너편 가호 옆에 와 앉았다. 손에는 물통과 초콜릿 쿠키를 들고 있다.

"어마어마하게 덥긴 해. 이쪽이 시원해서 좋네."

그러고는 "줄까?" 하며 쿠키를 하나 내밀었다.

"오늘은 간식 금지잖아."

"가호가 비밀 지키면 안 들키니까."

자, 하고 쿠키를 가호의 눈앞까지 들이민다. 받아 들면서 살짝 손가락끼리 마주쳤다. 잔디밭에 앉아 도시락을 먹고 와서일까, 풀냄새가 났다.

자잘한 초코칩이 들어간 쿠키는 당연한 이야기지만 조림이나 연어와는 다른 식감, 맛이었다.

"가호, 톳도 먹을 수 있어?"

문득 보니 아키히로가 가호의 도시락을 들여다보고 있었다. 순간적으로 쿠키를 들지 않은 손으로 숨기고 말았다. 자기가 숨겨 놓고 쿡, 하는 날카로운 통증이 가슴을 스쳐 갔다.

"그 커다란 연두색 콩도 먹을 수 있어? 커다란 우엉도?"

"뭐, 먹을 수야 있지."

"대단한데?"

가호네 집에서 식사는 할머니 담당이다. 할머니는 이런 것들밖에 만들지 않으니 굶지 않으려면 먹는 수밖에.

"우리 할머니도 만들거든. 톳 무침. 커다란 콩을 삶기도 하고."

"우리도 그래. 도시락을 싸 주는 건 할머니고."

초등학교와 중학교는 급식이 있다. 고등학생이 되면 날마다 도시락이다. 그때가 되기 전에 제대로 된 요리를 할 줄 아는 사람이 되고 싶다. 진심으로 그렇게 생각했다.

"그러다 보니 햄버거라든가 비엔나소시지 같은 거 전혀 넣어 주질 않는 거야."

"뭐 어때? 그런 건 다들 가져오잖아."

"다들 가져오니까. 안 그래?"

"그러니까 좋지 않아? 다른 애들이랑 달라서, 폼 나잖아?"

그게 무슨 소리야. 젓가락 끝으로 소금물에 삶은 누에콩을 건드리며 가호는 말했다. 뒹굴뒹굴, 누에콩이 도시락 속을 굴러다닌다.

"이왕이면 도시락 통도 아예 옛날 냄새 나는 나무 통으로 하지. 가끔 팔잖아. 점잖은 색깔의 나무 도시락. 그 공주님 같은 도시락 통엔 어색하지만 나무 도시락 통이면 엄청 멋있을걸? 분명."

팔고 있었다. 히토코와 이 도시락 통을 사러 갔을 때도 선반 구석에 놓여 있었다. 둘이서 손가락질해 가며 "이것만은 절대 싫어."

하고 웃었었다.

누에콩을 오렌지색 젓가락으로 집어 올려 보았다. 인공적인 오렌지색과 지독한 초록색. 이 젓가락이 예쁜 나뭇결이 살아 있는 나무젓가락이었다면. 그렇게 상상해 보았다.

정말, 나쁘지 않겠는걸. 귀엽진 않을지 모르지만 정말 멋있을지도.

누에콩을 입 안에 던져 넣는다. 소금 맛이 살아 있는 익숙한 맛. 눈을 감고 나무 도시락 통을 떠올려 가며 천천히 씹는다.

눈꺼풀 안쪽의 어둠에 오렌지색 빛이 보인 것 같으면서 생각났다. 그러고 보니, 하며 아키히로를 보았다.

"너 말이야, 옛날에 거짓말했었지?"

"뭐야, 뜬금없이?"

"무당벌레."

어째서 지금 그 생각이 났을까?

"유치원 때 말이야, 내가 너 무당벌레 찾는 걸 도와줬잖아."

기억하지 못하는 걸까? 아키히로는 미간을 찌푸린 채 고개를 갸웃했다.

"네가 용무당벌레를 찾는다고 해서 도와줬어, 내가. 착했으니까."

검은 바탕에 오렌지색 반점. 용의 눈 같아서 용무당벌레. 하지만 그런 무당벌레는 이 세상에 존재하지 않았다.

"용무당벌레니 하는 건, 순 거짓말이었잖아."

요전에 생물 수업에서 곤충의 몸에 관해 배웠다. 교과서에는 무당벌레에 관한 것도 있었다. 그중에 용무당벌레 사진도 있었다. 하지만 거기엔 전혀 다른 이름이 적혀 있었다.

"그거, 그냥 무당벌레였어. 일본 전국 아무 데나 흔하게 있다고 적혀 있던데."

진귀하지 않다니. 그렇게 필사적으로 찾았건만. 그걸 알았을 때, 유치원 시절 이야기였건만, 너무나 화가 났다고 할까, 기가 막혔다.

"저언혀, 생각나지 않는데? 용무당벌레라니."

"아, 그래? 그럼 됐어."

아무려면 어떤가, 용무당벌레 따위.

그보다 다음에 쇼핑몰에 가서 나무로 된 도시락 통이나 사 달라고 할까? 문득 그렇게 생각했다. 히토코는 뭐라고 할지 모르지만, 그래도 좋아. 나무 도시락 통 사 달라고 엄마를 졸라야지.

2

외톨이와
「마음의 눈동자」

후카사쿠 히토코

"네가 치는 피아노는 정말이지 밋밋하네."

건반에 손가락을 얹은 채, 히토코는 규 할머니의 말에 귀를 기울인다. 피아노 의자에 앉아 있는 히토코 옆에서 규 할머니는 스툴에 앉아 히토코의 손끝을 응시하고 있다.

"마음이 담겨 있질 않아. 무감정에 무표정이고. 유령 같아."

"유령이라도 원한이라든가 억울함 같은 게 있으니까 성불 못 하고 어정거리는 거 아니에요? 감정이 아예 없을 리는 없을 것 같은데요."

"말대답은 잘하네."

찌푸린 얼굴로 히토코의 피아노를 손으로 멈춘다. 얌전히 순종했다.

"지금 치고 있는 곡, 제목이 뭔지 알아?"

당연하죠, 하듯이 규 할머니의 얼굴을 보았다.

"「봄노래」."

"맞아. 「봄노래」야. 봄이 오는 기쁨을 노래한 곡이지. 가볍고 품위 있고, 매력이 넘치는 곡이지."

"그 이야긴 귀에 못이 박히게 들었어요."

"이 년이면 갓난애가 걸을 수 있게 되고, 말도 할 수 있게 되건만. 넌 어쩜 전혀 바뀌질 않는구나. 졸업장을 들고 여기 왔던 날부터, 전혀."

당연하지. 피아노를 배우고 싶다고 이 집을 찾아온 날부터 외톨이는 아무것도 변한 게 없으니까. 키는 컸고, 그 무렵엔 모르던 한자도 영어 단어도 역사 연표도 배우긴 했지만, 외톨이는 그냥 외톨이니까.

과장되게 한숨을 지어 보인다. 그보다 훨씬 더 과장된 한숨이 돌아왔다.

"네 피아노는 봄의 기쁨 같은 게 조금도 느껴지지 않아. 그냥 늘 어져서 금방이라도 멈출 것 같다고."

"그럴 생각은 없어요. 이래 봬도 열심히 치고 있는데요."

진심이다. 피아노를 배우기 시작하고 벌써 삼 년째. 피아노 교실 첫날 규 할머니는 말했었다. 우리 교실에 들어온 이상, 열심히 하지 않으면 쫓아낼 거야. 그 말을 충실하게 지켜서 빠지지 않고 다녔다. 비나 오나 눈이 오나 개근이었다.

"머릿속에서 그려 보는 거야. 긴 겨울이 끝나고 봄이 오는 것을. 초목이 봄볕을 받고, 꽃이 피고, 동물과 벌레들이 뛰고 날고 — ."

"학급이 바뀌어서 친한 애들과 헤어진 어떤 아이가, 교실 안에서 외톨이가 되지 않으려고 다가오고. 담임이 학급에 녹아들 수 있도록 이것저것 대책을 강구하고."

성가신 일투성이야, 하고 작은 소리로 덧붙이자 규 할머니가 머리를 감싸 쥔다. 스툴을 밀어 내고 일어서더니 뒤쪽 테이블에 놓였던 찻주전자로 손을 뻗었다.

"골치 아픈 녀석."

녹차를 잔에 따라서 스스슙, 하고 소리를 내며 마신다.

"악보대로 치고 있어요."

"악보대로 치는 거야 원숭이라도 할 수 있지. 넌 인간이잖아."

"저한텐 이 곡이 안 맞아요. 턱도 없어요. 좀 더 어두운 곡이 좋지 않나요? 지금부터 자살하러 가요, 하는 곡."

"설령 그런 곡을 친다고 하더라도 너는 고통이나 원한, 슬픔 같은 걸 표현하지 않잖아. 무(無)야, 무. 로봇 같아."

유령을 부정당하니 이번엔 로봇을 들고나온 건가? 하긴 그건 굳이 틀린 말도 아니겠다 싶다.

"그것도 개성 아닐까요?"

"억지소리 하고 있네. 얼른 한 번 더 쳐."

"예업."

건반에 손가락을 올린 순간, 규 할머니가 "그러고 보니," 한다.

"히토코, 너 올해도 합창 대회 반주는 안 할 거야?"

히토코가 다니는 아소히가시 중학교는 합창에 주력하고 있다. 음악 선생님이 합창 분야에서 유명한 사람이었다. 해마다 모든 대회에 출전했고 문화제에는 학급 대항 합창 대회가 있다.

"우리 반에 피아노 치는 애가 하나 더 있어요. 현 합창 대회에서도 반주를 할 정도니까 중학교에 가서야 시작한 나한테까지 그런 차례 안 돌아와요."

"그런 소릴 하지만 너도 벌써 삼 년째잖아. 여태 한 번도 무대에서 친 적이 없으니. 슬슬 발표회 정도 나가 보면 어때?"

"그런 건 싫은데."

"넌 세상일 대부분을 '그런 건 싫은데'로 정리해 버리는구나."

골치 아픈 녀석, 그렇게 중얼거리더니 피아노를 치라고 손짓을 한다. 골치 아픈 녀석. 최근 이 년간 피아노 교실에만 오면 꼭 듣게 되는 말이다. 이렇게 손이 가는 애는 처음이야. 하지만 신기하게도 규 할머니의 말엔 발끈하게 되질 않는다. 듣는 쪽을 공격해 오는 것이 아니라 마음을 살짝 간질이고 스쳐 가는 듯한, 그런 말이었다.

"어쨌든 봄이라고, 봄. 거짓말이어도 좋으니까 그런 분위기로 쳐 보렴."

"거짓말이어도 되는구나."

쿡, 하고 웃고는 히토코는 건반에 손을 올렸다. 흰색과 검은색의 건반이 춤을 춘다. 거짓 봄을 연주한다. 거짓 기쁨을 노래한다. 언제나 그렇듯이. 초등학교 졸업식 날부터 변함없는, 마음 깊은 곳, 휑하게 비어 버린 곳을 울리는, 기분 좋은 소리.

*

문화제는 10월이지만 합창 연습은 6월부터 시작된다. 학급에서 합창 위원이 선출되고 연습 계획을 세운다. 위원은 음악 선생님이 뽑으니까 모두 노래를 잘하는 아이들이다.

그것뿐이면 좋으련만. 그뿐이라면.

"이번에야말로 진지하게. 제대로 노래 불러 주세요."

가타오카가 반 아이들 스물다섯 명을 노려보며 날카로운 눈동자와 날이 선 음성으로 겁을 주면서 반주자인 히라츠카에게 연주를 하라고 지시한다. 지휘자 역을 맡은 여학생, 마에카와가 양팔을 앞으로 든다. 한 번이라도 실수했다가는 그대로 교수형을 당한다는 듯한 얼굴이다.

반주, 그리고 노래 시작. 세 줄로 서서 노래하는 3학년 2반 얼굴들은 진지하게 노래를 하고 있거나, 겁을 먹고 있거나, 지겨운 듯하다.

10월의 문화제에는 학급 대항 합창 대회가 있다. 10월이다. 늦더위가 물러가고 교복도 바뀔 무렵. 그런데 어째서, 지금 막 하복으로 바뀐 참인 6월부터 그걸 향해 연습을 해야만 하는 걸까? 합창 위원이라는 둥 하는 거창한 걸 음악 선생은 각 반에서 두 명씩 정해 연습 계획을 세우고 다른 아이들을 지도까지 하게 만든다. 10월까지는 음악 수업조차 모조리 합창이다.

앞에 서서 지시를 하고 있는 것이 3학년 2반 합창 위원, 가타오카 미카코.

"그만, 그만!"

제대로 노래도 하기 전에 가타오카는 손을 마주쳐 합창을 멈춰 세웠다. 무슨 이야기부터 해 줄까, 하는 얼굴로 과장 어린 한숨을 내쉬더니, 먼저 남학생들만 서 있는 베이스 파트 쪽을 보았다.

"베이스 파트, 전혀 안 들려요! 좀 제대로 불러 주세요."

쇳소리라는 건 이런 거구나. 귓속 깊은 곳까지 귀이개를 쑤셔 넣었을 때의 날카로운 통증과 닮았다.

"아라하리하고 스즈키는 제일 뒤라고 너무 입을 안 벌려."

가타오카에게 이름을 불린 아라하리와 스즈키는 "미안해." 하는 사과의 말을 입에 담는다. 마음속에서는 혓바닥을 내밀고 있다는 것을 소프라노 파트 셋째 줄에서도 알겠다.

이어서 가타오카에게서 날아오는 말은 이미 알고 있다.

"그리고, 아키히로 말이야. 너도 합창 위원이니까 남학생들을 네가 제대로 통솔해야지. 제일 크게 소리 내고."

거명된 호리코시 아키히로가 "네네, 알겠어요." 하고 대답한다.

그러자 가타오카는 슬쩍 여학생들이 있는 소프라노와 알토 파트 쪽으로 돌아섰다. 이 역시 정해진 코스.

악보를 한 손에 들고 셋째 줄에 서 있던 소프라노와 알토 여학생들을 노려본다.

"셋째 줄, 남자들보다도 안 들려요. 제대로 불러 주세요."

노래를 잘 부르고 성량도 풍부한 애들은 맨 앞줄이고, 뒤로 갈수록 노래를 못 부르고 목소리도 작은 아이들이다. 가타오카가 합창 위원이 되자마자 맨 처음 정한 것이다. 셋째 줄은 열등생.

그녀에겐 '제대로 부르느냐, 못 부르느냐' 하는 두 가지밖에 없다. 소리가 작은 것은 못 부르는 것. 음정이 안 맞는 것도 못 부르는 것이니까.

"여름 방학 때까지는 어느 반이든 음악실을 주 1회만 쓰는 걸로 정했으니까 더 빠르게 움직여야지. 행동이 느리다고, 2반은."

장마가 막 시작된 6월. 끈끈한 공기가 음악실에 가득 차고 빗방울이 창문을 때린다. 노래 부르기엔 그다지 좋은 날이 아니다.

여름 방학까지, 점심시간에 음악실을 이용하며 연습할 수 있는 것은 주 1회로 정해져 있다. 음악 수업까지 포함하면 주 3회. 충분하다고 생각되건만, 합창 위원에게는 다른 모양이다. 본심까지 아직 넉 달이나 남았는데도 조례 전과 방과 후에도 날마다 교실에서 연습을 하고 있다. 학급 활동 시간조차 연습을 하겠다고 조르고 있으니 슬슬 담임도 져 주는 것 아닐까?

가타오카 앞에 서 있는 스물다섯 명의 반 아이들. 그중에는 평소에 사이좋게 지내는 친구들도 있지만 합창이라면 이야기가 달라진다. 합창 위원, 그러니까 가타오카가 학급의 왕이 된다. 그 이외의 학생들은 그의 명령을 따르는 평민. 평민 이하의 아이들도 있는 판이다.

"셋째 줄 사람들은 목소리가 안 나오는 병 같은 건가요? 평소엔 큰 소리로 떠들어 대는 주제에 어째서 합창 때는 소리가 안 나옵니까? 할 마음이 없는 건가요? 대답해 주세요."

당연한 일이지만 대답하는 아이는 없다. 남자고 여자고 어색하다는 듯이 고개를 숙이거나 못 들은 척하며 전혀 다른 방향을 보고 있거나 한다.

"할 마음이 없다면 집에 가도 돼요. 자, 어서 가세요. 이시카와, 가도 됩니다. 니보리도 그만 가세요."

태연히 화를 낸다. 그리고 아무렇지도 않게 상대방을 상처 입히는 독한 말을 쏟아 낸다. 새된 소리로 화를 내는 것도 싫지만, 이렇게 말하는 것도 조금씩 목을 조르는 것처럼 기분이 나쁘다. 이름이 불린 사람도, 그걸 듣는 사람도.

"제대로 노래도 안 하면서 돌아가고 싶지 않다는 것은 무슨 뜻인가요? 이해가 안 되네요."

명목상으로는 가타오카와 호리코시가 3학년 2반 합창 위원이지만 언제나 이런 식으로 가타오카가 연습을 주도한다. 호리코시를 눈곱만큼도 의지하고 있지 않은 모양이다.

"첫째 줄과 둘째 줄은 이대로 파트 연습, 셋째 줄은 복도에서 한 사람씩 노래하는 걸로 합시다. 그렇게 하면 누가 문제인지 바로 알 수 있으니까. 가장자리 사람부터 복도로 나와 주세요."

히토코 옆에서 "이런." 하는 소리가 흘러나왔다. 아마도 히토코에게만 들렸으리라. 야마노다. 야마노 지요. 초등학교 5학년 가을까지는 날마다 함께 수다를 떨곤 하던 사이였다.

"끝에서부터 복도로 나와 주세요."

가타오카는 그렇게 말하고는 가장 끝에 서 있던 히토코를 가리켰다. 손이 닿는다면 자신을 가리키는 그 손을 탁, 하고 쳐 주고 싶었다.

그러나 실행하지 못하고 악보를 들고 얌전히 복도로 나섰다. 처음엔 엄청 당황했지만 이 짓도 세 번째다.

평소에 한없이 영에 가깝게 해 두고 있는 마음의 스위치를, 끈다.

복도에 가타오카가 시디플레이어를 갖다 놓고 의자를 끌어다 앉는다. 거들먹거리며 다리를 꼰다. 아마도 자기가 하녀를 앞에 둔 주인마님쯤 된다고 생각하는 것이겠지.

그녀의 손가락이 플레이어의 재생 버튼을 누르자 피아노 반주가 흘러나온다.

"자, 불러 봐."

올해 문화제에서 3학년 2반이 부를 노래는 「마음의 눈동자」라는 합창곡이다. 사랑과 연대를 테마로 한 노래. 가족이나 친구 연인에게, 세월이 가도 변하지 않을 사랑을 노래한 곡.

3학년 2반에게는 더없이 안 어울리는 곡.

> 마음의 눈동자로 그대를 바라보면
> 사랑한다는 것이
> 무엇인지 알게 된다네

머릿속에서 그려 보는 거야. 긴 겨울이 끝나고 봄이 오는 것을. 초목이 봄볕을 받고, 꽃이 피고, 동물과 벌레들이 뛰고 날고 ─.

규 할머니는 「봄노래」를 그렇게 치라고 히토코에게 말했다. 봄을 그려 보렴. 기쁨을 표현하고. 그렇다면 「마음의 눈동자」에서 그려 봐야 할 것은 분명 사랑이고 연대일 것이다. 소중한 친구라든가 연인이라든가 가족. 도대체 반 아이들 중에서 몇 명이나 그런 걸 이해하고 있을까? 히토코의 노래를 듣고 있는 가타오카는 사랑을 노래하고 있는 것일까? 그녀의 뇌리에 떠오른 것은 합창 대회에서 우승하는 것뿐이지 않을까?

마지막 가사를 다 부른 순간에 가타오카는 플레이어를 정지시킨다. 그리고 평소에 친구들과 이야기를 할 때와는 전혀 다른 낮은 음성으로 이렇게 말했다.

"70점."

손에 든 노트에 점수를 적어 넣는다. 반 아이들의 성적표다.

"더 큰 소리로 노래를 부르면 둘째 줄로 갈 수 있는데 어째서 제대로 안 부르는 거야?"

납득할 수 없다는 얼굴로 가타오카는 히토코를 본다.

"큰 소리를 내면 음정이 틀리거든."

순 거짓말이다.

"음정을 틀리느니 제대로 된 음을 내고 싶으니까."

"연습 부족이야. 연습이 모자란다고. 배에서부터 소리를 내면서 열심히 연습하면 크게 소리를 내도 음정이 맞거든."

봐, 하더니 가타오카는 자기 배에 손을 대고 높다란 가성을 내보인다. 복도 끝의 교실, 복도 전체에 울려 퍼질 만큼 아름다운 소리다. 성량도 더할 나위가 없다.

"연습하면 이 정도 낼 수 있는 거니까. 제대로 열심히 연습해 주세요."

너도 나를 보고 배우라고, 하는 듯이 한 번 더 배에 손을 댔다. 코끝으로 웃고 싶은 것을 참으며 히토코는 악보를 양손으로 움켜잡았다.

"나는 피아노 연습도 있어서. 히라츠카처럼 잘 치질 못하니까 열심히 연습해 두지 않으면, 만약의 경우에 아예 망칠지도 몰라."

히토코는 보조 반주자라는 역할을 맡았다. 히라츠카는 한번 감기에 걸리면 며칠씩이나 학교를 쉬니까 그런 때 대타로 치는 거다.

다행히도, 히라츠카는 지금까지는 한 번도 학교를 쉬지 않았다. 부디 문화제까지 이대로 가 주기를 바랄 뿐.

역량 부족이라 미안. 그런 분위기를 전력으로 만들어 낸다. 연습하고 싶은 마음은 굴뚝같지만 피아노 반주를 언제 하게 될지 모르니, 그때를 위해 연습도 열심히 해 두어야 하고.

제대로 불러, 하는 말에 "미안." 하고 입으로만 사과하는 아라하리나 스즈키와 똑같다.

마음속에서는 혀를 내밀고 있다. 하지만 그들에게 비하면 훨씬 잘 속여 넘기고 있다고 생각한다. 작년에도 재작년에도 합창 연습은 그렇게 넘어갔다. 진심으로 피아노를 시작하길 잘했다 싶다.

"정말, 히라츠카도 골치 아파. 언제 쉴지를 알 수가 없으니."

평소엔 아이, 하고 살갑게 이름을 부르는 주제에.

"그렇다고 해서 후카사쿠가 대충해도 될 핑계가 되는 건 아니니까, 열심히 연습해 줘."

"어, 미안해."

말로만 사과를 하고 머리를 가볍게 숙인다. 가타오카는 병약한 히라츠카를 합창 연습 기간만큼은 번거롭게 여기는 모양이어서 히토코에 대한 잔소리는 최소한으로 끝났다.

대타라서 반주도 노래도 적당히만 연습하면 되니, 정말 횡재했다.

"그리고 말이야."

노트를 무릎 위에 놓고 가타오카는 소리를 죽였다. 복도를 오가는 사람에게 들리지 않도록 세심한 주의를 기울이며.

"우리 흉을 보는 애들이라든가, 합창은 하기 싫다든가 하는 애들 없어?"

"무슨 말이야?"

우리라니, 누구? 지난번에도 지지난번에도 받았던 질문. 마치 처음 들었습니다, 하는 얼굴로 히토코는 대답한다.

"다들 잘해 보자, 하고 있는데 그런 화합을 깨는 녀석들을 보거나 듣거나 하지 않았냐는 뜻이야."

진짜 바보네. 그런 걸 모르다니. 그런 눈으로 본다.

"글쎄, 난 히토리코라서."

언제나 혼자 있는 히토코를, 모두들 안 보는 데서는 '히토리코'(외톨이)라고 부른다. 아마 시작은 중학교 1학년 때였을 것이다.

어째서 걔는 늘 혼자야? 히토코가 아니라 히토리코네. 그런 이야기에서 히토리코라는 말이 생겨났다. 히토리코, 오늘도 혼자네. 히토리코, 소풍 가서 어디에도 끼질 못하나 봐. 히토리코, 수학 여행은 어떻게 하시려나?

그러나 신기하게도 히토코는 히토리코라는 호칭이 묘하게 자랑스럽게 여겨지는 것이다.

모두의 원이 합창 같은 형태를 띠는 것이라면 스스로 고독을 선택하면 되지. 그런 모습이 결코 어리석지 않은 거야.

"그런 이야기를 할 만한 친구도 없으니까. 가타오카에게 말해 줄 만한 것도 없네."

가타오카 역시 히토코를 히토리코라고 부른다. 당사자인 히토코 입에서 히토리코라는 단어가 나온 것은 예상 밖이었던 모양이다. 의외로 이런 일은 말하는 당사자만 남들이 모를 거라 생각한다. 1학년 52명. 두 학급밖에 없는 학교이니 이쪽 귀에 들어오는 것도 빠르다.

"다음, 야마노 좀 불러 줘."

무안함을 억지로 누르며 가타오카가 명령한다. 음악실로 돌아오려는 그 순간, 야마노의 성적표가 눈에 들어왔다. 지난번 이렇게 한 사람씩 점심시간 복도에서 노래를 부르게 한 것은 지지난 주였다. 야마노의 점수 란에는 '5점'이라고 적혀 있었다.

음악실로 돌아오니 모두 히라츠카의 반주에 맞춰 노래하고 있었다. 셋째 줄 아이들이 돌아온 히토코에게 시선을 보낸다.

"다음, 야마노 오래."

원래 자리로 돌아와 옆에 있던 야마노에게 말했다. 창백한 얼굴로 야마노는 히토코의 얼굴을 본다. 10센티미터 정도 키 차이가 나서 밑에서 올려다보는 형태.

"저기, 히토코."

그리운 호칭이다.

"다 불렀어? 1절도 2절도?"

"불렀지."

"뭐라고 그래?"

초등학교 5학년 가을, 금붕어 사건이 있고부터 야마노는 히토코를 '후카사쿠'라고 성으로 부르게 되었다.

"그걸 알아서 뭐 하게?"

후카사쿠. 그건 너랑은 더 이상 친구가 아니니까, 하는 낙인이다. 처음엔 그렇게 불릴 때마다 가슴을 바늘로 찌르는 것 같았다. 마음에서 피가 흐르는 것 같았다. 너무너무 아파서, 귀를 막고 싶었다.

"모두가 같은 말을 들을 바에야, 한 사람씩 따로 불러 노래를 하게 할 필요 없잖아."

하지만 이미 그로부터 사 년이나 지났다. 고통 같은 건 이제 느껴지지 않는다. 몇 번이나 피를 흘린 마음은 딱딱해지고 튼튼해졌다.

"빨리 가는 게 좋을걸. 가타오카, 기분이 나쁜 모양이니까."

앞줄에 들리지 않도록 작은 소리로 그렇게 말하자 야마노는 파랗게 질려 복도로 달려 나갔다. 지금 와서 생각해 보면 저 아이는 옛날부터 주변 애들의 눈치만 살피고 있었다. 어울리지 않게 되면서 그 사실을 잘 알 수 있었다.

뭔가 묻고 싶어 하는 듯한 셋째 줄 아이들의 시선을 무시하고 히토코는 합창에 끼어들었다. 연대와 사랑을, 다른 아이들과 똑같이 입술로만 불렀다.

호리코시 아키히로

　여름 방학이 시작되고 나서도 적어도 주 1회는 학교에 모여 합창 연습을 하자.

　방과 후 교실에서 그렇게 말한 것은 가타오카였지만 그녀가 들고 있는 스케줄표에는 7월 하순부터 8월 말까지 거의 일주일 내내 빨간 표시가 되어 있었다.

　여름 방학에 음악실을 쓰려면 신청서를 써야 하니까 도와줘, 하는 통에 방과 후에 남았지만 아키히로의 일은 가타오카가 쓴 신청서에 사인을 하는 것뿐이었다. 합창 위원 2인의 서명과 담임의 도장이 필요하거든. 그뿐이었다.

　"'적어도 주 1회는'이라는 건, 많을 땐 더 자주 연습한다는 거니?"

　가타오카는 자기 자리에 앉고, 아키히로는 그녀 앞자리 학생의 의자를 빌렸다. 마주 보고 앉을 마음은 들지 않아서 어쩌다 보니 옆을 보고 앉아 있었다.

"여름 방학엔 다른 반도 합창 연습을 할 거고 문화제에서 밴드를 하는 녀석들도 쓰고 싶다고 하거든. 주 1회가 한도라면서 문화제 실행 위원이 짜게 굴더라고."

한숨을 내쉬며 가타오카가 신청서에 사용일을 적어 넣었다. 시험 삼아 신청하는 것까지 포함하면 대충 열흘 정도. 방학 중의 연습으로는 충분한 날짜였다.

"그러니까 다른 날엔 교실에서 하려고. 시디플레이어 빌려 오면 연습 정도는 할 수 있으니까."

"그거, 주 몇 회 할 건데?"

"당연히 매일이지."

말문이 막혔다. 보나 마나 무리한 이야기다. 6월부터 줄곧 이어지고 있는 아침저녁 연습에 대다수 아이들이 질려 있다. 합창을 좋아하는 애들이야 괜찮겠지. 보람도 있고 즐거울 거다. 하지만 그렇지 않은 아이들도 얼마든지 있다.

"토, 일만 빼고 날마다 할 거야."

불만 있어? 하고 가타오카는 미간을 찡그렸다. 스카프를 두르지 않은 세일러복 깃을 잡더니 교복 속으로 바람을 들였다. 7월 들어 더위는 한층 지독해졌다. 실내에서 노래 연습을 하고 있는 것만으로 턱에서 땀이 툭툭 떨어지고 눈 깜짝할 사이에 입 안이 바짝 말라 버린다.

"아무리 그래도 그건 좀 아니지 않아? 매일 한다는 건."

"토, 일은 쉰다니까."

"그래도 주 5회 연습이라니, 모두들 너무 힘들 거야."

펜을 내려놓고 가타오카가 이번에는 확실히 아키히로를 노려보았다. 턱 선에 맞추어 자른 머리카락이 불쾌하게 흔들린다.

"월요일부터 금요일까지 학교에 오는 건 모두 아무렇지 않게 하고 있는 일이잖아? 어째서 여름 방학이 되자마자 그걸 못 한다는 거야? 동아리 활동을 은퇴하기 전에는 너 역시 매일 연습에 왔으면서."

"그거야……."

"동아리 활동으로는 매일 학교에 올 수 있는데 합창 연습에는 왜 못 와?"

하지만 그건 동아리 활동을 은퇴하기 전 이야기잖아. 다른 무엇보다 동아리 활동을 우선하는 것이 허용되었고 마음도 홀가분했던 시절. 하지만 지금은 다르지. 고입 시험도 다들 시야에 들어와 있고, 중학교 마지막 여름 방학을 느긋하게 보내고 싶어 하는 것도 나쁜 게 아니니까.

안 그래?

"여름 방학엔 토, 일과 명절인 오봉 기간을 제외하고 합창 연습. 아이도 미나도 마이코도 에리나도 구미도, 모두 좋다고 했으니까."

모두라고? 언제나 맨 앞줄에 서 있는 노래 잘하는 애들뿐이잖

아. 합창 대회에서 이겨서 중학교의 마지막 추억을 만드는 것밖에 생각하지 않는 애들.

"다른 애들은 어떤데? 학원에 다니는 애들이라든가, 있잖아."

"온종일 연습을 하는 것도 아니니까 그냥 다니면 돼."

그렇게 순조롭게 될 리가 없지. 애초에 각자의 계획대로 움직일 수 있을 만한 연습 스케줄을 짤 생각도 아닌 주제에.

"반대하는 애들도 있을 테니까 반 아이들 모두의 의견을 정식으로 물어보고 정하면 어때?"

더 이상 가타오카의 화를 돋우지 않도록 신중하게 말을 골랐다. 어디까지나 나 말고 다른 애들 이야기. 나는 굳이 반대하는 게 아니야, 하는 표정을 짓는다.

이런. 겨우 움직이기 시작했던 펜이 멈춘다. 가타오카는 얼굴을 들지 않았다. 신청서로 시선을 떨군 채, 연습 중에 반 아이들을 냉정하게 가르칠 때와 같은 음성을 냈다.

"이미 정한 거야. 처음부터 할 맘이 없는 인간에게 맞추다간 절대로 좋아지지 않으니까. 대회에서 이길 수가 없다고, 알겠어?"

굳이 그렇게까지. 이겨 봤자 뭐가 될 것도 아니고. 그렇게 말할 수 있다면 얼마나 좋을까?

"우승하고 싶은 사람의 마음을 할 맘이 없는 인간이 망가뜨리다니, 이상하잖아? 노력하는 사람이 보답받지 못한다니 너무해."

이런 소리를 듣다 보면 그녀의 말이 옳다고 일순 생각해 버린다.

하지만 아니다. 절대 아니다.

합창 대회는 3학년인 올해가 마지막이다. 어떤 학급의 합창 위원이든 최우수상을 받고 싶어 한다. 무엇보다 하급생에게 지다니, 상급생으로서 용서가 안 된다. 그러니 하급생보다 훨씬 더 열심히 연습한다. 열심히 하게 되어 있다. 하지만 이대로 연습이 계속된다면 누군가는 학교에 못 오게 될지도 모른다. 조만간 누군가 포기해 버리는 것은 아닐까?

아키히로의 걱정에 아랑곳없이 가타오카는 신청서를 다 쓰고는 아키히로 쪽으로 돌려놓았다. 볼펜을 내밀며 "어서 이름을 적어." 하더니 턱을 고인다.

빚 얻는 사람의 연대 보증인이 될 때 이런 기분인 걸까? 엉뚱하게도 그런 생각이 들었다.

신청 서류를 들고 가타오카는 교무실을 향했다. 한참 짬을 두고 아키히로는 교실을 나섰다. 층계참에서 마주치지 않기 위해 그렇게 했건만 계단 바로 앞에서 다른 인간과 마주치고 말았다.

"저, 아키히로. 잠깐 괜찮아?"

야마노였다. 비어 있는 교실 문에서 얼굴을 빼꼼 내밀고 손짓을 한다. 뒤에는 여학생들 얼굴 몇이 있었다. 모두 합창 때 셋째 줄인 아이들이다. 불길한 예감이 들었다.

"뭔데?"

멈춰 서긴 했지만 손짓엔 응하지 않았다.

"이리 좀 와 봐."

"누가 들으면 안 되는 이야기라도 있어?"

야마노가 발끈하는 걸 알겠다. 문을 활짝 열더니 "아, 됐으니까 빨리 좀 오라고." 하고 이번엔 커다랗게 손짓을 했다. 할 수 없이 다가갔다. 가능한 한 문 가까이에 섰다.

누가 말을 꺼낼지 고민하며 야마노를 비롯한 네 명의 셋째 줄 여자애들은 서로 얼굴을 바라본다. 서로 미루고 미루던 끝에 참지 못한 야마노가 한 걸음 앞으로 나선다.

"여름 방학 동안에 어느 정도 연습하기로 한 거야?"

그걸 묻고 싶었던 거구나. 셋째 줄 열등생 여학생들로서야 사활이 걸린 문제겠지. 셋째 줄에서 노래하는 남자들은 모두 의욕도 없고 가타오카의 이야기 따위 건성으로 흘려듣는다. 하지만 여자애들이 조금이라도 그런 태도를 보였다간 다른 여자애들한테서 몰매를 맞을 거다. 그리고 그것은 합창 대회가 끝난 후에도 이어지리라.

"음악실 사용은 주 1회, 그 이외에는 교실에서 토, 일 빼고 매일 이래."

아키히로의 말이 끝나기도 전에 네 사람은 일제히 서로 얼굴을 마주 보았다. 비명에 가까운 한숨이 흘러나온다. 눈물을 글썽이는 아이도 있다.

"아니, 어째서 그런 걸 좋다고 한 거야?"

주먹을 꽉 움켜쥔 야마노가 따지고 들었다. 네 사람 가운데 그녀만 세일러복 깃에 스카프를 두르지 않았다. 다른 세 아이는 모두 스카프를 교차시켜 묶었을 뿐인 심플하고 꾸밈없는 모양새. 너무나 그들다운 매듭.

"그런 무리한 연습, 될 리가 없잖아? 무슨 생각을 하는 거야?"

"가타오카한테 말해."

"말할 수 있을 리가 없지. 누굴 바보로 아는 거야?"

남자애들은 늘쩡늘쩡 하는 둥 마는 둥 할 수 있겠지만 여자애들은 그게 아니니까. 그런 부분을, 네가 제대로 배려했어야지. 남자아이들이야 싫으면 안 할 수도 있겠지만 우린 모두 일단 한다고 하면 무슨 일이 있어도 해야 하니까. 너희도 대충 하면 되지, 할지도 모르지만 그런 짓 했다가는 그냥 끝나지 않잖아.

야마노의 비난 같기도, 불평 같기도 한 이야기는 한참 이어졌다. 도중에 다른 아이가 맞장구를 치거나 끼어들거나 하는 통에 더 길어졌다.

"그러니까 어떻게 좀 해 봐."

"어떻게 좀 할 방법이 있으면 나도 알고 싶어."

"그걸 네가 생각하라고. 합창 위원이니까."

고개를 떨구는 야마노. 필사적으로 노래를 부르건만 음정이 틀리곤 해서 줄곧 가타오카의 화풀이 대상이 된다는 건 짠하다. 가엾다고 생각한다.

교실 안에서 어떻게든 제자리를 지키려고 안간힘을 다하고 있다는 것도 이해한다.

야마노와는 초등학교부터 함께였다. 그녀가 줄곧 학급의 중심 그룹이었고 학급을 이끌며 즐겁게 지내고 있었던 것도 알고 있다. 하지만 곰곰이 생각해 보면 야마노는 같은 그룹의 오츠 가호라든가 후카사쿠 히토코의 눈치만 살피고 있었던 듯도 하다. 오츠와 후카사쿠가 이야기를 하고 있으면 필사적으로 끼어들어 악착같이 두 사람의 등 뒤에 붙어 있었다.

맞다. 그날도 "히토코, 늘 금붕어를 '죽여 버리고 싶다'고 했었지."라고 말하는 오츠 가호에게 맨 먼저 동조했다.

그 순간 갑자기 현기증 같은 증상이 일어났다. 머릿속이 홀떡 뒤집혀 버릴 것 같았다. 지독한 차멀미라도 하는 듯한 느낌. 미간을 누르며 숨을 들이쉰다.

"저기, 선생님한테 의논하면 안 돼?"

"이런 일을?"

"응, 이러저러해서, 힘들어하는 애들이 엄청 많다고."

"너희들이 하면 되잖아?"

"할 수 있을 리 없잖아. 우리가 고자질했다는 게 탄로 나면 큰일이니까."

어디까지나 합창 위원인 아키히로 스스로 학급 상황을 염려하여 담임에게 상의했다,라는 모양새를 취하지 않으면 곤란한 모양이다. 그럴 만도 하다 싶다.

"알겠어. 조만간."

"뭐야, 조만간이라니."

우리 형편도 모르고. 니보리 같은 애는 아침마다 복통을 일으킬 만큼 스트레스를 받고 있는 데다가…… 또 한 번 길고 긴 이야기가 이어질 듯해서 손을 뒤로 돌려 문을 열었다. 도망치듯이 "갈게." 하고 돌아보지 않고 계단을 뛰어내려 왔다. 문이 닫히는 소리가 나고 야마노 일행은 빈 교실에서 작전 회의를 계속할 거다. 호리코시 아키히로는 별 도움이 안 될 듯하니, 다른 작전을 세우기 시작했을까?

아키히로 자신이 담임한테 합창 연습 때문에 반 아이들 일부가 몹시 힘들어하고 있다고 이야기하면 어떻게 될까? 알 수 없다. 합창 연습이 좀 나아질까, 가타오카가 밀고한 범인을 찾기 시작할까? 모르겠다. 어쨌든 이쪽 예상대로 되어 가진 않을 테니까.

정말 질색이다. 호수에 돌멩이를 던지는 일은 더 이상 하고 싶지 않다. 예상도 못 했던 커다란 파문이 일어서, 생각지도 못했던 곳까지 파도가 밀려가서 무언가를 파괴해 버린다.

그런 짓은 이제 죽을 때까지, 절대로, 결단코, 싫다.

*

자전거 두는 곳에서 후카사쿠 히토코를 발견했다. 허리를 꼿꼿하게 펴고 페달을 밟으며 이쪽을 향해 온다. 흰 바탕에 감색 세일러 깃이 붙어 있는 하복이 햇빛을 반사하며 유난히 눈부시게 느껴졌다.

속도를 줄이며 들어온 그녀는 아키히로가 자전거를 멈춘 곳에서 세 대쯤 떨어진 빈 공간에 자전거를 세운다. 앞 바구니에서 가방을 꺼내 어깨에 메고 땀이 난 이마를 한번 닦더니 학교 건물을 향해 간다. 일련의 동작을 하면서, 그녀는 단 한 번도 아키히로를 보지 않는다.

"저기, 후카사쿠."

무심결에 그렇게 성을 부르고 말았다. 후카사쿠가 멈추더니 돌아본다. 초등학교 때는 그다지 키 차이가 나지 않았지만 중학교에 들어오고 나서 자신의 키가 커서인지 지금은 머리 하나 이상 차이가 난다.

아키히로를 올려다보며 후카사쿠는 "왜?" 하고 고개를 갸웃한다.

뭐라고 이어 나가야 할지 모르겠다. 그녀의 음성은 초등학교 무렵과 다를 게 없다. 달라진 게 없건만 이렇게도 다른 사람처럼 들린다.

"매일 연습하기 힘들지 않아?"

살짝 후카사쿠의 오른쪽 눈썹이 움직였다.

"어쩐 일로, 합창 위원이신 호리코시가 그런 걸 물어?"

네가 정한 거잖아? 하는 얼굴이다.

"아니, 그건 그렇지만. 날마다 연습이라서 모두들 힘들지 않을까 싶어서."

"글쎄, 난 외톨이라서. 모두들 어떤지를 나한테 물어 봤자 아냐?"

외톨이. 모두들. 꽤나 가시 돋힌 말투다.

후카사쿠 히토코는 사 년 전 바로 그날부터 이렇게 되어 버렸다. 사이가 좋았던 오츠라든가 야마노와도 일절 이야기를 하지 않게 되었고, 그렇다고 다른 친구를 만들지도 않고, 그저 오직 혼자만 있게 된 것이다.

그리고 후카사쿠는 외톨이라는 말을 주저없이 이렇게 스스로 입에 담는 것이다. 변했다. 최근 사 년 동안 누구보다 더 달라졌다. 다른 사람이 되었다. 자신을 다른 여자애들처럼 '아키히로'라고 이름으로 부르고, 장난을 치면 화를 내고, 때론 손바닥으로 때리기도 했던 후카사쿠 히토코는 어딘가로 가 버린 것이다.

"자, 다르게 물어볼게. 후카사쿠는 힘들지 않아?"

"별로. 집에 있어 봤자 할 일도 없고."

이야기는 이걸로 끝,이라는 듯이 후카사쿠는 발길을 돌려 버린다. 오른손에 든 자전거 열쇠를, 책가방 주머니에 넣으려 한다.

그 끝에 손을 뻗어 그녀의 손에서 자전거 열쇠를 빼앗는다. 저항 없이, 아무렇지 않게 열쇠는 아키히로의 손으로 들어왔다.

앗, 후카사쿠가 이쪽을 올려다본다. 겨우 나를 보았다. 그런 느낌이 든다.

"돌려줘."

오른손을 내민다. 내놔, 내놓으라고! 하고 초등학교 때처럼 요란을 떨지 않는다. 늘 자기는 이런 식으로 후카사쿠 히토코를 놀렸다. 후카사쿠가 외톨이가 된 후에도 이렇게 그녀의 소지품을 빼앗아 눈앞에서 흔들흔들해 보였다.

그렇게라도 하지 않으면 그녀는 자신을 봐 주지 않는 것이다.

"있잖아, 후카사쿠는 지금 합창 연습을 어떻게 생각해?"

"열심히들 하시니, 좋은 일 아닙니까?"

나랑은 상관없지만. 그렇게 말하고 싶은 모양이다.

"이대론 안 된다고 생각 안 해?"

"그렇게 생각한다면, 합창 위원이신 호리코시가 어떻게 해 보시면 되는 거 아냐?"

너까지 그런 소리 좀 하지 말아 줘. 야마노를 비롯한 셋째 줄 여자애들, 소중한 여름 방학을 돌려 달라며 가타오카가 아닌 자신을 닦아세우는 남자애들과 똑같은 소리를.

가타오카가 음악실 사용 신청서를 내고 이튿날 아침 학급 회의 시간에 연습 일정을 발표하자 학생들이 반대하기도 전에 담임이 박수를 치기 시작했다. 3학년 여름에 동아리 활동을 은퇴해 버리고 나면 모두들 시험 공부에만 몰두하느라 학급이 뭉칠 수가 없다,

그런 와중에 합창 덕분에 모두 일치단결한다니 멋진 일이다, 다른 학급이라면 그렇게 간단히 할 수 있는 일이 아니다. 재작년 이 학교로 부임해서 올해 처음으로 3학년 담임이 된 그에게 가타오카가 하려는 일이 예뻐 보였나 보다.

아키히로가 어떻게 해 볼 여지도 없이 여름 방학 합창 연습은 정해졌다. 이런 못난이, 하고 생각한다. 한심하다 싶기도 하다. 도대체 언제부터 이런 인간이 되어 버린 걸까? 옛날엔, 아니 몇 해 전만 해도, 초등학생 때는 이렇지 않았다. 싫은 것은 싫다고 말했고 당당하게 거부했다. 자기주장을 하고 그에 반하는 타인의 의견을 배제할 만한 힘이 있었다. 그야말로 가타오카처럼.

그 무렵의 자신이었다면 연습에 우선 참가하지 않는다. 여름 방학을 망치다니 말이 돼? 하며 앞장서서 연습을 거부할 수도 있었다.

언제 잃어버린 걸까. 대충 알고 있다. 에비사와 후유키가 남기고 간 금붕어가 죽은 날. 그날부터 서서히, 자기 속의 그런 부분들이 사라져 간 것이다. 다른 아이의 금붕어였다면 결코 이렇게 되진 않았을 것이다. 후카사쿠가 선생님에게 꾸중을 듣는 일도 없고 외톨이가 되지도 않고, 모든 일이 제대로 돌아갔을 것이다. 학급에서 가장 머리가 좋고, 모토야나기 선생이 가장 마음에 들어 했던 에비사와 후유키의 금붕어였기 때문에 모조리 망가져 버렸다.

그게 내 금붕어였더라면 얼마나 좋았을까?

"돌려줘, 자전거 열쇠."

긴 손가락들이 눈앞으로 다가온다. 그 자리에서 꼼짝하지 않는다.

"이렇게라도 하지 않으면 넌 이야기를 들어 주지 않잖아."

숨을 들이마신다. 내쉰다. 뭐라고 해야 할지 몰라서 진부한 소리를 입에 담는다.

"너, 요즘 왜 그래?"

후카사쿠의 눈이 날카로워진다. 미간을 찡그리고 혐오감을 드러낸다. 머리 하나만큼의 키 차이를 뚫고 그 시선이 아키히로에게 와 박힌다.

6학년 때, 후카사쿠의 필통을 빼앗고도 그렇게 말했다.

"너, 요즘 왜 그래?"

중학교에 들어가서 얼마 안 되었을 때도 그렇게 말했다. 작년 체육 대회 때도 말했다. 머리띠를 빼앗고 나서 말했다. 언제나 그렇다. 그녀를 앞에 두면, 정작 할 말을 못 하게 된다. 전해야 할 말이 있다는 것을 알고 있건만, 말할 수가 없다. 그 대신 "너, 요즘 왜 그래?"라는 제멋대로인 잔인한 말이 나와 버린다.

"네가 말하는 '요즘'이 언젠데?"

"아니, 너 초등학교 때는 안 그랬으니까. 오츠나 야마노랑도 친하게 지냈고."

"그래서 뭐? 그냥 같은 초등학교였다는 것만으로 평생 같이 다녀야만 하는 거야?"

"그래도, 너는……."

후카사쿠의 손이 소리 없이 움직이더니 아키히로의 손에서 열쇠를 빼앗아 간다. 가방 주머니에 넣더니 그대로 교실을 향해 간다.

금붕어 탓에 변해 버린 거지? 목구멍까지 올라온 말을 입 안에서 되새김질한다. 마치 금붕어를 두고 전학 간 에비사와 후유키에게 모든 책임을 미루는 듯한 소리다.

변했다. 후카사쿠 히토코도, 아키히로 자신도 변했다. 분명, 되돌아갈 수 없을 만큼 달라졌다. 아키히로는 아직도 그것을 받아들일 수가 없다.

후카사쿠 히토코

여름 방학이 시작되었건만 거의 매일 합창 연습을 하러 학교에
가야 했다. 기막혀하고 있는 것은 자기만이 아닐 것이다.

8월 중순. 오봉 명절 기간 전 마지막 피아노 수업 날이었다.

규 할머니는 히토코에게 「봄노래」를 감성이 풍부하게 치도록
만드는 일을 포기하고 다른 곡을 가져왔다. "이젠 봄이라는 기분
이 드는 계절도 아니고."라나 하면서 내민 것은 쇼팽의 녹턴 제
20번 「유작」이었다. 오선지 위에서 춤추는 음표를 보자마자 히토
코는 이 곡이 마음에 들었다. 무겁고 어두운 분위기. 서글픈 멜로
디. 아아, 좋네. 손가락을 건반에 올려놓을 때마다 손가락 끝에 소
리가 스며든다. 이거 좋은데.

기분 좋게 치고 있으려니까 규 할머니가 뒤에서 "어머나!" 하고
소리친다.

"애, 이거 합창 악보 아니니?"

돌아보았더니 규 할머니는 한손에 히토코의 손가방을, 다른 손에 「마음의 눈동자」 악보를 들고 있다.

"남의 가방 함부로 보지 마세요."

"보려고 한 게 아니라, 보였어."

악보를 펼치고, 규 할머니는 히토코 옆에 앉았다. 보면대의 「유작」 위에 「마음의 눈동자」를 놓았다.

"그렇다고 치라고 하지 마세요."

"반주하는 거 아니야?"

"난 대타. 반주자는 따로 있다고요."

사정을 설명하자 규 할머니는 실망한 듯 어깨를 떨구었다.

"난 그냥 적당히 하고 있으면 돼요."

"어쩌면 그날 반주하는 애가 결석할 가능성도 있으니까, 연습은 제대로 해 두어야지."

"됐네요. 그럴 확률이 얼마나 된다고."

분명 히라츠카는 병약하긴 하지만. 1학년 때부터 반주자였고 지금까지 문화제에 결석한 적도 없다. 기껏해야 연습 때 대리 노릇을 하는 정도에 그칠 것이다.

"뭐 어쨌든, 한번 쳐 보렴."

"그렇게 나한테 합창 반주를 시키고 싶어요?"

"넌 좀 지나치게 한 마리 외로운 늑대 같아. 좀 더 남들과 섞이는 게 좋다고."

"그러니까, 할머니."

"아이고, 또 '얽히지 않아도 될 사람과는 얽히지 않는다'고 말할 참이지?"

"합창은 질색."

어째서? 규 할머니는 고개를 갸웃한다. 이것저것 하고 싶은 말은 있었지만 그때 히토코의 뇌리를 스친 것은 가타오카의 말이었다.

'다들 잘해 보자, 하고 있는데 그런 화합을 깨는 녀석들을 보거나 듣거나 하지 않았냐는 뜻이야.'

"'다들, 다들' 하는 소리, 정말 짜증 나요."

'다들'이라니, '얽히지 않아도 될 사람과는 얽히지 않는다'의 대극에 있는 존재다.

그 '다들'은 도대체 어디까지가 '다들'인 걸까? '다들'에 나는 들어 있는 걸까? 대답은 너무 빨라서 히토코는 그 원에 절대로 끼지 않겠다고 마음먹었다.

"노래를 잘 못하는 아이를 복도로 불러내서 시킨다니까요? 점심시간 복도에서, 다른 학생이나 선생들이 돌아다니는 곳에서. 부끄럼 때문에 소리가 안 나오든 아무리 해도 음정이 맞지 않든 다 '제대로 안 한다.'라는 말로 뭉뚱그려 버리고. 그러곤 그런 아이에게 점수를 매기는 거죠. 그래 놓고는 합창 연습에 대해 불평하는 애가 없는지 밀고나 하게 만들고요."

그게 모두가 하고 있는 일이고, 아무개 아무개가 합창 위원 뒷담화를 하고 있었답니다, 하고 고자질이나 하는 게 바로 다른 사람과 얽히는 거라고요.

그렇게 말하자 규 할머니는 무척이나 슬픈 표정을 지었다.

"그런 일이 다 있어?"

"있다니까요. 아마 이대로 10월 문화제까지 쭉 갈걸요."

외톨이는 그것을 멀리서 보고 있다. 절대로, 그 일에 끼거나 하지 않는다.

*

그날 연습이 평소와 달랐던 것은 참석한 반 아이들 수가 극히 적었다는 것. 여자는 4명 결석. 남자는 8명 결석이었다. 2반은 남학생 12명, 여학생 14명으로 26명짜리 학급. 텅 빈 남자 파트에서는 맨 앞줄에 혼자 서 있는 호리코시가 엄청 어색한 얼굴을 하고 있었다.

여름 방학도 이젠 열흘쯤 남았다. 시험 공부도 해야 하고, 숙제도 있고, 놀러도 가고 싶을 거다. 연습에 어느 정도 질려 버린 아이들도 많을 것이고.

집합 시간을 십오 분이나 넘기고도 사람이 늘어날 낌새가 없다. 짜증이 정점에 달한 가타오카가 "장난하냐!" 하고 거친 소리를 내더니 벽을 발로 찼다. 그 모습에 지금까지 한데 모여 "왜들 안 오는 거야! 말도 안 돼!" 하고 있던 여자아이들 얼굴에서 단번에 핏기가 가셨다. 공기가 얼어붙는다는 건, 바로 이런 거다.

"어째서, 다들 열심히 하고 있을 때 협력을 못 하는 거냐고! 다들 열심히 하고 있는데!"

지휘대 위에 놓였던 명단을 가타오카가 난폭하게 집어 들었다. 결석자 이름을 하나씩 확인한다. 이유가 뭐가 됐든, 오늘 결석한 아이들에겐 도대체 어떤 벌이 내리는 걸까?

알토 파트 맨 앞줄에 있던 여학생이 "마키는 오늘 입원하신 할머니한테 가야 한다고, 한참 전에 연락했었지?" 하고 가타오카에게 다짐을 둔다.

"그건 알고 있지만, 그래서 어쩌라고?"

쳇. 혀 차는 소리를 섞어 그렇게 말하는 바람에 말을 꺼낸 여자애는 당황하여 입을 다문다.

여름 방학에 들어와 이런 숫자는 최저 아닌가? 교실을 돌아보며 히토코는 생각한다. 오늘은 음악실에서 하는 연습은 아니니까 그것 때문에도 결석이 늘었을지 모른다. 책상과 의자를 모조리 교실 뒤쪽으로 밀어 만들어 놓은 공간에 세 줄로 서 있는데 평소보다 교실이 텅 빈 듯이 느껴진다.

최악의 분위기 그대로 연습이 시작되었다. 오늘은 한 사람씩 아이들 앞에서 노래한다. 그 후에 가타오카를 포함한 모두에게서 지적이라든가 조언을 듣는 것이다.

그 일이 일어난 것은 가시와바라는 여학생이 「마음의 눈동자」를 부르기 시작한 바로 다음이었다.

"큰 소리로 부르라고 했잖아!"

다른 학생들이 바닥에 주저앉아 있는데, 팔짱을 끼고 버티어 선 채 가타오카가 가시와바에게 고함을 질렀다. 가시와바는 "아!" 하고 비명을 지르더니 노래를 멈춘다. 시디플레이어는 멈추지 않고 피아노 소리를 계속 내보낸다.

"6월부터 내내 말했잖아, 왜 못 하는 건데? 할 맘이 없는 거야? 아님 나를 무시하는 거야?"

변명하려는 가시와바를 제지하며 "다시 불러." 하고 다시 팔짱을 낀다. 노래를 시작한 가시와바의 음성은 아까보다 더 작아져 버렸다. 그녀는 노래를 못 부르는 건 아니지만 부끄럼을 많이 타는 편인지 가타오카를 무서워하는 것인지, 아니면 양쪽 다인지, 연습 때마다 소리가 작았다.

"다들 잘해 보자, 하고 있는데 부끄럽다는 둥, 그런 말도 안 되는 이유로 노래를 안 부르는 게 허용될 수 있다고 진심으로 생각하는 거야?"

가시 돋친 말이 이어진다.

마침내 가시와바는 「마음의 눈동자」를 끝까지 부르지 못하고 울음을 터뜨리고 말았다.

"왜 우는 거야? 내가 틀린 소리 했어? 이래서야 내가 가시와바를 괴롭히고 있는 거 같잖아?"

응, 안 그래? 가타오카는 계속 몰아세웠다. 가시와바는 고개를 가로저으며 몇 번이나 눈가를 훔쳤다.

분명 이쪽에서 누군가 가타오카에게 "아니야. 네 말이 맞아."라고 했어야 하는 것이리라. 하지만 무겁게 가라앉아 마음도 내장도 모조리 박살이 나 버릴 듯한 이 분위기 속에서 그녀의 친구들조차 그런 소리를 할 수가 없었다.

"3학년 2반에게 실망했어."

무겁게 한숨을 쉰 가타오카는 벽 쪽에 놓여 있던 자기 가방을 들어 올리더니 그대로 둘러멨다.

"최선을 다하고 있는 사람을 상처 입히는 짓을 태연히 하다니, 형편없는 학급이야."

차갑게 내뱉더니 그대로 교실을 나간다. 쾅, 하고 문을 닫고 복도를 성큼성큼 걸어간다. 그 소리가 멀어져 가면서 남겨진 아이들은 서로의 얼굴을 마주 보기 시작했다.

"또냐?"

베이스 파트 언저리에서 그런 소리가 차례로 들린다. 웃기는 코미디에 짜증이 정점에 달했다, 하는 목소리.

연습에 좀처럼 전원이 모이지 않게 된 것은 오늘이 처음은 아니다. 오봉 휴일 전부터 때로 있었다. 그럴 때마다 가타오카는 이런 식으로 교실을 뛰쳐나가는 것이다. 그리고 누군가가 데리러 간다. 가타오카는 정말로 가 버리는 것이 아니라 대개는 교사 뒤 어딘가에서 누가 데리러 오기를 기다리고 있다. 그러고는 교실로 돌아와서 "2반 여러분을 믿고 있으니 제대로 좀 해 주세요." 하고 다시 연습을 시작한다. 가타오카를 데리러 가는 것은 그녀의 친구이거나 때로는 같은 합창 위원인 호리코시였다.

그대로 서 있던 가시와바에게 야마노가 뛰어갔다. 괜찮아? 하고 얼굴을 들여다보더니 셋째 줄로 데려간다.

"어째서 이런 일을 당해야 하는 거야?"

자기 자리에 앉더니 무릎에 얼굴을 묻고 그녀는 말했다.

"어째서 고작 합창 때문에 이런 끔찍한 짓을 당해야 하지? 어째서 그런 지독한 소리를 들어야만 하는 건데?"

짜내는 듯한 소리 탓에 그대로 목구멍이 찢어져 버리는 것 아닐까 싶을 정도로 비통한 음성이었다. 평소라면 "고작 합창이라니, 무슨 소리야?" 했을 맨 앞줄 여자애들조차 뭐라고 하지 못했다. 그 아이들은 매일 하는 연습을 처음에야 찬성했지만, 그것 때문에 잃어버린 시간이나 만들지 못한 추억들이 여름 방학이 끝나 가면서 점점 아쉬워지기 시작했는지도 모른다.

무슨 조화인지, 「마음의 눈동자」가 머리를 스친다. 어제 피아노 교실에서 쳤기 때문일까?

가사까지 머릿속을 흘러 다닌다.

만약 내일이 조금씩 보이기 시작한다면
그것은 살아온 발자취가 있기 때문이지.
언젠가 젊음을 잃는다 해도 마음만은
결코 변치 않을 끈으로 묶여 있으리

끈 좋아하시네, 변치 않는 것 좋아하네.
정말 지긋지긋해.

호리코시 아키히로

9월 1일, 개학식이 끝나고 방과 후. 합창 연습을 마치고 다들 교실을 빠져나가고 있는데 야마노가 불러 세웠다. 팔을 세게 잡는다.

"잠깐 남아 줄래?"

그리고 조그만 소리로 덧붙인다.

"합창 연습, 네가 아무것도 안 해 주니까 우리가 어떻게든 해 보려고."

우리. 그렇게 말하는 야마노 등 뒤에는 여자애들 몇이 있었다. 여름 방학 전, 빈 교실에서 이야기를 했을 때와 같은 면면이다.

"네가 그때 막아 줬더라면 이런 일은 없었을 텐데."

가시와바는 그날 이후 연습에 안 나온다. 오늘도 학교에 오지 않았다. 어쩌면 아예 못 올지도 모른다.

"조금이라도 죄책감이 있으면 남아."

그렇게 내뱉더니 다른 여자애와 함께 창가에서 누군가를 기다리기 시작했다. 조금씩 교실에 있는 아이들 수가 줄어 간다. 담임도 가 버리고 가타오카 역시 친구들과 함께 사라졌다.

야마노 일행이 누구를 기다리고 있는 것인지 알아차리기까지는 시간이 걸렸다.

복도 쪽 자리에서 혼자 학급 일지를 쓰고 있던 당번 후카사쿠 히토코가 다 쓴 일지와 가방을 손에 들었을 때, 야마노가 얼른 그녀에게 다가섰다.

"히토코."

교실 출입구를 막아서듯이 야마노가 후카사쿠 앞에 선다. 아키히로의 자리에선 후카사쿠의 등밖에 보이지 않지만 그녀가 뜨악해하며 얼굴을 찡그리는 것을 알겠다.

"잠깐 기다려 줬으면 해."

"나 오늘 피아노 교실이 있어서 급한데."

"그러니까, 잠깐이면 돼."

남은 세 사람이 억지로 자신들의 원 안에 넣듯이 후카사쿠를 둘러싼다. 무슨 일인가 싶어 아키히로는 숨을 죽였다.

"합창 이야긴데."

서로 눈짓을 주고받더니 야마노가 대표로 말을 꺼낸다.

"우리 반 연습은 히토코도 이상하다고 생각하지?"

아무런 말도 하지 않는 히토코 대신 주변 아이들이 말한다.

"이상하지. 기껏해야 합창인데 그렇게 잘난 척을 해 대고, 지독한 소리를 지껄이고."

"우리 엄마도 이상하다고 하더라."

교실에 몇 남아 있던 학생들의 시선이 흘끔흘끔 그들에게로 모여든다. 결심했다는 듯 야마노가 교실을 둘러본다.

"저기, 다들 그렇게 생각하지? 너무하잖아, 진짜 이상하다고. 어째서 고작 합창 때문에 이런 불쾌한 일을 당해야 하는 건가 싶지 않아?"

다들 그렇게 생각하잖아! 다짐을 두듯이 야마노는 그렇게 되풀이했다.

"그치? 아키히로도 그렇게 생각하지?"

갑작스레 묻는다. 대답이 안 나와 긍정도 부정도 하지 못했다.

"음악 성적이 좋다고 합창 위원이 되고, 남자애들이 장난친다고 아키히로도 함께 야단을 맞고. 어째서 그렇게 잘난 체를 하게 두어야 하는 건가 생각하지?"

자신의 시선이 허공을 헤매는 걸 깨닫는다. 그 시선이 후카사쿠에게로 가닿고야 만다.

야마노는 기가 찬다는 듯한 얼굴로 아무 말도 하지 않는 아키히로에게서 시선을 거두었다.

"뭐야? 지난번에 그렇다고 해 놓고선. 우리한테 협력하겠다고 한 주제에."

후카사쿠가 자신을 미심쩍게 바라본다. 그것을 차단하듯이 야마노가 그녀에게 다가선다.

"저기, 히토코."

갑자기 야마노는 후카사쿠의 두 손을 움켜잡았다. 하얗고 조그만 손이 후카사쿠의 두 손을 감싼다.

"우리, 선생님께 이야기할 거야. 가서 하소연하면 분명 우리가 이길 수 있어. 우리가 뭐, 잘못한 게 없잖아?"

가타오카의 이름은 결코 입에 담지 않는다. 뻔히 속이 들여다보이는 보험을 들려는 거군. 웃긴다.

하지만 그녀가 하려는 짓은 분명 옳다.

친구의 그늘에 숨어 반 아이들의 눈치나 살피고 있던 야마노였지만 훨씬 강해진 것이다. 나 따위와는 달리.

그렇게 생각했건만 야마노는 이어서 말도 안 되는 소리를 했다.

"그래서 말이야, 히토코는 대타이긴 해도 반주자 아냐? 셋째 줄이지만 그다지 심한 말도 듣지 않고. 음악 성적도 우리들보다는 좋고. 그러니까 히토코가 저기 뭐랄까, 그, 리더가 되어 선생님이나 합창 위원에게 말해 주면 분명 들어줄 거야."

야마노는 여름 방학 이후 사이좋던 그룹에서 밀려났다. 그 그룹의 리더격 존재가 가타오카이기 때문이다. 그래서 지금은 주로 셋째 줄 여자애들로 구성된, 눈에 띄지 않는 그룹에 대충 속해 있는 모양이다. 원래의 그룹으로 돌아가기를 포기하고 지금 그룹에 남아 있기로 정했기에 이런 대담한 행동을 하는지도 모른다.

더구나 앞으로 평온한 학교생활을 지키기 위해서는 앞장서 줄 인간이 필요하다고 생각한 걸까?

"아, 섣불리 가타오카에게 맞섰다가 합창 대회가 끝나고도 줄곧 따돌림을 당하다든가 하면 큰일이겠지?"

야마노의 속셈을 알아차린 후카사쿠의 음성은 믿을 수 없을 만큼 차가웠다.

뭐? 하고 가느다란 소리를 낸 야마노의 어깨가 움찔한다.

"나라면 언제나 혼자니까 누가 싫어하든 말든 상관없다 싶어? 자기는 안전한 곳에서 단물만 빨아먹고 합창이 끝나면 아무렇지도 않은 얼굴로 나를 히토리코라고 비웃을 거지?"

가타오카의 횡포를 어떻게 좀 해야 한다. 하지만 자기가 나섰다 간, 자기가 일을 벌였다는 것이 탄로 나면 앞으로 무슨 일을 당할지 모른다. 그러니 항상 외톨이인 후카사쿠 히토코를 움직이게 만들자. 어차피 외톨이니까 누구랑 응어리가 생긴대도 여전히 외톨이라는 건 달라질 게 없으니.

"다들 힘드니까? 괴로우니까? 다들이 누군데? 네가 하는 짓이나 합창 위원이 하는 짓이나 똑같아. 자기 의견을 마치 모두의 의견이라는 듯 말하지 마. 저 필요할 때만 옛날처럼 히토코라는 둥 부르지도 말고."

후카사쿠가 이렇게 길게, 많은 단어를 말하는 것을 들은 게 얼마

만인가? 분명 그 금붕어 소동 때, 종례에서 반성문을 읽은 이후 처음이다.

야마노의 손을 떨쳐 내고 후카사쿠가 문에 손을 올린다. 왁, 하고 야마노가 두 손으로 얼굴을 감싸고 울음을 터뜨렸고 다른 세 아이가 후카사쿠를 노려보았다.

너무해. 너무해. 모두 그렇게 말한다.

"지요는 다들 힘들어하고 있으니 배려하려는 건데."

무시하고 후카사쿠는 힘껏 문을 열었다. 그러고는 눈동자에 확실한 분노를 담아 돌아보면서 입을 열었다.

"그럼 너희에게는 나 하나를 희생해서 상황을 호전시키는 것이 모두를 위한 것이구나. 엄청 너희 좋을 대로네."

그리고 뒤도 돌아보지 않고 계단으로 향했다.

"쟤 정말 성질 더러워. 그래서 친구가 없는 거라고. 히토리코 주제에!"

후카사쿠에게도 들릴 만큼 큰 소리로 누군가 고함을 쳤다.

가방을 안고 후카사쿠의 뒤를 쫓았다. 계단을 두 개씩 내려갔더니 신발장 앞에서 그녀가 보였다. 아키히로의 발소리에 후카사쿠가 돌아본다. 미간에 주름을 잡은 채 신발장에서 신발을 꺼내더니 덧신을 벗었다.

"후카사쿠."

소리 내어 부른다. 양말을 고쳐 신으며 그녀는 돌아보았다. 야마노 일행을 노려보았을 때와 같은 눈이었다. 자기 역시 같은 인간으로 보고 있다.

"끈질기네."

"나는 네가 그런 역할을 하라는 게 아냐."

"어쨌든 재들한테 협력할 거잖아?"

"그야, 분명히 가타오카가 하는 짓이 너무 지나치다고 생각하니까……."

후카사쿠의 새까만 두 눈동자가 아키히로를 꿰뚫는다. 옛날 모습은 분명 남아 있건만, 날마다 얼굴을 마주했던 그 후카사쿠이건만, 그 아이는 도대체 어디로 가 버린 것일까?

어디로 쫓아 보내 버린 것일까?

"최선을 다해, 모두를 위해 애쓰세요."

빈정거리듯이 '모두'라는 말을 강조하고 후카사쿠는 가 버렸다. 뒤도 돌아보지 않고.

현관을 열자 눈앞에 산처럼 쌓여 있는 파가 보였다. 밭에서 막 뽑아 온, 흙이 묻어 있는 파. 신문지로 말아 마루에 쌓아 두었다.

신발을 벗으려는 아키히로를 보고 주방에서 엄마가 뛰어오더니 "멈춰!" 하고 제지한다.

"신발 벗지 마."

"왜?"

엄마는 근처 슈퍼마켓 비닐봉지를 들고 있다. 안에 든 게 장을 본 물건은 아닌 모양이다. 오렌지색 둥근 과일이 보인다.

"규 할머니한테 갖다 드려."

내민 것은 감이었다. 비닐봉지 안에 커다란 감이 다섯 개 들어 있다. 슬쩍 마루를 내려다보고 사정을 짐작했다.

"파를 받은 답례?"

"맞아 맞아, 부탁해."

아키히로의 어깨를 두드리더니 주방으로 돌아갔다. 규베 할머니가 밭에서 거둔 파를 나눠 준 거겠지. 그 대신 마당에 있는 나무에서 딴 감을 가져다 드리라는 거다.

규베 할머니네는 논과 밭 사이에 있는 외딴 집이다. 규베는 택호이고 성은 규젠이다. 일흔 살 가까운 할머니가 혼자 살고 있다. 눈빛이 매섭고 언제나 한쪽 눈썹을 찡그리고 사람을 본다.

사실 감을 갖다 주는 건 거절하고 싶다. 하지만 아키히로는 비닐봉지를 들고 마당으로 나섰다. 막 세웠던 자전거 앞 바구니에 감을 담고 걸쇠를 푼다.

아들 부부가 이사 가 버리고 너무 썰렁해진 집에 규베 할머니는 피아노 교실을 열었다. 그 수강생 중 하나가 후카사쿠였다.

자전거로 일 분도 걸리지 않아 규베 가에 도착했다. 정원에 자전거를 세우고 현관을 향해 간다. 집 안에서 피아노 소리가 흘러나온다.

잠겨 있지 않은 현관문을 열고 "안녕하세요?" 하고 안쪽에 대고 소리쳤다.

집 안에서 울리던 피아노 소리가 멈춘다.

현관에는 여성용 로퍼가 가지런히 놓여 있었다.

안쪽 방문이 열린다. 새하얀 머리카락에 주름지고 가느다란 몸. 복도의 불을 켜고, 할머니가 슬리퍼를 울리며 이쪽으로 다가온다. 아키히로라는 걸 알아보고 "어머, 나가야 댁 손자네." 하고 중얼거린다.

"무슨 일?"

아키히로보다 한 단 높은 곳에 서 있지만 자기 눈이 할머니보다 약간 높은 곳에 있다.

"파를 주셨다고 해서. 마당의 감 갖다 드리라고."

"아, 그렇구나. 고마워."

건조한 인사말. 감을 받아 들더니 확인도 하지 않고 뒤로 돌려들었다. 옛날부터 아키히로는 이 양반이 좋아지지 않았다. 집이 가까운 만큼 아키히로의 할머니와 규 할머니는 사이가 좋다. 더구나 두 사람 모두 밭일을 하니까. 가끔 아키히로네 집 툇마루에서 할머니와 함께 차를 마시기도 한다. 언제나 눈썹을 찡그리고 사람을 보는 것이, 마치 자신을 몹시 불쾌해하는 것 같고 체육복 차림으로 땀범벅이 되어 동아리 활동에서 돌아온 자신에게 "그런 옷 애벌빨래 정도는 제 손으로 하고 있니?" 하고 묻기도 한다. 그런 게 질색이었다.

그때, 그쳤던 피아노 소리가 다시 울리기 시작했다. 아키히로의 반응을 보고 할머니가 얼굴을 들었다.

"「유작」을 알아?"

"이게 「유작」이라는 곡이에요?"

찬찬히 들어 보니 무거운 곡이다. 한 음 한 음이 깊디깊은 물속으로 잠겨 드는 것만 같았다. 어둡고 차가운 길 끝에 뭐가 있는지도 모르는 채 끌려가는 듯했다.

"치고 있는 게 후카사쿠인가요?"

"진베 댁 손녀야."

진베. 후카사쿠 히토코네 택호다. "정말이지 로봇처럼 치는 건 몇 년이 지나도 안 바뀌네." 하고 말을 이었다.

피아노를 치고 있는 후카사쿠의 모습을 쉽게 상상할 수 있다. 허리를 곧추세우고 건반을 공허한 눈으로 내려다보면서 주변 사람도, 음성도, 소리도 지워 버리고 오로지 자기 속에 잠겨 있는 듯한 연주. 합창 연습 중에도 그랬다. 완전한 무표정으로, 말 그대로 로봇처럼 그저 정확하게 악보를 따라간다.

"할머니."

어두컴컴한 복도에 스며드는 듯한 소리에 귀를 기울이며 아키히로는 말한다.

"녀석에겐 좀 더 밝은 곡을 치라고 해 주세요."

"왜 그렇게 생각하지?"

쟤, 어두우니까. 피아노라도 밝은 걸 치는 게 좋잖아요. 그렇게 가볍게 말하고 싶었지만, 안 된다.

"……제가, 싫으니까요."

그럴 듯한 소리를 제치고 툭 튀어나온 말이 진심이라는 것을 아프게 깨달았다.

"감 깎아 줄게, 먹을래?"

"……네?"

먹겠다고도 말겠다고도 하지 않았건만 할머니는 감을 양손으로 들고 주방 쪽으로 걸어갔다. 일 분 정도 지나 접시 위에 자른 감을 들고 돌아왔다.

"자, 이리 와."

손짓을 하며 거실 문을 연다. 피아노가 다시 멈췄다.

이대로 돌아갈까 생각했다. 후카사쿠와는 조금 전 끔찍하게 헤어진 참이다.

"얼른 좀."

아키히로가 싫어하는 말투다. 아키히로에게 질렸다는 듯한, 바보 같다고 가엾어하는 듯한 그런 음색. 속으로 화를 내며 아키히로는 신발을 벗었다. 왁스로 반들거리는 마루 복도를 큰 걸음으로 걸어 거실로 들어선다. "난데없이 손님이 왔어." 하며 규베 할머니는 피아노 의자에 앉은 히토코에게 말을 걸었다.

할머니를 따라 들어온 아키히로에게 후카사쿠는 눈을 동그랗게 뜨더니 금세 다시 돌아앉았다.

"나가야 댁 손자가 가져와 준 거야. 너도 먹을 거지?"

거절하려는 후카사쿠를 "얼른 이리 와." 하고 재촉한다. 자기가 아니라도 이 양반은 이런 말투를 쓰는 모양이다.

저항하려나 싶었지만 후카사쿠는 얌전히 피아노 옆에 있는 응접 세트 쪽으로 걸어갔다. 혼자 앉는 소파에 앉는다. 아키히로는 거기서 가장 멀리 떨어진 소파에 앉았다.

테이블 한가운데 감이 담긴 유리 접시를 놓은 할머니는 포크 세 개를 감에 꽂아 놓았다. 그중 하나를 들고 큼직하게 자른 감을 입에 넣는다.

"아직 딱딱하구나. 조금 일렀나 보다."

남이 준 것인데, 더구나 가져온 당사자 앞에서 그런 소리를 한다.

"그래도 달긴 다네."

할머니가 재촉해서 아키히로도 후카사쿠도 포크를 들었다. 할머니 말대로 감은 아직 좀 딱딱했다. 깨물 때마다 나뭇가지라도 꺾는 듯한 마른 소리가 난다. 하지만 분명히 그 안에는 달콤한 맛이 느껴진다.

"너희들, 같은 반이니?"

어느 쪽에게 묻는 건지, 할머니가 말한다.

"일단은."

대답하고 나서, 얼마나 편리한 말인가 싶다. 일단은 같은 반. 일단은, 같은 초등학교 출신. 일단이라는 말로만 자기들은 연결되어 있다.

"사이가…… 그다지 좋아 보이진 않네."

할머니의 쓴웃음에 후카사쿠가 감을 다 먹은 포크를 접시에 내려놓았다.

"사이가 나쁜 사람도 없고 사이 좋은 사람도 없어요."

그렇게 말하고는 일어서더니 피아노로 돌아간다. 다시 그 무거운 곡을 치기 시작했다.

"오늘은 꽤나 열심이구면."

코웃음을 지으며 할머니도 피아노 옆에 섰다. 혼자 남겨진 아키히로는 후카사쿠가 치는 「유작」을 그저 듣고 있었다. 할머니는 때때로 후카사쿠의 연주를 중단시키고 잔소리를 한다. 대개는 "좀 더 감정을 담아서." 같은 말이었다.

돌아갈 타이밍을 완전히 놓쳐 버린 아키히로는 한동안 그대로 피아노 수업을 보고 있었다. 후카사쿠는 단 한 번도 아키히로 쪽을 보지 않았고 규베 할머니 역시 말을 걸어오지 않았다. 감은 거의 다 아키히로가 혼자 먹어 치웠다.

후카사쿠의 「유작」은 어둡다. 그리고 슬프다. 애처롭다. 온 방 안을 그런 분위기로 감싸 버린다. 할머니는 "좀 더 감정을 담아서."라고 하지만 지나칠 만큼 충분하다. 아직 모자란다는 걸까?

7시에 피아노 교실이 끝날 때까지 아키히로는 하릴없이 소파에 앉아 있게 되었다. 후카사쿠가 돌아갈 채비를 시작하자 생각났다는 듯이 "너도 슬슬 가렴." 하고 규베 할머니가 말을 걸었다.

함께 현관에서 신발을 신었지만 후카사쿠는 쌀쌀맞게 혼자서 자전거를 타고 가 버렸다.

어렴풋이 빛나며 어둠 속으로 사라져 가는 미등을 바라보고 있으려니 할머니의 냉소가 옆얼굴에 꽂혔다.

"……뭔데요?"

째려보았지만 규베 할머니는 차가운 웃음을 숨기지 않는다.

"쟤는 사실은 쓸쓸한 거야. 정말 친구가 필요하지. 지금처럼 쓸쓸한 날들에, 저렇게 보여도 지쳐 있다고. 다만 두려워서 발을 내디디지 못하는 거란다."

네가 저 아이를 좀 도와주렴. 그렇게 말하는 할머니를 아키히로는 비웃어 주었다.

"바보 아니세요?"

"늙은이한테, 무례한 꼬맹이네."

"말도 안 되는 소리를 하시니까요."

녀석은 히토리코다. 누구와도 어울리지 않고 고독을 자랑하며 상쾌하게 사라진다.

오오, 하고 눈을 동그랗게 치뜬 할머니가 아키히로를 똑바로 바라본다.

"그냥 얼간이가 아니었구나, 너."

"후카사쿠가 정말로 그렇게 생각하고 있다면 내가 모를 리가 없죠."

교실에서 만날 때마다 복도에서 스쳐 지나갈 때마다, 부디 그러하기를 바랐다.

"나는 아주아주 오래전부터, 녀석을 봐 왔으니까."

언제부터였을까? 유치원, 초등학교 1학년, 2학년…… 이젠 그것조차 기억나지 않는다. 그 정도로 옛날부터 호리코시 아키히로는 후카사쿠 히토코를 ─ .

"너, 쟤를 좋아하는구나."

팔짱을 끼고 현관문에 기대선 할머니는 아키히로를 놀리는 듯한 눈으로 올려다보았다.

"안 좋아하는데요."

오히려, 싫어한다. 저런 후카사쿠 히토코라니, 질색이다.

"좋아했었죠."

매일매일, 싫도록 깨닫게 된다. 그녀와 말을 나눌 때마다 통감한다. 자신이 사랑했던 여자애는 아마도 이제 이 세상에 없다.

*

"있잖아, 아키히로."

된장국을 담은 국그릇을 주방에서 날라 온 엄마는 생각났다는 듯이 자기 이름을 부른다. 가지된장국에 후우, 하고 숨을 불어 식히면서 아키히로는 엄마를 올려다보았다.

"시타테야 집 딸이, 너랑 같은 반이던가?"

부모님과 할머니 세대는 아는 사람을 부를 때 기본적으로 택호를 쓴다. 하지만 아키히로는 그렇게 택호를 잘 알지 못한다. 이웃집이나 잘 아는 사람들이 아니면 누가 어느 가문인지 도통 모른다.

"그 왜, 오카다이라의 고지 씨 댁, 히라츠카 씨네 말이야."

거기까지 듣고서야 겨우 알았다. 합창에서 피아노 반주를 담당하는 히라츠카 아이 얘기였다.

"응, 같은 반이야."

그게 왜? 된장국을 한 입 먹고, 탁자 중앙에 놓인 무닭고기볶음에 젓가락을 뻗는다.

"어머, 그렇구나. 그 시타테야 집 딸, 어제 학교에서 오다가 자전거에 탄 채로 굴렀대."

무를 집으려던 젓가락을 멈추고 다시 엄마를 본다. 아키히로 맞은편에 앉아 엄마는 커다랗게 고개를 끄덕이더니 자기 밥공기를 집어 들었다.

"굴렀다고?"

"아까 할머니가 그러더라. 할머니가 산책 나갔다가 가미주쿠 할머니한테 들었나 봐. 가미주쿠 할머니는 며느리한테 들은 모양인데 어제 집에 오는 길에 언덕에서 굴러서 그대로 밭도랑으로 떨어졌다더라."

학교는 산꼭대기에 있으니까 어떤 방향으로 돌아오든 비탈길을 내려와야 한다. 산 위에서 단숨에 비탈길을 내려와 커브를 제대로 돌지 못하고 그대로 굴러 가드레일 빈틈으로 아래쪽 밭으로 떨어져 버린 모양이다.

"저런, 다치거나 하진 않았대?"

"글쎄, 할머닌 다른 말은 안 하던데."

맨 먼저 합창 반주 걱정을 했다. 할머니한테 물어볼까 싶었지만 아침 산책을 마치면 얼른 아침을 먹고 혼자서 밭으로 나가 버리는 것이 그 양반의 일과였다.

"너도 조심해. 주베 고개, 언제나 브레이크 안 잡고 내려오지?"

어제저녁에도 나온 무닭고기볶음이 하룻밤 사이 제대로 간이 배어 있었다. 맛있는 게 당연하다. 하지만 가슴속에 차가운 예감이 솟아오르는 통에 맛을 느낄 정신이 없었다.

후카사쿠 히토코

제일 먼저 도착하는 건 질색이다. 하지만 마지막이라면 또 그 것대로 가타오카는 두말할 것 없이 "오늘의 꼴찌는 후카사쿠입니다." 하는 잔소리를 날린다. 그래서 합창 연습 때는 언제나 반 아이들에 섞여 음악실로 가기로 했다. 그날도 그랬다. 발걸음은 평소보다 훨씬 무거웠다. 아침 학급 회의에서 히토코가 정식 합창 반주자가 되었고 점심시간 연습부터 바로 피아노를 쳐야 할 처지였다.

언제나처럼 이르지도 늦지도 않게 음악실에 도착했더니 어쩐 일인지 입구 쪽에 모두가 멈춰 서 있다. 누구도 아무 말도 하지 않고 음악실을 멍하니 보고 있다.

"어머?"

그들의 시선 끝을 보고 히토코는 소리를 높였다. 곁에 있던 아이들이 일제히 돌아본다.

지휘대 옆에 히라츠카가 무릎을 꿇고 있었다. 오른손엔 하얀 깁스. 목에서 삼각건으로 팔을 묶었다. 눈은 새빨갛고 무릎 위에 놓인 왼손이 바들바들 떨리고 있었다.

히라츠카 옆에 가타오카가 있었다. 가타오카는 반 아이들을 향해 "어서 자기 자리에 서 주세요." 하고 지시하고 있다. 그리고 히라츠카를 내려다본다.

모두들 히라츠카에게서 눈을 떼지 못한 채 자기 자리로 이동한다.

"후카사쿠, 빨리 움직이세요."

가타오카에게서 그 소리를 듣고서야 자신이 자리에서 한 걸음도 움직이지 않았음을 깨달았다. 천천히 피아노 앞까지 간다. 앉아야 할지 서 있어야 할지도 몰라 피아노에 비치는 자기 얼굴만 내려다보았다.

못 봐 줄 얼굴이었다.

"히라츠카가 여러분에게 할 말이 있답니다."

그렇게 말하는 가타오카는 히라츠카를 쳐다보지도 않는다.

정작 히라츠카는 고개를 숙인 채였다.

"히라츠카. 히라츠카 때문에 소중한 연습 시간을 쓰고 있는 거니까 빨리 하세요."

그녀를 옆에서 보게 된 히토코에게 히라츠카의 목덜미가 떨리는 것이 보였다.

지금까지 울고 있어서 떨리는 건지, 아니면 공포 때문에 떨고 있는 건지.

그런 히라츠카의 등짝을 가타오카가 발로 걷어찼다.

"빨리 하라고 했지!"

여자아이들 줄에서 조그맣게 비명 소리가 들렸다.

발로 차인 히라츠카는 그대로 이마를 바닥에 대고 엎드렸다. 그리고 떨리는 음성으로 말했다.

"다들 열심히 노력하고 있을 때, 다쳐서 폐를 끼치게 되어 정말 죄송합니다."

정말 죄송합니다. 히라츠카의 말이 다른 음성으로 들려왔다.

목숨을 가볍게 여겼습니다. 나는 정말 나쁜 아이입니다. 정말 죄송합니다.

"여러분, 저를 용서해 주세요."

이제부터 마음을 새롭게 하여 착한 아이가 되도록 노력하겠습니다. 그러니 여러분, 저를 용서해 주세요. 부탁드립니다.

후유키의 금붕어가 죽던 날. 모토야나기 선생의 주먹이 날아오던 날. 금붕어의 무덤을 만들고 반성문을 썼던 날.

히라츠카는 바로 그날의 히토코였다.

한숨이라고도 말이라고도 할 수 없는 무언가가 끓어올랐다. 입을 막는다. 그래도 그치지 않았다. 반 아이들이 히라츠카와 가타오카를 주목하고 있는 가운데 음악실을 뛰쳐나왔다.

음악실에서 가장 가까운 여자 화장실로 뛰어든다. 도중에 발이

엉켜 넘어질 뻔했다.

제일 가까운 칸으로 들어가 문을 닫을 틈도 없이 변기에 두 손을 짚었다. 목 안에 필사적으로 막아 두었던 것이 단번에 솟구쳐 나왔다.

윽— 윽—, 목구멍을 울리며 위장에 든 내용물을 토해 낸다. 점심시간에 먹은 급식이 반쯤 소화된 상태로 나왔다. 위액 때문에 입 안이 시큼하다. 이제 괜찮을까, 그렇게 안심하려는 순간 위가 경련한다.

세 번 정도로 나누어 안에 있던 것들을 모두 토해 버렸다. 레버를 눌러 물을 흘린다. 흐르는 물을 바라보며 큰 한숨이 나왔다.

움직일 기력이 없었다. 타일에 무릎을 꿇고 변기에 양손을 짚은 채 고여 가는 물을 내려다보고 있었다.

누군가 여자 화장실로 들어왔다. 볼일을 보러 온 것이 아닌지 줄곧 거기 문 옆의 그늘에 숨어 보고 있었던 모양이었다.

"괜찮냐?"

미간에 주름을 잡고 호리코시가 말했다.

고개를 돌려 그를 바라볼 마음도 없어서 고개를 숙인 채 히토코는 어깨를 떨구었다.

"여기 여자 화장실인데?"

"뭐 어때, 그런 건."

개의치 않고 히토코가 있는 칸으로 들어온다. 각이 진 커다란 손이 히토코의 등으로 뻗어 왔다.

무거운 손을 들어 올려 그 손을 뿌리친다. 만지지 말라고도, 그만두라고도 하지 않고 말없이 뿌리친다.

"괜찮아?"

또 묻는다.

"괜찮아."

"지금 막 토했잖아."

"괜찮다고."

"괜찮지 않잖아?"

생각이 난 거지? 호리코시의 그 말에 등줄기가 오싹 차가워졌다.

"에비사와 후유키의 금붕어, 생각난 거지?"

"무슨 소리야?"

"나도 똑같다고 생각했어. 후카사쿠, 너 태연한 척하지만 사실은 전혀 그게 아닌 거지?"

얼버무리고, 속여 넘기고, 실은 전혀 그날 일을 극복하지 못하고 있는 거잖아? 그런 말투로 호리코시는 히토코를 내려다본다.

"멍청한 소리 하지 마."

그 눈을 마주 노려본다. 가까스로 몸에 힘이 좀 들어간다. 일어서서 아주 조금 호리코시에게 다가선다.

"후유키의 금붕어가 죽은 게 어쨌다고? 호리코시와 무슨 상관이 있다는 거지?"

숨을 죽이고 호리코시는 얼굴이 일그러졌다. 뭔가 하고 싶은 말이 있다는 듯이 두 번, 입을 열었다가 닫았다. 금붕어처럼.

"그거, 초등학교 5학년 때 이야기잖아. 그런 옛날이야기를 어제 일이라도 되는 듯이 끄집어내다니, 잘난 척 좀 하지 마. 애초에 어째서 나한테 신경을 쓰는데? 내버려 두라고. 나는 외톨이야. 알겠어? 외톨이라고, 외톨이. 나는 말이야, 그게 싫지도 않고 괴롭지도 않아. 난 외톨이가 되고 싶어서 외톨이가 된 거야. 호리코시가 말을 걸어도 전혀 기쁘지가 않아. 싫어. 귀찮다고."

외톨이. 히토코가 그 단어를 말할 때마다 웬일인지, 호리코시는 울상이 된다.

"어쨌든, 나한테 신경 쓰지 마. '요즘 왜 그래?'라는 둥 얼간이 같은 질문도 하지 말고."

아아, 머리로 피가 쏠리고 있다. 조금 전까지 차가웠던 손가락이 뜨겁다. 이명 같은 것도 들리기 시작했다. 뭐 하러 호리코시하고 이런 이야기를 하고 있는 걸까? 그냥 확 나가 버리면 될 것을. 어째서 호리코시에게 퍼부어 대는 거야?

그건 지금 내 마음에 여유가 없어서일까? 그걸 얼버무려 보려고 입이 멋대로 움직이는 건가?

"싫어."

그건 말하자면.

"질색이라고."

실은, 전혀 태연하지 않다. 금붕어는 자신이 생각하는 것보다 훨씬 훨씬 가까이에 깊이깊이 뿌리 내리고 있어서, 어찌할 수 없을 만큼 가까이 있는 것인지도 모른다.

입구를 막듯이 서 있던 호리코시를 밀쳐 내고 세면대로 간다. 힘껏 물을 틀고 입을 헹군다. 하는 김에 얼굴도 씻었다. 아무렇게나 물을 튕기다 보니 앞머리와 목까지 젖었다.

거울에 비치는 호리코시는 시선을 바닥 타일로 떨구고 있었다. 화를 내고 있으리라 생각했는데 그는 무표정했다. 하지만 두 눈에서 금방이라도 눈물이 떨어질 것 같은 그런 얼굴로도 보였다.

오늘은 한층 더 의욕이 없네. 히토코가 피아노에서 손가락을 떼는 순간, 규 할머니는 내뱉는다. 이런 잔소리를 듣는 건 이미 익숙하다. 하지만 오늘은 평소 하던 대로 말대꾸도 못 하겠다.

"너는 늘상 폼을 잡고 냉담한 척하지만 스스로 생각하는 만큼 마음을 숨기지 못하거든."

"뜬금없이 무슨?"

"넌 꽤나 알기 쉬운 성격이라는 뜻이야."

그 말투에 이쪽을 바보로 만드는 듯한, 그리고 가엾어하는 듯한 분위기가 뻔히 보여 히토코는 뾰로통해져서 입을 다물었다.

오늘 자신은 좀 그렇다. 점심시간에 화장실에서 토하고 나서 두통이 이어진다.

규 할머니 말이 평소보다 훨씬 무겁게 와닿는다.

"합창 연습이 그렇게 싫으니?"

규 할머니가 얼굴을 들여다본다. 천천히 끄덕였다.

망설임 끝에 히토코는 이야기하기로 했다. 이야기를 꺼내면 도대체 어디까지 말하게 될까 하는 한줄기 불안과 성가심을 느끼면서.

"오늘 점심시간에 음악실에 갔더니 이번에 다친 반주자를 무릎 꿇려 놨더라고요."

그걸 보고 있으려니까 위가 쿡, 하고 경련해서 화장실에서 토했다는 것. 그런 일은 난생처음이었다는 것. 원인은 아마도 금붕어라는 것.

"믿어져요? 저, 옛날엔 꽤 명랑하고 친구도 있었거든요."

초등학교 5학년 9월. 연휴 끝나고 화요일. 그날의 일을 히토코는 처음으로 누군가에게 이야기했다.

"줄곧 괜찮다고 생각했어요. 분명 그 일이 쇼크였다곤 하지만 지금의 나에게는 시시한 일, 오히려 겪기를 잘했던 일이라고. 금붕어 사건 덕분에 나는 옳은 길을 선택할 수 있었다, 그렇게 생각했죠."

그런데, 도 음이 나는 건반에 검지를 올려 살짝 누른다. 통 — 하는 가느다란 소리가 방 안을 울렸다. 두둥실 공간을 떠돌다가 흰 벽에 부딪히고 튕겨 나와 사라졌다.

"그런데 이게 뭔가 하고. 오늘 화장실에서 웩 웩, 토하면서 생각했어요. 사실은 전혀 태연한 게 아니었고 극복한 것도 아니었잖아. 내내 후유키의 금붕어에 사로잡혀 있었던 건가 하고요."

사로잡혀 있었든 아니든 달라질 건 아무것도 없지만. 어차피 자신은 외톨이니까 그게 뭐 어떻다는 건 아니지만. 그래도 자신이 서 있는 장소가 단단한 지면에서 뻘밭이 되어 버리는 정도로 달라질 것도 같았다.

"오늘 연습은 이걸로 끝."

느닷없이 규 할머니는 그렇게 말하며 자기 무릎을 두드렸다. 히토코의 어깨를 치더니 "비켜 봐, 어서." 하고 의자에서 일으켜 세우고는 자신이 앉았다.

"정말이지, 어두운 곡만 치고 앉았으니까 기분이 가라앉아 버리잖아."

그렇게 말하고는 건반에 손가락을 올렸다. 건반을 두드리듯이 친다.

달려 나가는 듯이 시작되는 반주. 달리고 튀어 오르고 주변을 팔짝팔짝 뛰어다니는 듯한 곡이 어딘지 귀에 익다.

"「괴수의 발라드」?"

"최근에 하나가 연습하고 있어. 학교 음악회에서 한다고."

하나는 피아노 교실에 다니는 초등학생이다. 규 할머니가 엄청 엄하게 가르치는 통에 날마다 울고 짜는 모양이지만, 그래도 그만

두지 않고 열심히 다닌다.

　작년 합창 대회에서도 「괴수의 발라드」를 부른 반이 있었다. 올해도 아마 1학년 중에 부르는 반이 있지 않을까? 가사도 어렴풋이 생각난다. 혼자서 사막에 살고 있던 괴수가 바다가 보고 싶다던가, 인간을 사랑하고 싶다던가, 그런 바람을 가슴에 품은 채 사막을 버리고 길을 떠나는 내용이다.

　"너도 이걸 치라고 할까 싶었는데 말이야."

　"싫어요, 합창곡 따위."

　이 괴수는 사람이 사는 마을로 가서 어쩔 작정일까? 정말로 사람들에게 환영받을 거라고 생각하는 걸까? 정말? 바다에서 느닷없이 나타난 고질라처럼 가멜라처럼, 사람들이 무서워하고 싫어하고 공격할 거라고는 생각하지 않았던 걸까?

　"싫다고 할 줄 알고 마음 접었지."

　"고마워요."

　차라리 외로움의 뚜껑을 덮어 놓고 사막에서 평화롭고 느긋하게 살아가는 편이 괴수는 행복하지 않을까?

　그런 히토코의 생각은 아랑곳없다는 투로 규 할머니의 피아노는 이어졌다. 열심히 찾아간 끝에 바다 같은 건 없었을지도 모른다든가, 사람들이 무서워했을지도 모른다든가, 그런 걱정 따위는 바보 같다고 말하고 싶다는 듯 경쾌한 반주는 마지막까지 변할 줄을 몰랐다.

히토코의 「유작」으로 쌓이고 쌓였던 무언가를 날려 버리기라도 하듯이 규 할머니는 연주를 마쳤다. 그리고 벌떡 일어서더니 정면에서 히토코를 내려다본다.

"배고프네. 우동이라도 만들까?"

"우동?"

"웬일인지 오늘은 금세 배가 고프구나. 좀 더울지도 모르지만 따끈한 우동을 먹고 싶어. 파랑 무랑 돼지고기로 우동 만들게."

돌아보지도 않고 방을 나간다. 무거운 발소리가 주방 쪽으로 사라졌다. 농담이 아니고 정말 뜨끈한 우동을 만들러 간 모양이다.

십오 분이나 지났을까, 할머니가 쟁반에 그릇 두 개를 들고 돌아왔다. 문을 여는 순간부터 가다랑어포 우린 냄새가 맛있게 난다.

"이쪽으로 와."

쟁반을 든 채 할머니가 향해 간 곳은 나무 데크였다. 테이블과 의자 두 개가 놓여 있어서 할머니는 때때로 여기서 책을 읽으며 정원을 바라보곤 했다.

9월의 집 밖은 그다지 덥지 않았다. 해도 기울어 바람이 시원하다. 따끈한 우동을 먹기엔 딱 좋다.

"식기 전에 먹어."

의자에 앉은 히토코 앞에 우동 그릇과 젓가락이 놓였다. 표고버섯과 파, 돼지고기와 무. 고명이 잔뜩 올라가 있는 우동에서 하얀 김이 쉴 새 없이 피어오른다. 우동 한 가락을 호로록 빨아들이니 생각보다 너무 뜨거워 사레가 들렸다. 규 할머니가 그걸 보고 웃는다. 목에 맨 루프 타이의 펜던트가 형광등 빛을 받아 할머니의 가슴이 오르내릴 때마다 반짝반짝 빛났다.

"네가 피아노를 배우고 싶다고 찾아왔을 때, 여기 서 있었지?"

손가락으로 가리킨 곳은 분명 히토코가 서 있던 곳이었다. 바로 그곳이다. 그곳에 서서 히토코는 규 할머니를 불렀던 것이다. 매화 향이 풍기고 있었다. 새벽 여명처럼 아리따운 루프 타이는, 그러고 보니 그날도 하고 있었지.

"'얽히지 않아도 될 사람과는 얽히지 않는다.'라는 둥 하면서."

"용케 안 쫓아냈네요. 그런 삐딱이."

지금은 9월. 정원에 매화 향은 없다. 논밭의 냄새가 난다. 이제 곧 추수를 기다리는 논밭 냄새. 정원 너머로는 논밭이 널따랗게 펼쳐져 있고 외등도 민가도 없으니 새까맣다. 그쪽에서 물과 흙냄새가 뒤섞여 바람을 타고 흘러온다.

"난 말이야, 교사 경험 같은 건 전혀 없지만 말이다. 너 같은 아이에게 '자아, 모두와 사이좋게 지내라. 날마다 생글생글 웃고 있어라.' 하는 것이 결코 좋다고는 생각 안 해. 너 같은 삐딱이가 있어도 되는 거니까."

이제 좀 식었을까. 우동 한 가락을 젓가락으로 집어 입에 넣는다. 가다랑어 맛이 나는 온화한 맛의 우동은 부드럽게 입 안으로 들어간다. 그러고 보니 점심에 먹은 건 전부 토해 버렸다.

그런 히토코를 곁눈으로 보며 규 할머니는 말을 이어 간다.

"옳고 그른 건 이 할미가 잘 모르지만, 그런 건 네가 정하는 거야."

히토코는 「괴수의 발라드」 속 괴수의 선택은 잘못된 거라고 생각한다. 다른 누군가가 보면 외톨이의 삶 역시 아마 그럴 거다. 하지만 그렇게 생각하면 괴수의 결단을 두고 어쩌고저쩌고하는 것이 난센스라 여겨진다.

스스흡, 하며 국물을 들이마시는 규 할머니. 맛있어, 하는 듯이 "아아아." 하고 숨을 내쉰다.

"국물 맛있어. 제대로 우려냈으니까."

마시렴, 재촉을 받고 히토코는 그릇을 양손으로 들었다.

온기가 두 손에 전해져 왔다.

히라츠카는 학교에 안 나오게 되었다. 문화제까지만 그럴 건지, 그 후에도 이어질 것인지는 모른다. 가타오카는 눈엣가시가 없어져서 속이 시원하다고 말했다.

하지만 합창 연습은 역시나 제대로 진행되지 못했다. 체인이 풀린 자전거를 타고 있는 것 같았다. 본심이 다가오면서 가타오카의 "죽어, 쓰레기."라는 말이 맨 앞줄 학생들을 향해서도 나오게 되었다. 화를 내지도 않는다. 담임 선생님이 없을 때 아이들 앞으로 한 발 다가와 나지막하고 작은 소리로 말하는 거다. 죽어, 더럽게 못하네. 제대로 부르라고, 이 쓰레기.

연습에는 전원이 참가한다. 하지만 모두들 가타오카의 말을 듣지 않는다. 어딘지 차가워진, 겁먹은 듯한 눈으로, 께름칙한 눈으로 가타오카를 보고 있다.

그 모습을 곁눈질하며 히토코는 피아노를 쳤다.

호리코시 아키히로

문화제 당일은 멋지게 갠 가을날이었다. 구름 한 점 없는 하늘에 상쾌한 기온. 집을 나서자 기타우라가 말쑥하게 개어 있다. 솔개가 날아간다. 그 모습을 아키히로는 한숨으로 배웅했다. 마음이 가라 앉아 있을 때의 푸른 하늘이라는 건 이상하게도 잔인한 느낌이 든 다. 비라도 퍼부었다면 좋았을걸.

합창 대회가 열리는 체육관은 만원이었다. 학생과 손님들이 뒤 엉켜 어두컴컴한 체육관은 이상한 열기로 가득 차 있다. 사람들의 온갖 마음들이 체육관을 꽉 채우고 있다.

아키히로의 부모님은 일이 있으니까 문화제는 보러 오지 않는 다. 굳이 와 주었으면 싶지도 않다. 그러고 보니 규젠 할머니는 오 겠다고 했었다. 시간이 남아도는 거겠지. 그 양반에게 열심히 피아 노를 배우러 다니는 사람은 아마도 후카사쿠뿐이니.

저학년부터 합창이 시작된다. 3학년과 비교하자면 역시나 서툴러 보인다. 그들은 어떤 연습을 해 온 것일까? 어떤 기분으로 노래하고 있는 것일까?

2학년 2반이 부르고 있는 노래는 「괴수의 발라드」라는 끝없이 명랑한 곡이었다. 그 명랑함, 진취적인 느낌을 음성에 덧붙여 표현하고 싶었던 걸까, 모두들 몸을 흔들어 가며 노래하고 있었다. 여기저기서 웃음소리가 들렸다. 살짝 장난을 치고 있는 듯도 보인다. 하지만 가사를 찬찬히 들어 보면 고독한 괴수가 집을 버리고 길을 떠나는 노래였다. 괴수도 마음을 갖고 있다고? 누구나 마음을 갖고 있다. 갖고 있어서 도대체 어쩌라고?

그런 식으로 이것저것 깔끔하게 버릴 수 있다면 뭐가 걱정이야? 자기 마음에 똑바로 마주 서서 마음 그대로 걷기 시작할 수 있다면 — 얼마나, 얼마나 행복할까?

바닥에 양반다리를 하고 앉아 아키히로는 속으로 그렇게 빈정거렸다.

생각에 잠겨 있는데 앞쪽에서 가타오카가 "전원 무대 뒤로 가 주세요." 하고 무섭게 말하는 소리가 들린다. 무대 뒤에서 대기할 시간이다.

무대 뒤쪽은 좁아서, 바로 앞에 3학년 1반이 있었다. 2학년 합창이 끝나고 3학년 1반이 무대로 나가자

"모두 원을 만들어."

좁은 공간도 아랑곳없이 가타오카가 명령했다. 좀 전에 1반도 그랬었다. 그런가? 여기서 모두들 어깨를 걸고 "잘하자! 파이팅!"이라는 둥 개그를 하는 건가? 앞의 반이 합창을 하고 있건 말건 상관없이. 강당 쪽 문에 기대서서 아키히로는 눈썹을 찡그렸다.

뭐가 사랑이야? 뭐가 연대냐고?

가타오카의 말에 몇인가가 마치 '모두'라는 말의 자석에 이끌리기라도 하듯이 모여 섰다. 그러다 야마노와 눈이 마주친다. 노려보는 것도 아니고, 질렸다는 것도 아니고, 어쨌든 그녀는 강렬한 눈빛으로 아키히로를 보고 있었다.

무대 뒤와 체육관 강당을 나누고 있는 문 쪽을 보니 후카사쿠가 있다. 마치 가타오카가 말하는 '모두' 속에 나는 안 들어 있어, 하고 싶다는 듯이 악보를 든 채로 서 있었다. 눈길은 무대에. 앞서 노래하는 3학년 1반 쪽을 향해 있다.

"호리코시 아키히로, 원 안으로 들어와 주세요."

움직이지 않는 아키히로에게 가타오카의 목소리가 약간 높아졌다. 그래도 아키히로는 자리에서 움직이지 않았다. 많은 반 아이들의 시선이 자신에게 쏠리는 것을 알겠다. 알면서도 아키히로는 결심했다.

무대에서 뒤쪽으로 흘러나온 조명의 불빛을 응시한다. 하얗게 눈부신 빛에 눈을 감는다. 아침 해를 향해 걷고 있는 괴수를 떠올리면서 숨을 크게 들이쉰다. 내쉰다.

그리고 발길을 돌려 '모두'의 원을 떠났다. 무대 뒤를 떠난다.

"잠깐, 어딜 가는 거야!"

가타오카의 말에도 돌아보지 않는다.

"네가 합창 따위에 뭘 걸고 있는지 모르겠지만 너의 좋은 추억을 만들기 위해 더 이상 협력하는 건 질렸어."

그렇다. 처음부터 이렇게 말했더라면 좋았을 것을. 체육관의 관객이 있는 쪽으로 가는 문손잡이에 손을 얹는다. 다른 한 손으로 문 근처에 서 있던 후카사쿠 히토코의 손을 잡았다.

"……왜 이래?"

벌레라도 만진 듯이 후카사쿠가 손을 뺀다. 아키히로의 손에서 도망친다. 그럴 줄 미리 알았으니 상처 입을 필요는 없었다.

그 대신 그녀의 어깨를 힘껏 잡았다. 세일러복에 주름이 질 만큼 힘주어 강하게.

아키히로의 행동에 후카사쿠의 눈이 휘둥그레졌다. 쿵, 하는 소리까지 들려올 것 같다.

"질려 있으면 너도 와."

등 뒤에서 움직이는 발소리가 아키히로에게 들렸다. 비로소 뒤를 돌아본다. 제일 먼저 야마노와 눈이 마주친다. 아키히로와 마찬가지로, 가타오카가 있는 원에서 빠져나와 이쪽으로 향해 온다. 거기에 몇몇 남자아이들이 더해지고 여자아이 몇도 가세했다. 저 아이는 히라츠카와 사이가 좋던 아이다.

모두가 같은 생각을 하고 있었다. 같은 목적을 지니고, 마치 하나의 생물처럼 줄지어 무대 뒤를 빠져나간다. 가타오카가 고함을 지르며 막아 보려 하지만 아무도 멈추지 않는다. 후카사쿠조차도 어안이 벙벙한 모습으로 아키히로에게 어깨를 잡힌 채 강당 쪽으로 나섰다.

야마노가 달려온다.

"역시 아키히로."

고마워, 하며 어깨를 두드리기까지 한다. 그러고는 도망치듯 한 걸음 물러섰다.

"너를 위해 한 건 전혀 아니야."

정말 제멋대로야, 너는. 할 수 있으면 평생 얼굴도 보기 싫어. 그렇게 말하자 발끈하며 눈빛이 험해졌지만, 그래도 더는 아무 말도 하지 않고 야마노는 친구들 사이로 슬쩍 합류했다.

이변을 눈치챈 객석이 서서히 소란스러워지기 시작했다. 교사들이 뛰어와 2반 학생들에게 무대로 돌아가라고 명한다. 하지만 어느 누구도 그런 지시엔 따르지 않는다.

"후카사쿠."

그렇게 부르고 잡고 있던 가냘픈 어깨를 놓아준다. 후카사쿠는 한동안 아키히로의 손을 지켜보고 있었다.

"줄곧 네가 좋았어. 초등학교 5학년 9월 24일까지, 쭉 좋아했다고."

9월 24일, 에비사와 후유키의 금붕어가 죽은 날.

"그래서 후카사쿠가 다시 옛날 같은 성격으로 돌아가길 바랐지. 내가 좋아했던 후카사쿠 히토코로 돌아와 주길 바랐다고."

후카사쿠의 눈길이 자신의 오른손에서 아키히로에게로 옮아왔다. 놀라움과 미심쩍음이 뒤섞인 눈길.

"미안해."

그러고 나서 줄곧 하고 싶었던 말을, 후카사쿠 히토코를 좋아한다는 말보다 훨씬 훨씬 하고 싶던 말을 입에 올렸다.

"에비사와 후유키의 금붕어 말이야……."

말하지 않으면, 그렇게 하지 않으면 언제까지나 자신은 후카사쿠 히토코를 좋아하면서, 잊지 못하면서, 영원히 얼간이에 소심한 겁쟁이로 남게 되겠지.

"됐어."

아키히로의 말을 끊으며 후카사쿠가 고개를 옆으로 흔든다. 커다랗게 두 번, 흔들었다.

"그래도."

"이제 와서 그런 소리를 들어 봤자 뭐가 달라져?"

험악한 표정은 아니었다. 고요한 눈빛이었다. 차갑지도 뜨겁지도 않고, 까마득한 곳에서 자신을 지켜보고 있는 듯한 눈빛.

"어머, 그랬군요, 하면서 옛날로 돌아가거나 하지 않을 테니까."

"알고 있어."

알고 있어. 알고 있다고.

"내가 좋아했던 후카사쿠는 이제 없고 지금의 후카사쿠를 바라보고 있어 봤자 별수 없다는 거지."

"맞아, 알아줘서 고마워."

그렇게 말한 후카사쿠의 입술 끝이 살짝 올라갔다. 웃음이라고 하기엔 너무 약했지만, 정말이지 오랜만에 그녀가 웃는 것을 보았다. 아아, 끝났다. 길고 긴 첫사랑이, 지금 끝난 거다.

얼굴을 들었더니 규베 할머니가 보였다. 3학년 1반 합창이 끝났는데도 2반이 무대 위에 나타나지 않고, 아예 무대 뒤에서 하나둘 체육관을 빠져나가는 광경을 관객들이 당황해하면서도 호기심 가득한 눈으로 보고 있다. "돌아가!" 하고 외치는 남자 교사의 화난 음성. 누군가가 울음을 터뜨리는 소리. 그 가운데 아마도 유일하게 규베 할머니만이 주위와는 다른 눈빛을 하고 있었다. 자신들의 대화 따위 들릴 리가 없건만 한 번도 본 적 없는 온화한 얼굴을 하고 있다. 호리코시 아키히로의 한심한 이야기가 하나 끝난 것을, 아주 잘 이해하고 있는 듯했다.

아키히로와 함께 규베 할머니를 발견한 후카사쿠가 조그맣게 "규 할머니." 하고 중얼거리는 것이 들렸다. 후카사쿠가 할머니를 그렇게 부르는 게 왠지 우스워 무심결에 웃고 말았다.

"왜?"

약간 화가 난 듯한 표정으로 후카사쿠가 이쪽을 본다. 아무 말

없이 고개를 저었다. 잠깐 눈썹을 찡그리고는 후카사쿠는 규베 할머니 쪽으로 걸어갔다. 후카사쿠가 뭔가 말한다. 할머니가 뭐라고 대답한다. 그걸 몇 번 반복하더니 두 사람은 체육관의 출구 쪽으로 향해 갔다. 사람들로 북적이는 체육관 강당을 지나가는 두 사람의 등은, 잠시 후엔 인파에 섞여 보이지 않게 되었다.

오츠 가호

3월 첫 학년 모임은 손발이 오그라들 만큼 자신들을 토닥이는 분위기였다. 너희가 열심히 했다는 것은 선생님들이 가장 잘 알고 있다. 너희라면 할 수 있다. 자신감을 갖고 노력하는 거야. 학급 담임과 학생 주임의 그런 뜨거운 메시지가 체육관의 차가운 바닥과 높다란 천장에 울려 퍼지고 나서, 추천으로 이미 고등학교에 합격한 녀석들이 나오더니 손수 만든 현수막을 펼쳤다. '전원 합격 기원!'이라는 검은 글자 주변으로 벚꽃이 그려져 있었다. 벚꽃이 피는 것을 그리려던 것이겠지만 그린 녀석의 솜씨가 따라 주질 못했던지 아무리 봐도 지고 있는 것처럼만 보인다. 무엇보다 추천으로 고등학교에 합격하여 중학 생활은 이미 끝났습니다, 하는 얼굴을 한 녀석들의 "열심히 해라."라니, 코웃음이 나올 만큼 뻔해 보인다.

그런 송별회 비슷한 것을 학년 모임에서 하고 있는 것은 내일이 현립 고등학교 입학 시험일이기 때문이다. 이 주변엔 사립 고등학교가 거의 없으니 대다수 학생이 현립 고등학교 시험을 치른다. 내일은 3학년 대부분이 어딘가의 고등학교 입시를 치르는 것이다.

학년 모임이 끝나고 체육관에서 나올 때, 우연히 가타오카 미카코와 같은 타이밍이 되어 버렸다. 그녀 때문에 걸음을 늦추기도, 서두르기도 싫어서 상관 않고 걸었다.

문화제 합창 대회 건은 큰 말썽거리가 되었다. 3학년 2반에서는 학급 회의가 몇 번이나 열렸다. 이것은 학년 전체 문제라나 하면서 학년 모임도 그에 못지않게 열렸다. 도대체 몇 번이나 체육관 바닥에 차갑게 식어 가는 엉덩이를 대고 앉아 선생들의 설교를 들었던가? 2반 반주자 히라츠카의 부모님이 등교 거부의 원인이 합창이었다는 것을 알고 엄청나게 화를 내면서 학교로 쳐들어왔던 일도 지금은 추억이 되었다.

결국, 2반 합창 위원은 우승을 위해 열심이었다는 것을 인정하더라도 너무 지나쳤다, 하지만 이를 보이콧한다는 것도 지나치다, 뭔가 다른 방법이 있었을 것이다, 그런 이야기가 되었다. 2반은 여전히 분열되어 있었다. 아마도 이대로 졸업식을 맞게 되리라.

정작 가타오카는 무승부로 끝난 것이 못마땅한 모양이지만 일단 자기 혼자만 일방적으로 악인이 되지 않았다는 사실에 만족하고 있는 듯하다. 하지만 여전히 합창 대회 일로 앙심을 품고 있는지 우승을 한 1반 합창 위원 가호에 대해 '주변 애들이 나빴어. 난

너한테 진 게 아니라고.' 하는 듯, 위협적인 눈길을 보냈다.

분통이 터져서 기회 있을 때마다 한껏 멸시해 주고 있다. 어차피 다른 고등학교로 시험을 볼 테니까. 졸업 때까지 절대적 강자의 입장을 실컷 즐겨야지.

"너 있잖아 ─ ."

큰 걸음으로 미카코 앞으로 돌아가서 엉덩이 뒤에서 두 손을 깍지 낀다.

"합창 대회를 망치지 않았더라면 추천을 받았을 텐데, 유감이네."

멈춰 서더니 미카코의 얼굴이 새빨개졌다. 저 현수막엔 이 아이도 짜증이 나 있을 게 틀림없다는 이상한 확신이 있었던 것이다.

"너 역시 추천은 못 받았잖아."

"나는 애초부터 추천 같은 건 생각도 안 했고 신청도 안 했는걸."

가타오카는 추천 입학을 하고 싶다고 담임에게 말했고 서류도 작성했지만 선생님이 허락해 주지 않았던 것이다. 원인은 틀림없이 합창 대회.

"일반 전형으로 입학할 생각이 아니었던 사람이 일반 입시를 봐야 하는 처지라니, 안됐다 싶어서."

그렇게 말하고 발걸음을 돌린다. 뛰진 않는다. 말해 놓고 도망치는 따위의 모양 빠지는 짓은 안 한다. 여유만만 느긋한 속도로 교실까지 걸어가기로 했다.

미카코는 아무 말도 하지 않는다. 이겼다, 이겼어.

나는 강자라고.

그런데, 그런데 왜, 그날 일을 떠올리면 이렇게도 짜증이 치밀고 화가 나고 슬퍼지는 걸까?

*

꼴 좋다.

아무리 기다려도 학생들이 나타나지 않는 무대를 올려다보며 가호는 필사적으로 웃음을 참았다.

하지만 무리였다. 오른손으로 입을 가리고 웃음을 감춰야 했다.

1반이 합창을 마친 순간, 무대 뒤에서 가타오카 미카코의 성난 음성이 들려왔기에 뭔가 말썽이 일어났나 보다, 하는 짐작은 할 수 있었다. 1반 학생들은 반대쪽으로 무대를 그대로 내려왔기 때문에 무슨 일인지는 알 수가 없었다. 하지만 합창을 할 수 없을 정도의 사건이 일어난 것은 분명했다.

아라하리와 스즈키 무리가 마지막의 마지막에 와서 합창 위원을 창피 주려고 남자아이들을 선동해 보이콧이라도 한 거 아닐까?

이겼다. 1반 합창은 큰 실수 없이 잘 끝났다. 2반이 이 꼴이라면 이제 1반의 승리는 흔들리지 않는다. 이겼다. 1반이 이겼다. 미카코에게, 이겼다.

"잘됐네, 가호."

같은 생각을 한 걸까, 옆에서 아키에가 작은 소리로 말했다. 지휘자로서 연습 목록을 생각한다든가 모두를 지도하는 것을 도와주었다. 그런 수고가 보답을 받았다는 듯이 볼살이 솟아오르고 눈이 초승달 모양이 되어 웃고 있었다.

"위험했었잖아, 미카코가 하는 방식."

맞다. 작년, 2학년 때 가호와 아키에는 미카코와 같은 반이었다. 미카코는 그때도 합창 위원에 임명되어 위에서 내려다보는 눈으로 거들먹거리며 시건방진 리더십을 발휘했다. 그러면서 자기에겐 사람들을 끌고 가는 힘이 있다고 믿고 있으니 참 고약하다.

특히나 상급생을 제치고 우수상을 받은 1학년 때의 합창 비디오를 들고 와 모두에게 보이는 것이 마음에 안 들었다. 작년 학급은 이런 연습을 해서 이런 효과를 거뒀다. 대회에서 이렇게나 노래를 잘해서 2, 3학년을 이길 수 있었다. 자랑스레, 부끄러운 줄 모르고 그렇게 말했던 것이다.

음악실의 낡아 빠진 브라운관 텔레비전에 비친 어린아이 같은 얼굴의 동급생들. 부른 노래는 「괴수의 발라드」. 간단하고 짧은 곡이지만 기초가 잡혀 있으면 박력도 있고, 정말 예쁜 노래가 되거든. 미카코는 어쩌고저쩌고, 그야말로 괴수 같은 커다란 목소리로 되풀이했다.

애당초 「괴수의 발라드」는 미카코의 횡포가 아니더라도 좋아할 수 없는 노래였다. 고독하고 불쌍한 괴수. 마치 누군가가 괴수를 따돌려 고독하게 만들고 있는 듯이 들린다. 괴수가 자발적으로 사막을 나서기까지 어느 누구도 괴수에게 가지 않았다. 그것을 책망당하고 있는 듯하다. 부아가 치미는 노래다.

그래서 저항한 것이다.

소프라노 파트 리더를 맡았던 가호는 미카코가 지시한 것들을 조금씩 바꾸어 연습했다. 그에 대해 뭐라고 하는 그녀에게 "이편이 효과적이잖아?" 했더니 삶은 문어처럼 얼굴이 빨개져서 화를 냈다. 그것으로 관두면 좋을 텐데 기를 쓰고 이쪽을 이기려 드는 것이다. 과거의 영광을 코끝에 걸고「괴수의 발라드」이야기를 몇 번이고 몇 번이고 한다. 작년 합창 대회까지의 매일매일은 짜증이 치미는 나날이었다.

미카코 역시 그것이 응어리져 있었던지 3학년인 올해, 가호가 1반 합창 위원이라는 걸 알자마자 바로 1반 교실 가호의 자리까지 찾아왔다.

나, 2반 합창 위원이 됐어.

그렇게 말하며 팔짱을 끼더니 의자에 앉아 있던 가호를 내려다보며 콧구멍을 벌렁거렸다. 너 같은 것한테 질 줄 알고? 하고 말이라도 하면 그나마 나을 것을, 그 말만 하고 미카코는 가 버렸던 것이다. 그녀의 음성이, 태도가, 가호 내부의 무언가를 툭, 하고 잘라 버렸다. 아마도 작년부터 줄곧 이어지고 있던 가타오카 미카코라는 여자아이에 대한 짜증스러움이 마침내 허용치를 넘어 버린 것이다.

아니나 다를까, 미카코는 일 년 전과 똑같은 짓을 3학년 2반에서도 했다. 그녀가 오산했던 것은 노래를 잘하는 아이들이 올해는 1반에 모여 있다는 것이었다. 연습하기 힘들 거다 싶었는데 역시 나였다. 하다못해 노래를 못하는 아이들을 끌어올리는 연습 방식이었더라면 좋았을 것을, 미카코는 그런 요령 있는 녀석이 아니다. 등교 거부가 나오기도 하는 형편없는 상태가 되어 준 덕에 가호의 합창 연습은 정말 편해졌다.

2반은 엉망진창인가 봐. 이쪽은 그렇게 되지 말아야지, 하면서 아이들 앞에서 어깨를 으쓱해 보이면 된다. 안 되지, 2반 위험하네, 하며 서로 마주 보고 쿡쿡 웃기만 해도 신기하게 모두 하나가 되었으니.

어디 한번, 지금 미카코 얼굴을 보고 싶다. 기회가 있다면 그날의 그녀처럼 팔짱을 끼고 내려다봐 줄까? 그렇게 생각하며 반대쪽 무대 뒤로 성큼성큼 걸어갔다.

무대 뒤에서 나온 2반 학생들은 그 자리에 멈춰 있거나 선생님에게 붙잡혔거나 서둘러 체육관에서 도망치고 있거나, 제각각이었다. 같은 초등학교였던 야마노 지요가 같은 반 아이와 함께 뛰어오더니 담임에게 뭔가 하소연을 하고 있다. 담임을 위협하는 듯한 눈으로 "그게 왜 안 되는데요? 우리도 피해자라고요." 해 가며 침이라도 튀길 듯한 기세였다. 옛날부터 그랬다. 누가 옆에 있으면 저렇게 허세를 부린다. 혼자서는 아무것도 못 하는 주제에, 누군가 함께 있으면 꽤나 억지스러운 소리를 하고 거의 심술을 부리는 것 같은 짓도 태연히 하는 것이다. 그런 구석이 싫어서 중학교에 들어오고부터는 거의 교류가 끊겼다.

정작 가타오카 미카코의 모습이 안 보인다. 아직 무대 뒤에 있는 걸까? 그렇게 돌아보다가 그를 발견했다. 하필이면 정말 싫은 그 아이와 함께였다.

목구멍을 걸레처럼 꽉 짜내는 듯한 이상한 음성이 들렸다.

"줄곧 네가 좋았어."

아키히로의 목소리다. 후카사쿠 히토코의 눈을 보며 분명히 말했다. 뭐야, 이런 데서 웬 고백? 이렇게 사람들이 잔뜩 있는 데서, 합창 대회를 보이콧하고, 교사들의 성난 고함 소리와 학생들의 당황한 음성이 뒤섞여 있는 이런 이상한 공간에서 어째서 후카사쿠 히토코에게 좋아한다는 둥 하는 걸까?

귀가 울리지 않을까? 현기증이 나는 것 아닐까? 눈앞이 갑자기 하얘지는 것 아닐까? 아무 일도 일어나지 않았다. 선명하게 두 사람의 옆얼굴이 보인다. 음성이 들린다. 아니, 안 들린다. 두 사람의 목소리가 점점 멀어진다. 아니다. 내가 멀어지고 있는 거야. 한 걸음, 두 걸음 뒷걸음치다가 마침내 체육관에서 도망쳐 나왔다.

*

이불에 들어가서 이십 분. 설핏 잠이 들려는 타이밍에 멀리서 날카로운 소리가 들려온다. 독특한 삐─뽀─ 하는 소리와 빨간 불빛이 가까워진다. 집 앞을 통과하여 소리도 빛도 점점 멀어져 갔다. 그 직후, 옆방 유리문이 열리고 맨발로 타다닥! 하고 대청을 향해 간다. 이번에도 할머니였다.

벌떡 일어나 장지문을 연다. 눈앞에 복도 창문을 열고 몸을 내미는 할머니 모습이 보였다. 윗옷도 걸치지 않은 얇은 잠옷 차림으로 2월의 밤공기에 아랑곳없이 마당의 산울타리 너머를 응시하고 있다.

"할머니, 가까운 곳 아니니까 빨리 자요."

할머니는 정신이 흐리지 않다. 다만 구급차가 집 근처에서 멈추면 어느 집의 누가 쓰러진 것 아닌가 하며 이렇게 밖을 내다보는 것이다.

"좀 전 건 이 근처야. 겐조 씨네거나 도코야거나 그 언저리."

택호를 들어도 대략적인 위치밖에 모른다. 할머니는 이 마을에서 나고 자랐으니 옛날부터 아는 사람도 다들 이 근처에 살고 있다. 당신이 아는 사람이 쓰러진 것 아닐까 염려하는 거야 이해가 되지만, 번번이 이렇게 방에서 나올 일일까?

지금 사이좋은 친구들이 일흔 살, 여든 살이 되었을 때 자신도 이렇게 하게 될까?

절대로 싫어, 하고 가호는 생각한다.

"나가야 가츠코 씨 아닌가?"

나가야. 호리코시 아키히로네 집 택호였다. 그 집 할머니도 연세가 높지만 꽤나 건강하고 활발하다.

"어차피 모르니까 오늘은 자요. 내일이면 싫어도 알게 될 거니까."

게다가 나, 내일 입시니까요. 그렇게 덧붙이자 할머니는 생각났다는 듯이 "얼른 자렴." 하고 가호의 엉덩이를 두드려 방으로 쫓아보냈다.

설마 아키히로네 집은 아니겠지. 하필 입시 전날에 그런 일, 일어날 리가 없지.

약간 께름칙한 기분을 안고 가호는 잠자리에 들었다. 생각이 나면 점점 눈이 말똥거린다. 그리고 쓸데없는 것이 떠오른다. 생각하지 않아도 될 것이 생각나고 떠올릴 필요 없는 일이 떠오르는 것이다.

눈을 감는다. 힘을 주어 꽉 감는다. 눈꺼풀 안쪽의 어둠에 오렌지색 점들이 떠오른다. 용무당벌레가 움직인다. 할머니가 만든 덧옷에 붙어 있던 무당벌레는 분명 아키히로가 가져갔다. 하지만 몇 해 동안이나 가호의 마음속에 자리 잡고 있는 느낌이다.

결국 그는 다음날엔 용무당벌레에 싫증이 났는지 다른 놀이에 빠져 있었다. 개구쟁이였다. 줄곧 친구들과 싸움도 했다. 크고 작은 상처를 달고 다니고, 유치원 전체가 들어야 하는 설교의 주인공이기도 했다. 목소리가 크고 자기주장이 강했다.

그 곁에서 후카사쿠 히토코의 얼굴이 보이기 시작한 것은 아마 유치원 운동회 때부터.

아키히로와 히토코가 같은 청군이고 가호는 백군이었다. 바통을 주고받았던 이어달리기. 아키히로의 바통을 이어받는 히토코. 아키히로와 히토코가 가호의 시야에 함께 들어왔던 첫 장면이었다.

초등학생이 되었다. 2학년으로 올라갔다. 3학년, 4학년이 되었다. 두 사람은 항상 함께 지내는 사이좋은 친구는 아니었다. 어쩌다가 말을 주고받고 함께 웃는다. 그런 관계. 싸우기도 한다.

어디까지나 남자애랑 여자애가 하는 싸움. 학년이 올라가면서 싸움은 늘어났지만 그건 변치 않는다.

남자니 여자니 그런 건 신경 쓰지 않고 함께 뛰어노는 친구 사이였다면 얼마나 좋을까 싶었다. 하지만 호리코시와 히토코는 처음부터 남녀 사이였던 것이다. 히토코는 아키히로를 남자로 보고 있었고 아키히로 역시 히토코를 여자로 대했다.

분명 머지않아 어느 쪽인가가 다른 쪽을 좋아하게 될 거다. 연애 대상으로 보게 되는 것이다. 그것을 깨달았을 때, 가호는 히토코가 눈에 거슬리기 시작했다. 어쩌다 보니 친구가 되어 버린 것을 후회했다. 하지만 그 나름대로 마음이 맞아 사이좋게 지낼 수 있었으니 신경 쓰지 않기로 했었다.

가호는 곱슬머리다. 아침에 일어나서 등교할 때까지 대부분의 시간을, 자는 동안 엉망이 되어 버린 머리를 손질하는 데 써야 했다.

히토코의 머리는 알맞게 풍성하고 어여쁜 흑발이다. 부러운 정도가 아니라 질투를 하고 있다는 것을 자각하고, 이건 좀 아닌데 싶었다.

초등학교 5학년 가을이었다.

"너 설마, 후유키의 금붕어를 죽인 거야?"

히스야나기. 그 무렵, 담임이었던 모토야나기 선생을 다들 그렇게 불렀다. 남편과 아들이 집을 나가 버렸고 이혼도 머지않은 듯했는데 툭하면 히스테리를 부린다. 그래서 히스야나기. 히토코가 금붕어를 죽였다고 믿는지 젊어 보이려고 기를 써서 화장한 그 얼굴이 금세라도 터져 버릴 것 같았다.

"네?"

히토코의 그 반문이 견딜 수 없이 마음에 들지 않았다. 자기한테 대답한 것이 아니라는 건 알고 있건만 부아가 치밀었다. 뒷모습이, 머리 형태를 따라 깔끔한 모양새의 머리카락이 기분 나빴다.

"네?가 아니지. 질문에 대답을 해."

목구멍 안에 준비하고 있던 "히토코가 금붕어를 죽일 리가 없다고 생각해요." 하는 말이 바뀌어 버렸던 것이다. 묵직한 가슴 통증에 눌려 찌부러지듯이 더러운 내장이 산산조각 났다.

그 한 조각이 가호의 입에서 흘러나와 버렸다.

"히토코, 늘 금붕어를 '죽여 버리고 싶다'고 했었지."

엎질러진 물이다. 입 밖으로 튀어나온 말은 멀리 가 버렸고 다시 주워 담을 수 없다. 당시 옆자리였던 야마노 지요가 슬쩍 이쪽을 보더니 "응 맞아, 그랬어." 하고 과장되게 격렬히 고개를 끄덕였다. "맞지? 그랬었잖아?" 하고 다짐을 두듯이 그녀를 보자 다시 한 번 고개를 끄덕인다. 이걸로 너도 공범이야.

그날, 후카사쿠 히토코가 죽었다. 곱슬기 없는 아름다운 머리카락도 부럽지 않게 되었다.

처음에 난 후카사쿠 히토코를 도우려고 했어.

맞아, 나는 노력을 했다고. 노력했지만 안 된 것뿐이야.

*

지망한 고등학교의 교실에서 시험을 치르다니, 더구나 다른 중학교 아이들과 함께 치르는 시험이라니 어떤 기분일까 싶었다. 하지만 막상 시험을 시작하고 보니 앞뒤 열 명 정도는 모조리 같은 중학교 학생이었다. 원서를 선생님이 모아서 제출해서인지 수험 번호가 모두 이어져 있었다. 평소에 치르는 정기 시험과 그다지 다르지 않은 분위기였다.

3교시 영어 시험이 끝나고 점심시간이 되자 근처 자리에 있던 아키에가 말을 걸어왔다. 도시락을 펴려는데 주변의 히가시 중학교 아이들이 모여들어 커다란 원이 되었다. 끼지 않은 인간은 둘뿐이다.

후카사쿠 히토코는 자기 자리에서 도시락을 열고 있었다. 당연히 도시락을 들고 이쪽으로 오지 않는다. 그녀 바로 뒤쪽에 앉은 호리코시 아키히로 역시 똑같다.

후카사쿠와 호리코시. 출석 번호순으로 원서를 제출했으니 두 사람은 수험 번호가 앞뒤로 이어진다. 마음에 안 든다. 앞뒤로 나란히 앉은 것도, 둘 모두 원 안으로 들어오지 않고 마치 둘만의 세계를 만들고 있는 듯한 것도.

아키히로는 줄곧 히토코에게 장난을 걸곤 했다. 히토코가 달라져도 여전히 그 애가 마음 쓰이는구나 싶어 짜증이 나기도 했지만 히토코가 아예 상대를 하지 않으니 모르는 척하고 지낼 수 있었다.

교실 안에서 복도에서 체육관에서 히토코의 모습이 시야에 들어오면 그의 시선은 줄곧 그녀를 따라다니는 것이다. 분명 반 아이들 누구도 그 사실을 모른다. 가호만이, 오츠 가호만이 그걸 알고 있었다.

그랬는데 바로 그 문화제 합창 대회 이후 달라졌다. 아키히로는 히토코를 바라보지 않는다.

"줄곧 네가 좋았어."라고 말하기까지 했었는데.

할머니가 만들어 준 도시락은 너무 익숙해져서 맛이 있는 건지 없는 건지도 모르겠다. 그래도 전부 먹었다. 할머니 도시락은 왠지 남길 수가 없다. 여전히 갈색이다. 최근엔 방울토마토를 넣는 것 말고도 양상추를 밑에 까는 법을 배운 모양이지만 그래 봤자 반찬들과는 어울리지 않는다.

하지만 용돈을 모아서 산 고급 도시락 통은 그런 갈색 내용물을 근사하게, 아름답고 둥근 실루엣 속에 숨겨 준다. 흔해 빠진 반찬이 엄청나게 고급스러워 보인다.

동시에 예전 사회과 견학 날, 호리코시 아키히로가 주었던 쿠키도 생각난다. 잔디밭 냄새까지 떠오른다.

도시락을 가방에 집어넣은 것과 히토코가 교실을 나간 것은 거의 동시였다. 오후의 이과 시험 전에 화장실에라도 간 거겠지.

잠깐 틈을 두고 가호는 자리에서 일어났다. 함께 가려는 아키에를 제지하고 복도에 나선다. 시험을 치고 있는 3층 끝에 있는 여자 화장실에서 마침 히토코가 나왔다.

서두르지 않고 달리지 않고 천천히 가호는 히토코를 향해 걸어갔다.

히토코가 고개를 약간 들고 가호를 보았다. 아주 살짝 보폭을 바꿔 가호를 피하려 한다. 막아서듯이 그녀 앞으로 간다. 어제 미카코에게 했던 것같이 뒤에서 손을 깍지 끼고 그녀를 내려다본다.

"왜?"

눈이 마주친다.

"너, 알아?"

"뭘?"

정말이지 이 아이는 무표정해졌다. 히스야나기에게서 머리를 주먹으로 얻어맞아 얼굴 근육이 이상해져 버린 건지도 몰라. 재미있는 일이 있으면 손뼉을 치며 웃고 이야기하기 좋아하고 아키히로가 좀 놀리기라도 하면 엄청 화를 냈었는데.

"네 피아노 선생님, 어제 쓰러져서 구급차로 실려 갔다며?"

히토코의 눈이 약간 커졌다. 아아, 역시 모르고 있었구나. 가호는 웃음을 터뜨리고 싶은 것을 필사적으로 참는다. 하지만 히토코의 표정은 금세 원래대로 돌아간다. 믿지 않는다. 놀리고 있다고 의심하지도 않는다. 당황하고 허둥대는 꼴을 보이지 않으려고 몸에 힘을 주고 있다.

"우리 할머니가 아침에 그러더라. 어제 한밤중에 집 안에 쓰러져 있는 걸 발견해서 구급차로 싣고 갔대. 의식 불명이라던데?"

등 뒤에서 덧신이 바닥을 쓸고 오는 소리가 울리더니 찍, 하는 높은 소리와 함께 등 뒤에 사람의 기척.

돌아보니 아키히로가 우뚝 서 있다.

이런, 들었겠다. 그런 초조감과 동시에 포기하자는 마음이 가호를 채우고 있었다. 어차피 이 녀석은 나 같은 건 쳐다보지도 않을 거니까 아무래도 좋은 거 아냐, 싶은.

"오츠, 너……."

"아키히로도 알고 있었지? 집이 바로 옆이잖아. 구급차가 왔으니 모를 수가 없지."

곁눈질로 히토코를 본다. 그녀의 눈이 가호에게서 아키히로에게로 옮아가 있다.

"아침 일찍 히토리코한테 알려 주면 좋았을걸."

"그런 짓을 어떻게 해? 입시 당일이야."

히토코가 그 할머니에게 피아노를 배우고 있다는 건 안다. 꽤나 친하다는 것도 알고 있다. 무엇보다 문화제를 함께 보고 다녔으니까. 어느 쪽인가 하면 할머니 쪽이 히토코를 끌고 다니는 것 같았지만, 얌전히 따라다닌 걸 보면 히토코도 싫어하는 건 아닌 듯했다.

"시험 끝나기 전에 죽어 버리면 이도 저도 못 하잖아?"

아마도 수험일이니 배려해서 아무도 히토코에게 그 사실을 알려 주지 않았던 것이리라.

히토코가 한 걸음, 아키히로에게 다가섰다.

"……정말?"

조그맣게 묻는다.

십 초도 훨씬 넘게 망설이다가 아키히로는 살짝 끄덕여 보였다. 히토코의 몸이 굳어졌다. 내 말은 안 믿으면서 아키히로 말은 믿는 거야. 배 속 깊은 곳에서 무언가가 비틀려 망가졌다.

"말하지 않는 편이 좋을 것 같아서."

미안. 갈라진 목소리의 사과를 신호 삼아 히토코의 몸이 오른쪽으로 휘청했다. 비틀비틀. 계단을 향해 걸어간다. 아키히로는 히토코의 이름을 부른다. 커다란 소리여서 복도에 나와 있던 다른 학생들이 일제히 돌아본다.

아키히로는 이미 히토코를 따라잡았다. 팔을 잡고 멈춰 세우더니 "가서 어쩌려고?" "괜찮다니까." 하는 의미 없는 말들을 하고 있다. 히토코가 자유로운 쪽 손으로 아키히로의 몸을 밀어 내며 벗어나려 하지만 커다란 그의 몸은 꿈쩍도 하지 않는다.

이런 후카사쿠 히토코, 얼마 만에 보는 걸까? 초등학생 무렵, 아키히로와 정색을 하고 싸우던 모습이 떠오른다.

사람들이 모여든다. 뭐야, 사랑싸움이라도 하는 건가? 그런 구경꾼 심리를 노골적으로 드러낸 품위 없는 눈으로 아키히로와 히토코를 보고 있다.

"믿어 줘!"

말싸움 끝에 아키히로가 그렇게 소리쳤다. 유치원 때부터 줄곧 함께였던 가호조차 들어 본 적 없는 음성이었다.

"규베 할머니는 분명 어젯밤에 쓰러졌어. 구급차에 실려 갔고. 아직 의식은 돌아오지 않았지만, 괜찮다고. 갑자기 죽는다든가 하는 일, 없어."

절대, 없다고. 그렇게 단언을 해 보인다.

"만약 그런 일이 생기면 나를 평생 원망해도 좋아. 죽여도 좋아. 그러니까 오후 시험은 제대로 봐."

죽여도 좋아. 그 말에 히토코가 저항을 멈췄다. 주변에 있던 학

172 ●

생들까지 얼굴이 굳어졌다.

"내가 이런 소리를 하면 넌 화를 낼지도 모르지만, 규베 할머니는 네가 시험을 제대로 보기를 바라서. 도중에 관두고 병원에 가봤자, 분명 좋아하지 않을 거야."

부탁이니 시험을 봐 줘. 봐 달라고. 그렇게 반복하는 아키히로에게 히토코의 표정이 조금씩 고요해졌다. 평소의 얼굴로 돌아간다.

문제지를 안고 계단을 올라온 교사가 점심시간이 거의 끝나 가는데도 복도에 학생들이 잔뜩 나와 있는 것에 놀랐다. "얼른 교실로 들어가요."라는 말에 모두 각자의 교실로 돌아간다. 움직이지 않고 있는 것은 히토코와 아키히로, 그리고 가호뿐.

맨 먼저 교실을 향해 걷기 시작한 것은 후카사쿠 히토코였다. 가호 쪽은 돌아보지 않고 아무 말도 없이 교실로 들어가 버렸다. 정말 오후 시험도 치를 생각인가 보다.

아키히로가 이쪽을 보고 있었다. 노려보고 있다.

"한 대 치고 싶으면 치시지? 그런 얼굴로 쳐다보고 있지 말고."

"누가 그런 짓을 한대?"

가호에게서 눈길을 돌리며 내뱉듯이 말한다.

"그래도 너를 경멸해."

덧신에서 불쾌하고 높은 소리를 내면서 아키히로도 자기 교실로 돌아갔다. 이제 곧 시험 시작 종이 울린다. 복도엔 가호 말고는 아무도 남아 있지 않았다. 차라리 자기가 어딘가로 가 버릴까 싶었다. 경멸해. 아키히로의 말이 기분 좋게 머릿속에서 반복된다.

경멸해, 경멸해, 경멸해.

산뜻하다, 싫었다. 맞아. 나는 호리코시 아키히로에게서 줄곧 경멸당하고 싶었던 거야.

후카사쿠 히토코는 아키히로를 찼어. 그녀를 줄곧 신경 쓰면서 걱정하고 좋아했던 호리코시 아키히로의 고백을 매정하게 뿌리친 거지.

꼴 좋다.

그리고 그런 후카사쿠 히토코를, 차이고도 여전히 생각하고 있는 호리코시 아키히로 따위 질색이다.

보고만 있어도 짜증이 난다. 부아가 치민다. 둘이서 함께 지옥 바닥에 떨어져 버려.

3

외톨이와
「유작」

에비사와 후유키

　초등학생 때 썼던 6첩짜리 방은 열다섯 살 몸집에는 작게 느껴
졌다. 천장이 이렇게 낮았던가? 다다미, 창문, 벽장이 이렇게 작았
었나?

　종이 상자를 열면서 에비사와 후유키는 옛이야기 속 주인공이
라도 된 듯한 기분이었다. 겨우 사 년 떠나 있었을 뿐인데 이바라
키의 집은 깜짝 놀랄 만큼 좁아져 버렸다.

　낡아 버렸다. 색이 바랬다.

　상자에서 꺼낸 책을 도쿄에서 가져온 책장에 꽂으면서 문득 활
짝 열어 둔 방문에서 복도 끝에 있는 마루를 보았다. 할머니가, 좋
아하는 낮은 의자에 앉아 마당을 내다보고 있다.

　이삿짐 정리를 하겠다고 나섰지만 아빠가 억지로 저 의자에 앉
게 하고 차를 내렸다. 처음에야 당연하다는 얼굴로 후유키의 방이

나 거실 정리를 도우려고 했지만 몇 번의 말씨름 끝에 포기하고 움직이지 않게 되었다. 찻잔을 한 손에 들고 마당에 있는 엷은 색 꽃을 매단 매화나무를 바라보고 있다.

살짝 가엾다는 생각도 들지만 어쩔 수 없다. 작년 가을에 넘어져 다리가 골절되고 나서 부쩍 허약해져 버렸다. 혼자 사는 데다가 외출이 줄어들면서 남들과 이야기를 하는 일도 거의 없어졌다.

치매 비슷한 증상이 나타난 것은 순식간이었다.

도쿄에서 쓸 때는 책이 꽉 차 있던 책장인데 종이 상자를 다 비워도 빈 곳이 눈에 띈다. 제일 위 단엔 아무것도 안 들어 있어서 일단 중학교 시절 교과서라든가 노트 따위를 채워 넣었다.

방 정리를 마치고 보니, 대청에 혼자 있던 할머니 곁에 아빠가 앉아 있었다. 찻잔도 세 개로 늘어나 있다.

"끝났니? 네 방."

"끝났어. 완전히. 깔끔하게."

그렇게 말하며 후유키는 아빠 옆에 앉았다. 댓돌의 냉기가 발가락 끝을 찌르듯이 올라온다.

"거실도 서재도 끝났으니 이걸로 이사 완료네."

두 손으로 든 찻잔을 천천히, 천천히 기울여 한 모금 마시더니, 할머니는 고개도 천천히, 천천히 들었다.

"모두 피곤할 테니까 오늘은 센고쿠에서 뭐 좀 주문할까?"

뭐, 나는 아무것도 안 했지만 말이야. 약간 자조 섞인 웃음을 띠고 할머니는 일어나려 한다. 국숫집 센고쿠의 배달용 전단지를 가져오려는 것이겠지.

"됐어. 내가 가져올게."

낮은 의자의 등받이에 손을 걸친 할머니를 말리고 일어섰다. "센고쿠 좋지?" 하고 아빠에게 확인한다.

"오랜만이네, 센고쿠. 아빠는 튀김메밀국수가 좋아. 고추튀김은 빼 달라 하고."

센고쿠는 옛날부터 있던 국숫집이다. 아빠가 이 집에서 태어날 무렵에 문을 열어서 후유키 엄마와 결혼할 무렵에는 '배달시킨다' 하면 으레 센고쿠였다. 메뉴를 굳이 볼 것도 없었다.

"할머니는?"

"따뜻한 야마가케국수."

묘한 틈이 벌어지지 않고 질문에 대응하는 답변이 제대로 돌아왔다. 후유키는 그 사실에 안심하는 자신을 의식한다.

배달용 전단지에서 번호를 확인하고 센고쿠에 전화를 걸었더니 한 번도 채 울리기 전에 "네에 네에, 여보셔요! 센고쿤디요." 하는 사투리가 살아 있는 커다란 목소리가 들렸다.

"저기, 간에몬,인데요."

배달 부탁하고 싶어서요. 에비사와라고 합니다. 전화번호는……
그런 매뉴얼은 이 동네에선 필요 없다. 택호만 말하면 설령 에비사와라는 집이 몇십 군데 있더라도 저쪽에선 여기다, 하고 알아차

리니까.

"아이고, 혹시 후유키 군?"

전화를 받은 여성은 마키에인가 하는 센고쿠 점주의 맏며느리다.

"맞아요, 후유키입니다."

"아, 그렇구나. 후유키였네, 오랜만. 벌써 이쪽으로 왔구나."

자신들이 도쿄에서 돌아온 것을 이미 알고 있다는 투였다.

"오늘 이사했어요. 좀 전에 정리가 끝나서. 저녁 주문해도 될까
요?"

튀김메밀국수, 튀김에서 고추는 빼고. 야마가케국수 따뜻한 것.
자기 몫을 생각하지 않았던 걸 알고 당황하며 자루우동을 하나 더
주문했다. 튀김자루우동.

"후유키 건 고추 어떡할까?"

"넣어도 돼요."

"자아, 이사 축하로 새우튀김 얹어 줄게."

후후훗 하고 웃는 소리에 슬쩍 사양의 말이 나왔다.

"괜찮아요. 그냥 돌아온 것뿐인데."

"됐어, 됐다고. 후유키 군, 이래저래 힘들었다믄서? 이렇게 돌아
왔으니 한턱낼게. 커다란 버섯이랑 닭고기도 넣어줄겨."

6시쯤 보낼게. 지면에 떨어진 고무공을 연상시키는 통통 튀는
듯한 음성으로 전화는 끊겼다. 도대체 얼마나 많은 튀김이 오는
걸까?

전화기 옆 고리에 배달용 전단지를 다시 걸어 놓고 대청으로 돌아오는 도중에 마키에 씨 말을 되새긴다. 새우튀김도 버섯도 아닌 "이래저래 힘들었다면서?" 하는 부분을.

모두 잘 알고 있는 것이다. 어째서 아빠와 후유키가 도쿄에서 이바라키로 돌아왔는지를. 왜 엄마는 함께가 아닌지를. 왜들 모두 기억하고 있는 걸까? 신경을 쓰는 것일까? 자신이 여기서 살았던 것은 사 년이나 지난 이야기인데. 초등학생 때 이야기인데.

차라리 모두 다 잊어버리고 있어 주면 좋았을 것을.

"6시쯤 온대."

"누가 받았어?"

자기 몫의 찻잔을 들고 단숨에 마셔 버린 후유키에게 아빠가 묻는다.

"마키에 씨. 오랜만이라고 하던데?"

"여전히 목소리가 크지, 그 사람?"

"하나도 안 변했더라고."

에비사와 집 정원엔 산울타리가 있다. 집 자체가 약간 높은 곳에 서 있는 탓에 대청에서도 살짝 주변이 보인다. 그 대부분을 차지하고 있는 논, 논, 논. 지금은 추수와 모내기의 중간이니까 흙이 드러난 벌거벗은 논만 펼쳐져 있다. 그 사이를 메우듯이 민가들이 늘어서 있다. 그 너머로 산이 있고, 숲이 있다. 그리고 호수가 있다. 오늘은 맑게 개어 회색과 파랑을 뒤섞어 놓은 듯한 호수면 위에 빛줄기가 확실히 보인다. 이 풍경 역시 변함이 없다. 초등학교 5학년 여름까지 살았던 곳이다.

눈을 감고 옛날을 떠올린다. 눈을 뜬다. 기억과 현실의 차이는 거의 없었다.

역 앞의 상점들이 자꾸 바뀌고 아파트도 빈번하게 주민이 바뀐다. 덮밥집이 국숫집이 되었다가 꼬치구이집이 되었다가 세탁소가 된다. 도쿄의 그런 풍경에 비교하면 시골의 변화 같은 건 별것 아니었다.

이바라키에 살았던 것은 초등학교 5학년 여름까지. 기껏해야 사 년 조금 더 지났다. 그런데도 멀고먼, 까마득한 옛날만 같았다.

도쿄에서의 사 년간은 그 정도로 길었다.

*

"에비사와."

입학식을 마치고 이백여 명 신입생과 함께 체육관에서 교실로 돌아오는 도중에 갑자기 누가 뒤에서 어깨를 친다. 돌아보는 후유키의 얼굴을 "역시, 에비사와 후유키네!" 하고 가리키며 만면에 웃음을 짓는다.

양쪽 볼에 커다란 보조개. 낯익은 동그란 얼굴. 가느다란 눈. 초등학교 때 기억 속에서 그가 뛰어나왔다. 데츠야다.

"오랜만이다."

전학 전엔 후유키라고 이름을 불러 줬었는데 그는 에비사와라고 불렀다. 사 년이라는 세월은 자기들 사이에 그런 변화를 불러온 모양이다. 데츠야, 하고 부르려다 말고

"오랜만, 기미와다."

"이바라키로 돌아온다고 엄니가 그랬거등, 같은 고등학교라고 들었어."

나, 3반. 그렇게 말하는 기미와다에게 "4반."이라고 짤막하게 답한다.

"그럼, 체육은 함께 할지도. 두 반씩 합동으로 하는 모양이니께."

입학하자마자 일부러 말을 걸어 준, 자기에게 적극적으로 다가와 주는 인간이 있다는 사실이 기뻤다.

초등학교 2학년 여름 방학. 닭을 후유키에게 들려 보낸 것을 엄마는 기미와다네 집에 항의하려 했었다.

할머니가 가까스로 말렸지만 엄마는 "그 집 애랑은 절대로 놀면 안 돼."라고 후유키를 야단쳤다. 그의 집에 놀러 다닐 수 없게 되었지만 학교에서는 변함없이 후유키와 친구로 지내 주었다.

기미와다는 키도 컸고 어깨도 넓어지고 얼굴색도 거무스레해졌다. 하지만 두 볼의 보조개는 그대로다.

4반 교실까지 가면서 기미와다는 후유키가 전학하고 나서의 이야기를 들려주었다. 중학교에서는 야구부였던 일. 고등학교에서

도 계속할 작정이라는 것. 후유키에 관해서는 단 한 가지도 묻지 않는다. 알고 있는 것이다. 어째서 후유키가 도쿄에서 돌아왔는지. 물을 필요가 없을 만큼.

4반 교실에 들어선 순간, 안에서 나오던 여학생과 어깨가 부딪쳤다.

"……미안."

고개를 숙이는 후유키를 힐끗 보더니 아무 말 없이 가 버린다. 미안하다고도 괜찮다고도 말하지 않았다.

일순 눈이 마주친 그 얼굴이 낯익었다. 기미와다처럼 선명하진 않아도 어렴풋이 아지랑이가 낀 듯한 기억이었다.

초등학교 때 동급생이 분명하다 싶어 기억을 되살리며 자기 자리로 간다. 이름 순서로 하면 앞쪽이라 창가의 꽤 좋은 자리였다.

"에비사와잖아?"

책상에 가방을 놓은 후유키의 이름을 부른 것은 옆자리 여학생이었다.

"나, 기억 나?"

고개를 살짝 갸웃하고 자기 얼굴을 가리켜 보인다. 새로 맞춘 검은 상의와 주름치마로 몸을 감싸고 곧은 머리카락은 목의 움직임에 따라 찰랑찰랑 흔들린다. 뭐랄까, 무척이나 인공적이고 부자연스러운 스트레이트 헤어였다.

얼굴은 화장을 한 것 같았지만, 그래도 특히 눈과 입가를 보니 기억이 난다.

"오츠?"

가호, 하고 부를 것 같은 기분을 억누르며 그녀의 성을 부른다.

"굉장해. 기억해 주었네."

가까스로,였다. 사 년 동안의 성장,이라기보다 곱슬거리던 머리에 아마도 스트레이트파마를 하고 화장을 하고 눈썹을 다듬은 뒤 예쁘게 그려 넣어 무척 어른스러워 보인다.

"오츠, 나메카타 고등학교였구나."

"진짜 아슬아슬했지만 붙긴 했어."

나메카타 고등학교는 후유키가 초등학생 때부터 줄곧 '그런대로 괜찮은 학교'라는 위치였다. 중학교에서 1등을 하는 아이라면 진학하지 않겠지만 중상에서 상 정도 성적의 아이들이 온다. 그런 학교. 취직하는 아이도 있고 전문대학으로 가는 아이들도 있다. 동아리 활동도 활발해서 체육 대회라든가 문화제도 꽤나 볼 만하다. 어중간한 인상도 있긴 하지만 그럭저럭 모호한 구석이 후유키는 마음에 들어 시험을 치렀다.

"에비사와라면 가미라든가 시바가쿠 고등학교도 갈 수 있었던 것 아냐?"

양쪽 모두 근처에 있는 인문계 고등학교였다. 나메카타와 달리 본격적인 진학 고등학교.

"애당초 후유키, 보나마나 도쿄에서도 좋은 학교 다녔었지? 깡

촌으로 돌아오다니 아깝네."

"전혀 아닌데."

겸손이 아니다. 후유키가 다녔던 건 지극히 평균적인 구립 중학교였으니까. 중학 입시는 보았다. 학원에도 일 년 반 다녔다. 그러나 실패했다.

"4반에 오와타 초등학교 출신 또 없으려나?"

화제를 바꾸려는데, 오츠는 일순 표정이 험악해졌다. 정말 한순간이었고 금세 좀 전과 다름없는 얼굴로 돌아온다.

"있어. 저기, 복도 쪽 자리."

이름을 말하지 않는 걸 보니 그녀와 별로 사이가 좋지 않은 사람 아닐까 짐작이 간다. 아무 말 없이 복도 쪽 자리를 응시한다. 앉거나 서거나 옆 자리 아이와 이야기를 하거나 하는 아이들을 하나씩 천천히 얼굴을 봐 나가는 데는 시간이 걸렸다.

그리고 마침내, 낯익은 얼굴을 찾아냈다. 근처 자리 남학생과 이야기를 하고 있던 그는 시선을 느낀 것일까 후유키 쪽을 본다.

어쩐지, 일순 노려본 듯한 느낌이었다.

"어라, 혹시 호리코시?"

엄청 달라졌네. 그런 말이 나와 버렸다. 이야기도 하기 전에 그런 소릴 하는 것은 실례일까 싶었지만 그냥 보기에도 분위기나 표정이 안정된 듯한 느낌이다. 반에서 제일 개구쟁이에 목소리가 크고 선생님을 힘들게 한 일도 많았던 그가 말이다.

"그야 달라졌겠지. 이젠 고등학생인데."

오츠의 음성이 갑자기 쌀쌀맞아진다. 초등학교 때는 곧잘 서로 자기가 여자 대표, 남자 대표라는 얼굴로 싸움을 했던 것 같지만, 그것도 먼 옛날이야기다.

그때, 좀 전에 문 옆에서 부딪쳤던 아이가 교실로 들어왔다. 검은 머리가 어깨쯤에서 흔들린다. 약간 내려뜬 눈은 흔들림 없어도 누가 있는 곳을 능숙하게 피해서 자기 자리에 앉는다. 주변에서는 같은 중학교 친구들끼리 모여 즐겁게 수다를 떨고 있었다. 요란한 교실 한 부분에 뻥, 하고 구멍이 뚫린 것처럼 그녀 주변은 고요하고 쓸쓸했다.

덮밥집이 국숫집이 되고 꼬치구이집이 되었다가 세탁소가 된다. 도쿄의 그런 풍경에 비하면 시골의 변화라는 건 별것 아니었다. 눈을 감고 초등학교 때를 떠올린다. 눈을 뜬다. 기억과 현실의 차이는 거의 없었다.

그런데, 있었다.

"히가시 중학교 출신, 후카사쿠 히토코입니다."

히토코가 변했다.

"뭐야, 후카사쿠는 취미라든가 동아리 활동이라든가, 이름 말고 아무것도 없어?"

입학식 후 학급 회의는 반 아이들 전체의 자기소개로 채워졌다.

담임은 나마이자와 아츠시라는 35세의 선생님이다. 거무스레한 얼굴에 스포츠 머리. 후유키 예상대로 담당은 체육이었다.

이름과 출신 중학교, 취미, 특기, 중학교에서 하고 있던 동아리 활동. 적당히 자기소개를 해 보렴. 그렇게 자기소개 릴레이가 시작되었다.

도쿄에서 왔다는 후유키에게 선생님이 "왜 도로 이바라키로 온 거야?" 하고 물어 쓴웃음을 지으며 "아버지 일 관계로……."라는 교과서적인 대답을 했다. 자기소개가 이어지면서 입학 초라 어색하던 교실 분위기도 조금씩 부드러워지고 있었다. 그 공기를 단번에 차갑게 만든 것이 히토코의 음성이었다.

"별로 없습니다. 중학교에서는 동아리 활동을 하지 않았습니다. 취미도 특기도 없습니다."

히토코는 그렇게 말하고 자리에 앉았다. 뭔가 말하고 싶은 듯한 선생님의 입을, 의자 끄는 소리로 막아 버린다. 그 완강한 태도에, 철벽같은 수비에 교실의 몇 명인가가 웃었다. 쿡쿡, 쿡쿡. 비웃듯이 웃었다. 옆자리 오츠 역시 거기 섞여 있다.

저 애가 히토코 맞아?

후유키는 한참이나 그녀의 등을 바라보았다. 복도 쪽에서 두 번째 줄. 호리코시와는 앞뒤 자리였다.

같은 초등학교에서 함께 생물 담당이었다. 활기차고 언제나 귀여운 색깔 치마를 입고 있었다. 추운 겨울날이면 거기에 타이츠를 맞춰 신고 어른스러운 분위기로 교실에 들어오곤 했다.

오츠와는 절친 아니었던가? 그런데 어째서 오츠는 그녀를 비웃으며 이렇게 어깨를 흔들어 대는 걸까?

4반 전원의 자기소개가 끝날 때까지 그녀는 줄곧 지루하다는 듯이 앞을 보고 있었다. 예전엔 때때로 싸우긴 해도 사이가 좋았던 호리코시를 돌아보거나 하지도 않는다.

똑바로 똑바로 앞만 보고 있다.

금붕어 돌보기를 너무 싫어하는 것 같아서 "금붕어는 내가 좋아서 기르기로 한 거니까 나 혼자 돌볼게."라고 했더니 팔짝팔짝 뛰면서 기뻐했던 그녀가 무표정한 가면 같은 얼굴로 누구와도 말을 섞지 않고 그냥, 그저 그 자리에 앉아 있다.

예쁜 양탄자에 생긴 탁한 얼룩 같았다.

학급 회의를 마치고 나마이자와 선생님의 구령. 끝났다 끝났어, 하며 모두들 교실을 나간다. 옆자리 아이, 같은 중학교 출신 아이, 혹은 같은 학원 아이와.

문 근처 자리였던 히토코는 소리 없이 교실을 나가 버렸다.

다른 반도 학급 회의가 끝난 모양이었다. 학생들이 줄줄이 복도로 나와 출구 쪽을 향해 간다. 잰걸음으로 그 사이를 지나다가 히토코의 등을 발견했다.

"히토코."

그녀의 이름을 부른다. 후카사쿠라고 불렀어야 했는지도 모른다. 하지만 한번 불러 버렸으니 바꾸는 것도 이상하다.

"히토코."

두 번째에서 그녀는 멈춰 서서 돌아보았다.

살랑, 바람이 창에서 불어 들어오면서 벚꽃 이파리 몇 장을 복도로 데려왔다. 1학년 교실은 1층이었고 밖에는 벚나무가 몇 그루나 심겨 있었다. 마침 지금이 가장 아름답다.

연분홍색 꽃잎이 두 사람 사이에서 춤을 춘다.

"왜?"

그녀가 후유키의 눈을 본다. 이제야 정면에서 얼굴을 볼 수 있다. 그 얼굴은 역시 히토코였다.

"초등학교, 같이 다녔지?"

에비사와 후유키야, 하고 이름을 밝혀도 그녀의 표정은 변하지 않았다. 오히려 눈 안쪽, 깊고 깊고 깊은 곳이 흐려진 듯 보인다.

"아아, 후유키구나."

오늘 처음으로 이름을 불린 것을 깨닫는다.

"나한테 뭐 볼일이라도?"

"아니, 그런 건 아니지만. 오랜만에 만났으니까."

"아아, 그런가? 그렇네. 오랜만이야."

발걸음을 돌려 히토코는 가 버린다. 철컥, 하고 셔터를 내린다. 히토코는 성큼성큼 신발장을 향해 가더니 신발을 갈아 신는다. 그

사이에도 아무하고도 대화가 없다. 눈 깜짝할 사이에 자전거 두는 곳 쪽으로 모습을 감추고 말았다.

"뭐야, 에비사와, 히토리코한테 작업 걸고 있었어?"

등 뒤에서 오츠가 어깨를 두드렸다. 아까, 히토코의 자기소개를 비웃고 있을 때와 같은 얼굴이었다.

"히토리코라니, 히토코 말이야?"

"맞아 맞아. 쟤, 무서워. 깜짝 놀랄 만큼 친구가 없어."

설마. 그 히토코가. 너랑 절친이었잖아? 그렇게 말하고 싶었지만 말이 되어 나오지 않는다. 초등학교 5학년부터 중학교 3학년까지. 그 정도의 시간이라면 사람은 변하는 거다.

오츠를 보며, 호리코시를 보며 내내 생각한 것 아닌가?

"에비사와도 너무 얽히지 않는 게 좋아. 이쪽 기분만 나빠지니까."

그들 옆을 호리코시가 지나갔다. 같은 초등학교, 중학교에 다니고 있었을 텐데 오츠와 눈도 마주치지 않는다. 신발장에서 신을 갈아 신고 그 역시 가 버린다.

"호리코시도 많이 변한 것 같네."

신발장 앞에 허리를 굽히고 자기 신발장에서 로퍼를 꺼낸 오츠는 약간 성가시다는 듯 후유키를 올려다보았다.

"에비사와는 일반 입시로 나메카타를 본 거야?"

"맞아."

"시험, 몇 층 교실이었어?"

"2층."

그건 왜? 하고 묻는데 오츠가 기가 차다는 듯한 웃음을 지었다. 그렇구나, 너, 아무것도 모르는구나, 하는 얼굴.

"쟤는 그냥 고집 부리면서 폼 잡고 있는 것뿐이야."

오츠 가호, 호리코시 아키히로, 그리고 후카사쿠 히토코. 도대체 이 세 사람 사이에 무슨 일이 있었지? 히토코는 대관절 무슨 까닭으로 옛 친구에게 저런 소리를 듣게 되어 버린 걸까?

생각하고 있는데 출구 앞을 자전거에 탄 히토코가 지나갔다. 누구에게도 "바이바이."라든가 "안녕."이라고 하지 않고, 하지만 의연한 표정으로 등줄기를 곧추세우고 달려가 버렸다.

그런가, 저게 히토리코인가? 오츠가 경멸의 말로 사용했던 히토리코라는 이름이 청초할 만큼 고독한 모습에 신기하게 어울렸다.

*

"문화제 실행 위원장, 세오 요시노입니다."

4월 16일. 5월에 열리는 문화제 실행 위원회 소집일. 교실 문을 열고 상큼하게 나타난 것은 키가 크고 긴 머리를 하나로 묶은 여학생이었다. 실행 위원장은 당연히 남자일까 싶었는데 약간 어긋난 느낌을 받으며 후유키는 칠판 앞에 선 세오 요시노 선배를 응시했다.

양옆에 부위원장이라든가 회계반, 비품반, 경비반 하는 식으로 각 반의 반장을 거느린 그녀는 모여 있는 실행 위원들을 앞에 두고 만족스럽다는 듯 웃고 있다.

"1학년 실행 위원들에게는 첫 회의니까 모르는 게 있으면 주저 말고 질문해 주세요."

앞자리부터 프린트물이 건네져 온다.

'제87회 나메카타 고등학교 문화제 〈웅비제〉를 향하여'라는 제목이었다.

나메카타 고등학교 문화제는 매년 5월 하순에 열린다. 실행 위원회는 2월에 꾸려져 4월에 1학년이 참가하면서 본격적으로 활동을 시작한다.

바로 얼마 전 학급 회의에서 있었던 일이다. 나마이자와 선생님이 무슨 생각을 했는지 후유키를 실행 위원으로 추천한 것이다.

학급 위원과 위원회, 청소 당번, 담당. 학급 조직을 만들었던 첫번 학급 회의에서 문화제 실행 위원을 정하게 되어 있었다. 아무도 손을 들지 않고 시간이 끝나 가고 있었다. 문화제는 즐겁겠지만 서류 신청이니 회의, 돈 관리 같은 귀찮은 일을 맡는 건 싫어. 그런 음성이 교실 곳곳에서 들려오는 듯하다.

종이 울리기 삼 분 전에 나마이자와 선생님은 '맞아! 그렇지' 하는 얼굴로 후유키의 이름을 부른 것이다.

"에비사와! 아직 친구도 없고 쓸쓸하지? 문화제 실행 위원이라도 하면서 반 아이들 모두와 거리를 확 좁혀 버려! 모두 찬성이지?"

달리 하겠다는 학생이 없었고 시간이 끝나는 종이 울렸다.

"저라도 괜찮으면……."

그 말과 함께 후유키는 1학년 4반의 문화제 실행 위원이 되었다.

"다음 달 웅비제를 향해 일치단결, 파이팅!"

전원에게 프린트물이 돌아간 것을 확인한 세오 선배가 분위기를 끌어올리는 말을 했다. 처음엔 띄엄띄엄 들리던 박수 소리가 점점 확실하게 힘을 받는다.

그것을 두 손으로 제지하여 교실을 조용히 만들더니 세오 선배는 일부러 그럴듯이 오른손을 입가로 가져가 "흠." 하고 헛기침을 해 보였다.

"각 학급, 웅비제에서 무얼 할 것인지는 논의가 진행되고 있을 겁니다. 마감은 연휴 전, 잊지 말고 기획서를 제출할 것. 그리고 실행 위원은 학급 제출물 이외에도 학급 대표 그룹 등의 기획에도 적극적으로 협력해 주십시오. 잘 부탁합니다."

거기까지 말하더니 "뭐, 이 정돈가? 또 뭐 있던가?" 하고 주변에 있던 실행 위원회 간부들을 바라본다. 옆에 있던 천연 파마 선배가 "처음이니까 이것저것 할 말이 있잖아." 하고 웃었다.

반짝반짝 빛나는 사람이다 싶었다. 진심으로 문화제 준비를 즐기고 있다. 진땀 흘리며 고생했는데 제대로 안 되고, 그런 부정적인 일들조차 모두 뭉뚱그려 즐기자, 하고 있는 듯싶었다.

"저런 사람 싫어, 난."

옆에서 살짝, 후유키에게만 들릴 듯한 음성으로 말하는 사람이 있었다. 후유키와 마찬가지로 1학년 4반 문화제 실행 위원인 오츠였다.

후유키가 실행 위원으로 임명된 후, "한 사람 더, 에비사와랑 실행 위원을 해 보겠다는 녀석 없니?"라며 교실을 둘러본 나마이자와 선생에게 쓱, 하고 오츠가 손을 든 것이다.

"에비사와 군이라면 해도 좋아요!"

귀찮은 일은 전부 맡길 테니까 부탁해,라는 둥 웃어 가며 그녀는 후유키를 바라보았다.

"파이팅을 강매당하는 것 같아서 화가 나거든."

"난 저런 사람, 꽤나 동경하는데."

"정말?"

파이팅의 강매. 그렇게 받아들일 사람도 있을지 모른다. 하지만 후유키는 모두 앞에 선 세오 선배가 더없이 눈부시게 느껴졌다. 저런 것들을 자신은 늘 동경하고 있었다. 만약 중학교 시절에 엄마가 없었더라면 자기는 저렇게 살았을까? 고등학생이 된 지금도 그렇게 살고 있을까?

"그럼, 왜 오츠는 실행 위원을 하겠다고 한 거야?"

"후유키 혼자서는 불안할 것 같아서. 착하지, 나?"

"그렇구나, 정말 고마워."

도대체 어디까지가 진심인지 알 수 없다.

"어이, 뒤쪽 구석에 있는 1학년 두 사람."

그런 소리가 들리고 나서 몇 초 후. 그게 자기들 이야기라고 알아차렸다. 놀라 얼굴을 들었더니 세오 선배가 이쪽을 보고 있었다. 포니테일을 흔들며 고개를 갸웃해 보인다. 그 몸짓이 맘에 들지 않았던지 오츠가 흥, 하고 외면한다.

"실행 위원장께서 중요한 말씀을 하고 있는데 건성으로 듣다니, 배짱 두둑하네."

얼굴은 웃고 있고 음성도 밝았지만 이쪽을 보는 눈은 험상궂은 그대로였다. 약간 엉덩이를 들고 "죄송합니다." 하며 고개를 숙인다. 회의실에 있는 각반 실행 위원들의 시선이 일제히 자신을 향했다. 오츠는 모른 척하고 책상의 흠집들을 내려다보고 있다.

"너, 1학년 4반 에비사와지?"

도쿄에서 막 이사를 온 참이라며? 교탁에 턱을 괴고 그렇게 말한다.

"어떻게 아세요?"

"나마이자와 선생님한테 들었지. 동아리 활동 고문이었으니까 사이가 좋거든, 나랑."

아아, 그러세요? 하고 기어들어 가는 소리로 대답을 했더니 어깨를 흔들며 웃었다.

"이바라키엔 익숙해졌어? 친구도 생기고?"

"초등학교 중반까지 여기 있었으니까, 그럭저럭요."

어째서 이런 관중들 앞에서 심문을 당해야 하지? 그렇게 생각하기 시작했을 무렵, 세오 선배가 "정했다." 하면서 두 손을 마주치더니 큰 소리로 말했다.

"올해 실행 위원회 행사 리더는 에비사와 군에게 부탁할게요."

"……네?"

당황한 소리를 내며 후유키는 선배의 등 뒤 칠판을 보았다. 거기엔 엄청나게 확실하게 적혀 있었다. '안건 3, 실행 위원회의 행사'. 행사 내용은 다수결에 따라, 무대에서 합창을 하는 걸로 결정되어 있었다. 후유키가 자신만의 세계에 빠져 있는 사이에 그렇게 되어 버린 모양이다.

"저기, 무슨 이야기인지……."

"뭐라고? 그 이야기도 제대로 안 들었다는 거야?"

칠판의 글씨를 통통 두드리며 세오 선배는 웃었다. 너무 늠름해서 살짝 무서워졌다.

"나메카타 고등학교 문화제 실행 위원회는 말이야, 해마다 실행 위원회에서 대표 그룹을 만들어서 행사를 하거든. 그런데 올해는 합창이라도 할까 하는 거지. 연습도 연극이라든가에 비하면 적은 횟수로 어떻게든 될 거고 전원이 모이지 못해도 할 수 있으니까."

그 일을 이끌어 갈 리더를 정하고 있던 참이었다는 건가?

"이쯤에서 찬성하는 사람은 박수!"

쏟아지는 박수. 앞에 앉아 있던 3학년 선배가 돌아보더니 "오오, 열심히 해라." 하며 어깨를 두드린다. 얌체같이 오츠도 박수를 치고 있다.

"괜찮아, 에비사와는 이런 거 잘할 것 같은 얼굴이랄까 분위기랄까, 그런 느낌이니까."

세오 선배가 후유키를 향해 손을 흔든다.

"이왕 하는 거니까 옆에 앉은 1학년 여학생, 너도 에비사와하고 같이 합창을 좀 맡아 줘."

오츠가 "네?" 하고 어깨를 움츠리며 세오 선배를 본다. 거의 째려보는 것에 가까웠다.

"싫은데요!"

가시 돋친 소리를 3학년 상대로 겁도 없이 한다. 하지만 세오 선배는 꿈쩍도 하지 않는다.

"에비사와 혼자로는 가엾으니까 함께 실행 위원이 된 거잖아? 그렇다면 도와줘야지."

윽, 하고 할 말이 없는지 오츠는 입을 다물었다. 그사이에 세오 선배는 거침없이 이야기를 진행시켰다. 명단을 확인해 가며 칠판에 후유키와 오츠의 이름을 적었다.

"매년 1학년이나 2학년이 하고 있는 일이니까, 에비사와도 열심히 해!"

오츠처럼 하기 싫다고는 도저히 할 수 없었다. 그래서 또 그 말을 해 버렸다.

"……저라도 괜찮으면."

학교 행사엔 언제나 엄마가 나서서 난리를 치는 것 아닐까, 하는
두려움이 있었다. 그래서 구석에서 숨을 죽이고 꼼짝 않고 있었다.
그것이 교실 안에서 평온하게 살아남는 방법이었다.

나는 아직도, 그 버릇에, 두려움에 사로잡혀 있어. 가슴 속이 꽉
조여드는 듯한 분노와 초조감을 느꼈다.

*

잡화상과 밴드를 하겠다는 1학년 4반의 대표 그룹 기획서 수정
에 시간이 걸려 회의실이 되었던 교실을 나온 것은 해가 꽤나 기
운 뒤였다. 휴대 전화 시계로 시간을 확인했더니 이미 5시가 지나
있었다.

고등학교 생활 첫 한 주일이 지나고 다시 월요일을 맞자마자 후
유키는 바빠졌다.

문화제 실행 위원회 일이 본격적으로 시작되어 버린 것이다. 아
침 등교 시간이야 다른 학생들과 다를 게 없지만 방과 후엔 뭔가
일이 생겨 문화제 실행 위원회 본부로 정해진 교실에 있게 되는
것이다.

4월 중엔 동아리 견학이라도 갈까 생각하고 있었건만 문화제가

끝날 때까지는 그것도 무리일 것 같다.

운동장에서는 운동부의 구령이 들려온다. 파이팅! 오! 파이팅! 오! 하고 고함을 치면서 건물 옆 통로를 여자 농구부가 달려간다. 건물 밖에서만 들리는 게 아니다. 복도도 시끄럽다. 문화제 실행 위원회가 본부로 삼고 있는 교실은 특별동 4층에 있어서 거기서 출구로 가려면 특별동 안의 모든 교실 앞을 지난다. 미술실에서는 미술부의 소리, 화학실에서는 화학 실험부의 소리, 지구과학실에서는 바둑·장기부의 돌 놓는 소리가 들려왔다. 학교 곳곳에 흩어져 연습하고 있는 취주악부의 악기 소리도 들린다.

이 소리를 내고 있는 아이는 도대체 어떤 심정으로 연주하고 있는 것일까? 어쩌면 내일이라도 탈퇴 신청서를 낼 생각인지 모른다. 부모가 이혼 직전일지도 모르고. 연인과 싸우고 있어서 죽고 싶은 상태일 수도 있다. 저마다 끌어안고 있는 사정은 모두 다를 것이다. 하지만 어째서일까. 너 나 할 것 없이 모두가 고교 시절을 즐기고 있을 것 같다는, 그런 생각이 멋대로 솟아오른다.

고개를 숙인 채 계단 손잡이에 손을 얹은 후유키의 귀에 관악기의 높고도 견고한 소리에 섞여 다른 음이 들려온다. 관악기 소리와 어우러지지 않지만 그렇다고 필요 이상으로 자기주장을 하지도 않는 그 소리는 피아노 소리였다.

계단을 하나씩 내려올 때마다 가까워져 간다. 그렇구나. 이 아래가 음악실인가? 합창부가 연습을 하고 있는 걸까? 그렇게 생각하며 계단을 다 내려가자 음악실 앞에 뜻밖의 인물이 있었다.

"호리코시?"

오렌지빛으로 물든 뒷산에 등을 돌리듯 하고 창에 기대어 무얼 하는 것도 아니고 멍하니 허공을 올려다보고 있는 검은 옷. 소매 끝에 보이는 베이지색 카디건. 호리코시였다.

후유키를 알아보고, 어, 했다.

"뭐 하는 거야? 이런 데서."

다가서는 후유키에게 호리코시의 눈 안쪽이 흐려지는 것이 보였다. 입학 후 한 주일, 제대로 이야기를 하지 못했다. 둘이서만 얼굴을 마주하고 이야기하는 것도 아마 처음이다.

음악실 문에 눈을 돌린다. 피아노 소리는 끊임없이 거기서 울리고 있었다.

"합창부 견학이라도 하러 온 거야?"

"우리 학교, 합창부 같은 거 없어."

머리 하나 정도 높은 곳에서 후유키를 내려다보며 호리코시는 어깨를 으쓱해 보인다. 그 역시. 그 역시 오츠와 같은 태도를 보인다. 넌 아무것도 모르는구나, 하고 바보 취급을 하며 기가 막힌다는 듯한.

"그럼 왜 음악실 앞에 서 있는 건데?"

음악실 문을 가리키며 "누구 기다리고 있어?" 하고 고개를 갸웃한다. 호리코시가 미간을 살짝 찡그렸다.

"후카사쿠."

"히토코?"

어째서 그런 얼굴로 히토코의 이름을 입에 담는 걸까?

"지금 치고 있는 게 히토코구나."

벽 너머에서 피아노를 치고 있을 그녀의 모습을 떠올렸을 때, 복도에 떠돌던 소리 조각들이 이어져 하나의 곡이 되었다.

쇼팽의 녹턴 20번.

"「유작」이네, 이거. 영화에 쓰인 걸 들은 적이 있어."

포근포근 따스한 날이 이어지는 이 계절엔 정말이지 안 어울린다.

"호리코시는 히토코하고 친해?"

"말도 안 돼. 그렇게 보이냐?"

이번엔 확실히, 혐오의 표정이 그의 얼굴을 덮었다.

"글쎄."

자리는 앞뒤지만 이야기를 나누는 건 한 주일 동안 한 번도 본 적이 없다. 후카사쿠 히토코는 누구와도 섞이지 않고 아마 마음도 열지 않고 고독을 떳떳해하고 있는 것이다.

"무슨 일이 있었던 거야?"

후유키가 그렇게 따져 묻는 것을 무서워하고 있었다는 듯이 호리코시가 한 걸음 물러선다. 역시, 그런 거였어.

"너도 오츠도 똑같아. 나한테 뭔가 숨기고 있는 거지?"

"뭔 소리야?"

"그리고 그건, 히토코가 변해 버린 것과 관계가 있는 거지?"

확증은 없다. 하지만 확신은 있었다. 세 사람 사이엔 뭔가가 있었던 것이다. 한 군데 금이 가고 그것이 점점 벌어져서 이렇게 되어 버린 게 분명하다.

후유키의 도발을 슬쩍 받아치듯이 조용히 호리코시가 입을 열었다. 흐흡, 하고 숨을 들이쉬더니 차갑게 내뱉는다.

"애당초 후유키가 전학 같은 거 안 갔으면 이렇게 되지 않았을 거야."

느닷없이 소용돌이 속에 내던져진 기분이다. 전학 가지 않았으면? 자신이 전학 간 것이 후카사쿠 히토코를 저렇게 만들어 버렸다는 건가?

"무슨 소리야, 그게?"

한 번 더 물었지만 호리코시는 입술을 깨물 뿐이었다. 눈에 엷게 눈물이 어린 듯도 했다. 분노라기보다는, 슬픔이나 후회가 그의 얼굴 표면에서 꿈틀대는 듯했다.

한참을 기다렸다. 그의 꽉 닫힌 입이 열리기를. 소리 없이 기다렸다. 하지만 그럴 낌새는 전혀 없어서 후유키는 포기하고 음악실 문에 손을 뻗었다.

그 어깨를 호리코시가 힘주어 잡았다.

"관둬."

돌아본다. 약간 올려다보는 형태가 된다. 호리코시는 입을 여덟 팔(八) 자로 다물고 이쪽을 노려보고 있었다.

"들어가지 마."

아무것도 모르는 놈이 휘젓고 다니지 마, 하는 마음의 소리가 들린다.

입이 제멋대로 움직인다.

"히토코가 저렇게 된 건, 내 전학 탓이라며?"

빈정거리는 말투가 되어 버려 살짝 후회했다. 예상보다 호리코시가 훨씬 고통스러운 표정을 지어서 더욱이.

"호리코시가 말하고 싶지 않다면 히토코에게 직접 들을게. 그리고 사과해야지."

호리코시는 후유키의 어깨를 놓았다. 한 걸음 물러서더니 얼굴이 창백해진다. 개의치 않고 후유키는 문손잡이를 잡았다. 봄이건만 손가락에 냉기가 스민다.

삐걱하는 소리와 함께 문이 열렸다. 피아노 소리가 그친다. 음악실과 복도가 이어진다. 그것을 두려워하듯, 호리코시는 문에서 멀어졌다. 그만두라고 말리던 것치고는 담백하게 물러섰다. 고개를 갸웃하며 후유키는 음악실로 발을 들이민다. 호리코시를 한 번 보고 천천히 문을 닫았다.

하얀 그랜드 피아노 의자에 히토코가 앉아 있었다. 기울어 가는 석양빛을 받아 피아노는 엷은 오렌지색으로 빛난다. 검은 상의를 입은 히토코는 그 공간에서 약간 떠 있는 듯 보였다.

"갑자기, 미안."

뭐 하고 있어? 피아노를 칠 줄 아는구나. 그런 이야기부터 시작하자 생각했건만 그녀의 얼굴을 보고 전부 사라졌다. 무심결에 걸음이 멈춘다. 숨을 들이쉬고 숨을 멈추고 다시 한 걸음씩 그녀에게 다가간다. 피아노를 향해 걸음을 옮길수록 히토코의 표정이 선명해져 간다. 놀란다. 곤란해한다. 화를 낸다. 그런 얼굴이라면 좋았을 텐데. 얼마든지 할 말이 있었을 텐데.

그녀는 울고 있었다. 무표정하게 소리도 내지 않고. 후유키를 보고도 전혀 표정이 변하지 않는다. 가면 같은 얼굴로 이쪽을 본다. 본다. 두 눈에서 가느다랗게 눈물을 흘리며, 본다.

눈물을 닦지도 않은 채, 숨기지도 않고.

"왜 그래?"

생각하고 또 생각해서, 짜내듯이 내뱉은 것은 그런 멍청한 말이었다. 정말이지 자신이 싫어졌다.

히토코는 답하지 않았다. 창에서 비치는 햇빛이 피아노뿐 아니라 히토코의 얼굴도 오렌지색으로 물들여 눈물 줄기는 금색으로 빛난다. 그녀의 입술이 움직일 때까지 후유키는 그것을 바라보고 있었다.

아무리 기다려도 히토코는 "왜 그래?"에 대한 답을 하지 않는다. 할 마음도 없는지 모른다. 뺨 위의 눈물이 천천히 말라 가는 것이 보인다. 그녀는 이미 울음을 그치고 있었다.

"피아노 칠 줄 아는구나."

침묵에 먼저 백기를 든 것은 후유키였다. 히토코는 후유키의 눈을 소리 없이 보고 있다.

그러더니 조그맣게 입을 열었다.

"오늘로 그만둘 거야."

가느다란 소리로 말했다. 바닥에 놓여 있던 가방을 들고 피아노 뚜껑을 덮는다. 보면대에 악보는 없었다.

"이젠 안 쳐."

가방을 어깨에 메고 잰걸음으로 문을 향해 간다. 그대로 보내 버릴 것 같다.

아냐, 그녀에게 물어봐야 할 게 있잖아.

"내가 전학 간 뒤에 무슨 일이 있었어?"

걸음을 멈추지 않고 히토코는 돌아본다.

"아무 일도 없었어."

"그런데……."

"아무 일도 없었다고."

그런 잔혹한 소릴 한다. 아무 일도 없었다. 그건 이미 무언가가 있었다는 것 아닐까?

기다려, 하는 소리와 동시에 히토코가 문을 열었다. 음악실을 한 걸음 나가서 멈추어 선다.

복도엔 호리코시의 모습이 있었다. 조금 전과 변함없이 험악한,

그리고 어딘가 고통스러운 듯한 표정으로 후유키와 히토코를 번 갈아 본다.

"후카사쿠, 너 괜찮아?"

호리코시는 히토코의 젖은 눈을 보고 놀라지 않았다. 후유키가 알 수 없는 무언가가 다시 보일락 말락 한다.

"괜찮든 말든 호리코시와는 상관없잖아?"

내뱉듯이 말하고는 히토코는 눈앞의 계단을 내려갔다. 오른발 을 한 걸음 내디딘다. 하지만 호리코시의 눈길 탓에 그 이상은 못 간다. 히토코의 걸음 소리가 멀어져 가고 들리지 않게 되었다.

둘만 남은 복도에서 호리코시가 말했다.

"후카사쿠에게 들었냐?"

무겁게 한 마디씩, 마치 씹듯이 묻는다.

"어째서 울고 있는지 물어봤어?"

"물어봤는데 대답해 주질 않더라."

이것저것 모두 되돌아와서 알 수 없는 것들만 늘어났다. 아무것 도 모른다는 분노와 쓸쓸함과 죄책감만 쌓여 간다.

"그렇구나, 물어봤구나."

"호리코시는 알고 있는 것 같네, 이유."

잠시 틈을 두었다가 호리코시는 숨을 들이마셨다. 후유키가 왔 을 때와 똑같이 창문에 기대선다. 후유키도 그 옆에 똑같이 섰다.

"녀석이 다니고 있던 피아노 교실 선생님이 돌아가셨어."

한숨처럼 가느다란 음성으로 말한다.

"얼마 전에 막 장례식을 마친 참이야."

"피아노 선생님이라는 건, 혹시 규베 할머니?"

"맞아, 그 무서운 할머니."

혼자 사는 집에서 아이들 상대로 피아노 교실을 열고 있는 할머니가 옆 마을에 있었다. 어린 아이들에게도 거침없이 심한 소리를 한다고, 후유키가 초등학생 시절부터 유명한 사람이었다.

"후카사쿠는 쭉 할머니한테 피아노를 배워서 사이가 좋았어. 아마도 후카사쿠가 마음을 열고 있던 타인이라고는 그 양반뿐일걸?"

나는, 가족과 그 할머니 말고는, 후카사쿠가 친하게 지내는 인간을 몰라. 무거운 음성으로 그렇게 이어 갔다.

"잘 알고 있네, 호리코시."

"우리 집이 그 할머니네 근처니까. 우리 할머니랑도 친했었고."

"그럼 호리코시도 장례식에 갔었어?"

"일요일이었으니까 피아노 교실에 다닌 적이 있는 사람들은 꽤 많이 왔지. 후카사쿠는 누구와도 이야기를 하지 않았지만."

"사인은?"

"지난달에 쓰러져서 줄곧 의식 불명이었어."

내리뜨고 있던 시선을 후유키에게로 향하고 호리코시는 "뇌경색이었지. 혼자 살아서 발견이 늦었던 거야." 하고 한숨을 쉬듯 말했다.

"현립 고등학교 일반 입시 전날이었어."

"일반 입시?"

에비사와는 일반 입시로 나메카타를 본 거야? 오츠의 말이 귓속에 살아난다.

"있잖아, 호리코시."

"응?"

"일반 입시 때, 시험은 몇 층에서 본 거야?"

"3층."

"오츠랑 히토코는?"

"같은 중학교니까 같은 층의 같은 교실이야."

그리고 그 시험 전날, 피아노 교실 선생님이 쓰러졌다.

"거기서 말이야, 무슨 일 있었어?"

해가 져 버린 복도는 조금씩 쌀쌀해졌다. 등 뒤에 느껴지던 저녁 해의 온기도 사라지고 운동장에서 들려오던 운동부의 구령도, 취주악부의 연습 소리도 들리지 않았다.

할 수 없다는 듯한 얼굴로 호리코시가 입시 당일 일을 이야기하자 영화의 줄거리라도 듣는 듯한 기분이었다. 그 후카사쿠 히토코가 흐트러져서 시험을 포기하려 했다니. 동시에 오츠에 대한 분노가 끓어올랐다.

"어째서 호리코시는 그렇게까지 히토코를 붙잡았어?"

나를 평생 원망해도 좋아. 죽여도 좋아. 무엇이 그로 하여금 그런 말까지 하게 만든 것일까?

"우리 집에서는 규베 할머니 집이 잘 보여. 일반 입시 전날, 평소엔 9시면 깜깜해지는 할머니네 집이 12시를 넘어서도 전깃불이 켜져 있더라고. 우리 아버지가 우연히 그날 늦게 들어와서 알았지."

"그래서 무슨 일인지 보러 간 거야?"

"나도 잠이 안 와서 그 무렵까지 깨어 있었으니까 아버지랑 같이 갔었어. 규베 할머니 집에."

할머니가 글쎄, 거실 소파에 앉은 채로 의식이 없었어. 그 장면을 선명하게 떠올린 걸까, 호리코시의 음성이 점점 작아져 간다.

"난, 바로 후카사쿠에게 알려야지 생각했었어."

"근데, 알리지 않았지."

"할머니 집 거실에 달력이 걸려 있었거든. 다음 날, 현립 고등학교 일반 입시일에 빨간 펜으로 쓰여 있었지."

'히토코 고등학교 시험'이라고. 거기까지 말하고 호리코시는 얼굴을 감쌌다. 얼핏 눈동자가 빛났다.

"내가 잘못한 건지도 몰라. 할머니는 바로 돌아가시진 않았지만 결국 의식은 돌아오지 않았거든. 가 보게 했더라면 좋았을걸."

"그래서 히토코가 걱정되어 여기서 기다리고 있었구나."

"내 멋대로 기다리고 있었던 것뿐이야. 후카사쿠는 질색일걸."

"그렇겠지."

그리고 그녀는 피아노를 그만두겠다고 했다. 오늘로 끝이다. 마지막으로 여기서 피아노를 치고, 그만둔다.

"금붕어."

짤막하게 재빨리 한 호리코시의 말을, 일순 후유키는 놓칠 뻔했다.

"금붕어……?"

그게 어쨌다고, 하고 되묻는 후유키에게 호리코시는 "후카사쿠가 저렇게 된 이유, 알고 싶었잖아?" 하며 내려다본다.

금붕어, 금붕어. 입 안에서 되풀이한다. 그러자, 눈앞에서 투명한 물과 함께 새빨간 금붕어가 헤엄쳐 가는 듯한 느낌이 든다.

"금붕어. 내가 길렀었지. 신궁 마츠리에서 잡은 녀석."

초등학교 5학년 때. 이웃 마을에 있는 가시마 신궁 마츠리에서 창호지로 떠낸 금붕어. 운 좋게 금붕어를 세 마리쯤 가지고 집에 올 수 있었다. 하지만 엄마는 기르라고 허락하지 않았다. 학교에 가져와도 되냐고 담임인 모토야나기 선생님에게 물었더니 흔쾌히 허락해 주었다.

도쿄로 이사할 때, 금붕어를 데려가지 못했다.

"네가 전학 가고 나서 바로, 금붕어가 죽었거든. 그걸 모토야나기가 후카사쿠가 죽인 거라고 단정하고 모두들 보는 데서 난리를 친 거야."

모토야나기 선생님. 추억 속 이름이다. 그 사람이 자신을 마음에 들어 한다는 것은 자각하고 있었다. 후유키에게 말을 걸 때면 다른 아이 때와 달리 묘하게 달콤한, 고양이 어르는 음성이 되는 것이다. 그리고 후유키의 머리를 기분 나쁠 정도로 부드럽게 쓰다듬었다.

"근데 그 금붕어, 정말로 히토코가 죽인 거야? 실수로 죽은 게 아니라?"

히토코는 분명 금붕어 돌보기를 싫어했었다. 자신이 전학 간 뒤 생물 담당은 그녀 혼자가 되었을 것이다. 얼마나 힘들었을까? 하지만 그렇다고 해서 금붕어를 죽이기까지 할까?

"히토코가 금붕어를 죽일 아이는 아니었잖아?"

"그런 건 나도 알아."

날카롭게, 호리코시의 두 눈이 후유키를 쏘아본다.

"그러고부터 후카사쿠는 모두에게서 떨어져 나왔어. 후카사쿠 본인도 자진해서 외톨이가 되었고."

"……결국 히토코는."

히토리코가 된 것이다.

초등학교 5학년 가을부터 지금까지 그녀는 계속해서 줄곧, 히토리코인 것이다.

"내가 히토코에게 사과를 해야 하는 거네."

사과를 해야 한다. 금붕어 같은 걸 가져와서 미안해. 이사한답시고 너한테 미뤄서 미안. 그렇게 전하면 그녀는 뭐라고 말할까?

"할무니……."

할머니가 저녁으로 메밀국수를 삶으려고 하는 통에 머리를 감싼다. 사투리가 나온다. 가방을 식탁에 놓고 할머니 등 뒤에서 냄비를 들여다본다. 끓어오른 물에 할머니 몫과 후유키 몫의 국수를 넣으려는 참이다.

"튀김, 새우가 좋아? 야채?"

"할머니, 나 메밀국수 못 먹어."

초등학생 시절에도 몇 번이나 말했다. 메밀 알레르기여서 국수는 못 먹는다. 엄마도 그렇게 잔소리를 했었다. 할머니는 전혀 이해하려 들지 않았다.

"편식은 안 돼."

"편식이 아니야. 알레르기라고. 먹으면 두드러기가 난다니까."

냉장고를 보니 우동이 한 덩이 있었다. 다행이다 싶어 집어 든다. 손바닥에 냉기가 파고든다.

"옛날부터 말했었잖아. 잘못하면 죽는다고. 메밀 먹었다간."

엄마가 입이 마르도록 이야기를 했었건만 할머니는 알레르기를 편식 정도로밖에 생각하지 않는다. 최근엔 치매 증상마저 눈에 띄게 되었으니 새삼 이해해 달라는 것도 무리겠지.

"나는 절대 안 먹을 거야. 튀김만 줘. 우동은 내가 끓일게."

메밀국수를 원수 보듯 했던 엄마 모습이라도 생각난 걸까, 할머니는 더 이상 아무 말도 하지 않았다. 냉동 우동을 받아들고 국수 일 인분을 봉투에 다시 넣었다.

"후유키, 편식은 안 돼. 다음엔 제대로 먹어라."

엄마가 아무리 안 된다고 해도 할머니는 몰래 숨어서 후유키에게 메밀국수를 먹이려 들었다. 괜찮아, 괜찮다고. 먹어 보면 맛있어. 그래서야 12월 마지막 날 해넘이 국수도 못 먹잖아. 엄마는 할머니의 그런 부분에 조금씩 울분을 쌓아 갔던 건지도 모른다.

우동이 만들어질 때까지 일단 방으로 돌아왔다. 초등학교 때 쓰던 책상에 가방을 놓는다. 할머니가 사 준 것이어서 엄마는 이것을 도쿄로 가져가고 싶어 하지 않았다. 이 책상은 사 년 동안 그냥 여기 있었다.

초등학생용 책상에 어울리지 않는 노트북 컴퓨터가 놓였다. 아빠 것을 물려받았다.

문득 불길한 예감이 들었다.

노트북을 열자, 세 통의 메일이 와 있었다. 또. 또 왔네. 모두 엄마에게서였다. 그저께부터 오늘까지 날마다 한 통씩. 휴대 전화는 엄마에게서 오는 전화도 문자도 모두 수신 거부. 하지만 이메일만은 엄마에게 연결되도록 해 두었다. 사실은 끊어 버리고 싶지만 하나 정도 자신과의 연결을 남겨 두지 않으면 엄마가 무슨 짓을 할지 모르니까. 이 집으로 쳐들어올지도 모른다. 지나친 과장 아냐? 설마 그런 짓을 할 리가 없잖아. 그렇게 생각하고 싶다. 그랬으면 좋겠다. 하지만 엄마는 그 '설마'를 실행해 버리는 사람이라는 것을 후유키는 몸으로 겪어 알고 있다.

가장 눈에 띄지 않는 이메일이 자신에게나 엄마에게나 정신적인 안전장치가 되고 있는 거라고, 후유키는 생각한다.

엄마의 메일은 후유키가 없어져서 쓸쓸하다는 것이었다. 자기가 얼마나 후유키를 사랑했는지를 줄줄이 늘어놓고 있다. 그런가, 오늘은 이쪽인가? 후유키는 마우스를 움직였다.

두 통째. 어제 메일이다. 오늘 메일과는 정반대 내용이었다. 원망과 분노가 기록되어 있었다. 너 때문에 내 인생은 엉망진창이다. 너도 아버지도 그 구역질 나는 할망구도 죽어 버려. 죽어 죽어 죽어. 저주처럼 되풀이 되풀이 되풀이, 그렇게 쓰여 있었다.

세 통째는, 안 봐도 되지 않을까 싶었다. 우동 다 됐어, 하는 할머니 음성이 들린다. 큰 소리로 대답을 하고 후유키는 편한 옷으로 갈아입었다.

후카사쿠 히토코

후유키에게 거짓말을 하고 말았다.

음악실 피아노 앞에 앉으면서 문득 그런 생각이 들었다. 어제 피아노를 그만두겠다고 했는데 단 하루 만에 어기고 말았다. 약속을 한 건 아니다. 그러니까 언제 어떤 식으로 다시 피아노를 만지든 내 맘이다.

피아노 건반에 손을 올리면 자신의 가슴팍에서 흔들리는 루프 타이가 싫어도 눈에 들어온다. 작년 문화제 뒤, 노력했으니까 상이야, 하며 규 할머니가 주셨다. 어제는 하고 오지 않았지만 오늘 아침엔 웬일인지 루프 타이를 넣어 두었던 상자에 손이 가고 말았다. 피아노를 그만둔다고 마음을 먹었으니까 달고 가도 되지 않을까 싶었다.

교칙 위반일 거라는 건 물론 알고 있지만.

216 ●

굳이, 피아노를 그만두든, 루프 타이를 상자 속에 처박아 두든, 규 할머니는 화를 내진 않을 거다. 하지만 양쪽 모두에게서 멀어진다면. 그렇게 생각하니 발목 근처를 차가운 바람이 지나가는 듯한 이상한 기분이 든다.

열심히는 아니었어도 성실하게 연습하고 있었다. 손가락은 아무 생각 없이도 움직이고 건반을 만지는 것이 일상생활의 일부가 되어 버렸다.

아아, 이제는.

도대체 이제부터 어떻게 하면 좋지?

손가락 끝에 살짝 힘을 주어 건반을 누르려던 참이었다. 음악실 문이 끼익 하고 비명을 지르면서 천천히 열렸다.

에비사와 후유키였다.

"안녕."

한 손을 들어 보이고는 친숙하게 이쪽으로 걸어온다. 어색한 웃음. 히토코가 또 울고 있는 건 아닐까, 하고 겁내며 들어왔다는 느낌.

"왜?"

힘주어 말하려고 했건만 목소리가 갈라져 버렸다. 학교에선 온종일 거의 누구하고도 말을 하지 않고 지내니까 때로 몸이 소리 내는 법을 잊어버린다.

"그만두는 거 아니었어? 피아노."

"후유키에게 어쩌다 한 말을 나는 전부 충실히 지켜야 하는 거야?"

그렇게 되묻자, 그는 당황한 모습으로 "그건 아니지만." 하고 뺨을 긁었다.

이야기가 끊긴다. 멀리서 들리던 야구부의 구령 소리가 확 가까워진 느낌이 든다.

"연휴 끝나면 음악실은 문화제 연습에 쓰나 보던데. 단체별로 연습일을 나누어서."

"그럼 이제 안 올 거니까 됐어."

피아노 아래 두었던 가방에 손을 뻗으려는데 후유키는 당황한 듯이 다음 말을 찾기 시작했다. 아무렇지 않게 히토코와 문 사이의 동선을 막아서듯이 한 걸음 옆으로 이동한다.

"……신청하면 쳐 줄 거야?"

"싫어."

말도 끝나기 전에 거절했건만 후유키는 그걸 무시하려 들었다. 자연스러운 대화를 포기했다는 듯이.

"초등학교 합창 대회에서 「괴수의 발라드」를 불렀어. 나는 지휘였지만. 그거, 엄청 활기찬 반주잖아. 꽤 좋더라고."

어째서 하필이면 「괴수의 발라드」 이야기를 하는 거지.

규 할머니가 쳐 주던 걸 떠올리게 되잖아.

"안 칠 거야. 피아노 같은 거."

"자, 그럼 뭐 하러 음악실에 온 거야?"

윽, 하고 목을 울리고는 이내 입을 다물었다. 시끄러워! 하고 거친 소리라도 질러 버리면 편할 것을.

하나가 칠 수 있으니 너도 칠 수 있을 거야. 그렇게 말하며 규할머니는 몇 번인가 히토코에게 「괴수의 발라드」를 연습시킨 적이 있었다. 대개 이 곡을 치면 우린 싸움을 했다. "이런 말괄량이!" "고집불통!" 하면서 말씨름을 하는 정도의 어린애 장난 같은 것이었지만.

떠올리고는 한숨이 나왔다. 하얀 그랜드피아노에 자신의 얼굴이 비치고 있었다. 어렴풋해서 표정은 모르겠다. 하지만 분명 화난 얼굴이다.

후유키를 한 번 보고 이번에는 묵직하게 일부러 과장된 한숨을 쉬어 보였다.

그리고 열 손가락을 움직인다.

경쾌한 반주에 후유키는 움찔 어깨가 흔들렸다. 그런데 조금씩 그 표정이 부드럽게 풀려 간다. 그것을 알아차린 히토코는 그쪽을 보지 않도록 하며 피아노를 쳤다. 「괴수의 발라드」를 쳤다.

도중에 후유키가 가사를 흥얼거리기 시작했다. 어째서인지, 애틋하다는 듯이, 소중하다는 듯이 노래한다. 추억이 깃든 곡일까, 소중하게 두 손으로 떠 올리듯이, 노래 부른다.

이 분 정도밖에 안 되는 「괴수의 발라드」는 순식간에 끝나 버렸다. 부끄러웠던지 후유키는 마지막의 "야아!" 하는 구호 부분은 하지 않았다.

"굉장하다. 어떻게 그렇게 칠 수 있어? 쳐 본 적이 있는 거야?"

조금. 그렇게 말하고 피아노를 덮었다. 두 곡째를 요구받는 건 싫다.

그런데도 후유키는 만족스러운 표정이다. 단순하네, 싶었다. 초등학교 시절부터 전혀 변한 게 없는 것 같다.

그런데 그 얼굴에 문득, '이거야!' 하는 듯한 눈부신 빛이 들어온다.

"나 말이야, 문화제 실행 위원회에서 실행 위원 행사로 하는 합창을 어쩌다가 맡게 되었거든."

그래서, 여기저기 물어봤는데 실행 위원회엔 피아노를 칠 줄 아는 사람이 없어서 말이야. 그렇게 이어 가는 후유키를 히토코는 노려보며 제지했다.

"반주하라고, 나더러?"

"……해 주면 좋겠는데."

"싫어."

닫힌 피아노 덮개에 두 손을 짚고 고개를 옆으로 세차게 저었다.

"신청하는 대로 쳐 줬으니까 이젠 나한테 상관하지 마."

"상관하지 마, 라니 너무하네."

이번엔 상처 입었다는 듯한 얼굴이다. 숨을 들이쉬고 목에 힘을 주어 그 말을 뱉어 낸다.

"얽히지 않아도 되는 사람과는 얽히지 않으려고 해."

학년이 올라가 학급이 바뀌어도 다른 반 아이들과 학교 행사에서 같은 그룹이 되어도, 이렇게 말하면 모두 불필요하게 히토코에게 상관하지 않게 된다. 히토코를 히토리코로 만드는 말.

"얽히지 않아도 되는 사람과는 얽히지 않아……?"

후유키는 그 말을 반추한다. 그리고 미심쩍다는 얼굴을 하고 불쾌감을 드러내며 가 버려야…… 하는데 무슨 일일까?

"그렇구나……."

후유키는 마치 눈앞의 안개라도 걷혔다는 듯이, 눈을 크게 떴다. 히토리코의 말이 후유키에겐 효과가 없다.

"그래서 히토코는 히토리코구나."

모든 맥락이 통했다. 납득이 되었다. 상큼한 표정으로 후유키는 웃어 보인다. 어째서일까? 이 사람은 어째서 웃는 걸까?

"자, 얽히지 않아도 되는 사람과는 얽히지 않는 히토코에게, 하고 싶은 이야기가 있어."

"내 말 제대로 들은 거야?"

"들었어. 잘 듣고 나서 난 히토코과 얽혀야 한다고 생각했지."

"왜?"

"내 금붕어 탓에 온갖 힘든 일을 겪었다는 이야기, 들었으니까."

금붕어. 그 낱말을 입에 담은 후유키의 눈썹이 슬프다는 듯 찡그려지는 것을 보고 배 속 깊은 곳에서 한숨이 새어 나온다.

"누가 그런 소리를 한 거야, 오츠? 아니면 호리코시?"

"……호리코시에게서."

역시나.

"초등학교 5학년 때 기르던 녀석들 때문이었지?"

미안. 후유키의 입술이 그렇게 움직이려는 것을 알고 선수를 쳤다.

"사과를 받아 봤자, 내가 용서하고 말고 할 일도 아니고."

사죄를 할 수 없게 되어 버린 후유키는 어쩌면 좋을지 모르겠다는 듯이 어깨를 떨구었다.

"그런 얼굴 하지 마, 후유키."

금붕어한테 죄책감 같은 거 느끼지 마. 후카사쿠 히토코가 히토리코가 되었다는 것을 슬퍼하지 마.

"후유키는 아무 잘못도 없으니까."

오히려 그의 슬픔은 쓸데없는 참견이다.

"그래도."

"당사자가 그렇게 말하는 거니까 타인이 뭐라고 할 일은 아니잖아."

꽝, 하고 문을 닫아 버렸다고 생각했다. 후카사쿠 히토코라는 인간 속에서 에비사와 후유키를 쫓아내 버렸다. 좀 전의 상큼한 표정은 어디로 가고 후유키는 어깨가 축 처져 버렸다.

그런데도 다시, 히토코의 문을 두드린다.

"……예쁘다, 그거."

222 ●

히토코의 가슴 위 루프 타이를 가리키며 말한다. 오늘 처음으로 하고 등교했다. 규 할머니의 루프 타이를.

"무슨 모양이야, 그게?"

펜던트를 손가락으로 가리키며 묻자 히토코는 "글쎄." 했다. 받았던 그 자리에서 규 할머니한테 물었으면 좋았을걸. "누가 준 거라서 몰라."

"나한테는 날이 밝기 전의 하늘처럼 보이네."

펜던트에 닿아 있던 손가락이 움직이지 않는다. 루프 타이를 응시한 채, 히토코는 입술을 깨물었다. 맞아. 이 펜던트를 볼 때마다 자신도 그렇게 생각한다. 해 뜨기 전의 하늘. 아침 여명의 색. 「괴수의 발라드」 가사에도 있는 '새로운 태양'이 떠오르는 하늘.

히토코? 하고 후유키가 고개를 갸웃했다.

온 힘으로 필사적으로 할 말을 찾는다. 무언가, 무언가, 무언가. 루프 타이와는 전혀 관계없는, 무언가. 할 수만 있다면 후유키와는 이걸로 안녕, 하기 위한 무언가.

"그러고 보니."

어떻게든 말을 짜낸다.

"후유키, 실행 위원 쪽 가야 되는 거 아냐?"

문화제 실행 위원이 된 그는 날마다 위원회 모임이 있을 것이다. 벽에 걸린 시계는 이미 4시 반을 지나 있었다. 그걸 올려다보고 후유키는 "으악." 하고 새된 소리를 질렀다.

"그랬었지. 미안. 고마워."

완전히 지각이다. 그렇게 말하더니 바닥에 두었던 가방을 집어 든다. 문을 향해 간다.

"있잖아."

돌아본다.

"반주에 관한 이야기, 아주 조금이라도 좋으니 생각해 볼 수 없을까? 조금만, 아주 잠깐. 한가해서, 할 일이 없어서 진짜 심심해 죽겠네, 그럴 때라도 좋으니까."

재빨리 그렇게 말하고 문손잡이에 손을 얹는다.

"'얽히지 않아도 되는 사람과는 얽히지 않는다.' 잘 기억해 둘 거고. 일단은, 히토코가 얽혀도 되려나 싶어지도록 노력할게."

에비사와 후유키

음악실 문은 올 때보다 가벼운 느낌이다. 문을 여니 딱 창문 높이까지 온 태양빛이 눈부시다. 이마에 손을 얹고 얼굴을 찡그린다.

눈부신 빛 너머에 있는 것은 호리코시였다.

"……무슨 일이야?"

어제와 완전히 같은 자세로 거기 있었다. 손을 뒤로 뻗어 문을 닫는다. 히토코에게 호리코시의 음성이 들렸다간 다시 기분이 상할지도 모르겠다 싶어서. 하지만 그런 행위가 오히려 그를 짜증 나게 만들어 버린 모양이었다.

"후카사쿠 녀석, 피아노 치더라."

"신청을 했더니 쳐 줬어."

눈을 커다랗게 치뜨고, 호리코시는 가느다랗게 "어?" 하는 소리를 냈다.

"쳐 줬다고?"

"응."

호리코시가 주먹을 꽉 쥐는 걸 알았다. 부아가 치미는지, 화가 나는 건지, 가늘게 손이 떨린다.

"어째서, 하필이면「괴수의 발라드」야?"

쓸쓸하게 그렇게 내뱉는다. 호리코시 역시「괴수의 발라드」에 남다른 기억이 있는 걸까?

히토코가 치는「괴수의 발라드」는 가볍고 상쾌했다. 허리를 똑바로 세운 듯한 연주. 저음과 고음을 몇 번이나 오간다. 가늘고 기다란 손가락은 아무런 어려움 없이 그 일을 해낸다.

「괴수의 발라드」는 후유키가 초등학교 6학년 때 합창 대회 자유곡이었다. 지휘는 자신. 모두 후유키를 무서워했다. 엄마를 무서워했다. 자기들이 아무 상도 못 받았다간 이 녀석 어머니가 자기 집에 쳐들어오는 것 아닐까. 그런 불안을 모두 지니고 있었다. 좋은 추억은 아니다. 지휘자로서 상을 받으러 단 위로 올라갔을 때도 자신이 전교생에게서 따돌림을 받는다고 느꼈다. 눈엣가시야, 사라지라고, 그렇게 여기고들 있을 거라는 느낌.

지휘자 노릇을 그만두지 않고 대회를 맞이할 수 있었던 것은 선곡이「괴수의 발라드」였기 때문이라고 생각한다. 사막에서 고독하게 살고 있던 괴수가 인간이 있는 마을을 목적 삼아 길을 떠난다. 바다가 보고 싶다, 사람들에게 사랑받고 싶다는 바람을 품고.

지휘를 하고 있을 때, 문득 생각했다. 이 동안만은 자신이 노래 속 괴수가 되어 있다고. 사막을 버리고 새로운 곳으로 갈 수 있는 것이라고, 막연히 여겨지곤 했다.

하지만 노래가 끝나면 반 아이들이 자신을 보고 있다. 곤혹스럽다는 듯한, 겁을 먹은 듯한, 한심하다는 듯한, 짜증이 나는 듯한 그런 얼굴로. 그 순간, 후유키는 그 사람의 아들로 돌아가고 만다.

"후카사쿠가 뭐라고 했어?"

"뭘?"

"뭐든, 이상한 소리 안 해?"

"이상한 소리가 뭔데?"

아, 진짜, 왜 모르는 거야? 머리를 쥐어뜯더니 호리코시는 음성이 거칠어진다.

"어차피 도쿄로 가 버린 너는 모르겠지. 저 녀석, 또 이상해질 거야. 초등학교 때 친구가 없어져서 이상해진 것처럼, 할머니가 죽어서 더 이상해질 거라고."

복도의 반향 때문에 그 음성은 몇 겹이나 메아리치며 멀리로 울려 퍼졌다.

"호리코시는 지금의 히토코가 싫은가 보네."

이상하다. 변했다. 옛날 히토코를 알고 있는 인간이 보자면, 그건 당연할 것이다. 자기 역시, 그렇게 생각했다. 그리고 호리코시는 분명, 옛날과 지금의 히토코가 다른 것을 견딜 수 없는 것이리라.

"히토코는 항상 정말 당당하게 혼자 있잖아. 필요 없다고 여겨지는 것들을 싹둑, 깔끔하게 알아서 잘라내 버릴 수 있는 사람이라고 생각해."

"그래서 뭐?"

"나는, 아마 그게 부러운 거겠지."

자신도 그렇게 했어야 한다. 좀 더 일찍, 잘라내 버리기를 배웠어야 한다. 그랬더라면 잃어버릴 것도 포기할 것도 없었을 텐데.

호리코시가 뭔가 말하고 싶다는 듯이 입을 연다. 선수를 쳤다.

"있지도 않았던 녀석이 아는 척 떠들지 말라고 하려는 거지? 하지만 지금의 히토코를 이상하다, 이상해, 하고 부정할 뿐이라면 나는 차라리 아무것도 모르는 아웃사이더가 좋아."

엄마를 싹둑싹둑 잘라내 버렸더라면, 좀 다른 인생이 되었을지도 모른다. 즐거운 학교생활이 있었을지도 모른다. 눈에 띄지 않게 조금씩 주변에서 친구들이 사라질까 두려워할 필요가 없었을지도 모르고. 자신은 괴수가 될 수 있었을지도 모르건만.

그때, 뒤로 닫았던 문이 차가운 소리와 함께 열렸다.

목덜미에 시선이 느껴진다. 호리코시가 후유키의 등 뒤를 보고 겸연쩍다는 듯이 고개를 숙인다.

"후유키, 실행 위원회 안 가도 돼?"

조심스레 돌아보니 히토코는 험악한 얼굴은 아니었다. 평소와 같다. 가면 같은 얼굴로 이쪽을 보고 있다. 그래도 약간 안심이 되었다.

"가야지. 몇 번씩이나 미안."

웃는 얼굴로 화를 내는 위원장의 얼굴이 떠오른다. 쓴웃음을 짓는 후유키를 두고, 히토코는 호리코시에게 눈길을 돌린다.

"최근엔 기껏 서로 눈도 안 마주치고 지낼 수 있게 되었는데, 뜬금없이 웬일이야?"

온도가 느껴지지 않는 음색으로 말한다.

"장례식 때도 나, 너한테 말했잖아. 괜찮다고. 그러니까 더 이상 참견하지 말라고."

히토코, 그건 좀 너무 심하네. 그렇게 끼어들려 했지만, 그녀의 더듬더듬하는 말투에 기가 눌려 말이 안 나왔다.

"난 말이야, 호리코시 때문에 이상해진 것도, 오츠 때문에 이상해진 것도 아니라니까. 모토야나기 선생 탓도, 더구나 후유키의 금붕어 탓도 아니야."

평소보다 큰 목소리로 그녀는 그렇게 말했다. 아주 약간이지만 초등학교 때 히토코가 보이는 듯했다.

거친 숨소리를 내며 히토코는 문을 닫고는 서둘러 계단으로 향한다. 어깨에 멘 가방 모서리가 후유키의 팔에 닿았고 "미안." 하고 조그만 소리로 사과했다. 더는 돌아보지 않는다. 돌아봐 주지 않는다. 지난번과 마찬가지. 발소리가 멀어져 간다. 들리지 않게 된다. 그와 동시에 호리코시가 한숨을 내쉬겠지.

그런데,

"나야."

기어들어 가는 소리로 그는 그렇게 말했다.

"금붕어를 죽인 건 나라고."

금붕어. 도쿄에 있던 후유키를, 유일하게 초등학교 5학년 가을의 이바라키와 이어 주는 존재.

"그날, 후카사쿠가 금붕어 먹이를 주고 돌아간 다음, 교실에서 몇 명이 공놀이를 했거든. 내가 던진 공이 산소 기계에 맞았어. 가면서 확인해 보니 기계가 움직이지 않더라고. 선생님한테 말했다간 분명 야단을 맞겠지. 월요일까지는 괜찮을 거고, 후카사쿠가 선생님한테 고장 났다고 말하면 되겠지 싶어서 그냥 집으로 간 거야."

그 결말을, 자신은 이미 호리코시에게서 들었다. 호리코시의 예상과는 정반대 결과가 되어 버렸다는 사실을.

"그런데 월요일이 대체 휴일이었거든. 화요일에 학교에 갔더니 금붕어는 전멸해 있었어. 그런데도 나는 말을 못 했고. 후카사쿠가 야단을 맞았는데, 그런데도 말을 못 했지."

그래서, 한 마디 한 마디, 씹어 삼키듯이 이어 간다.

"후카사쿠가 죽인 것이 되어 버렸어. 돌보는 게 귀찮아서 죽여 버렸다고, 선생님은 그렇게 단정해 버렸던 거야."

히토코가 내려간 계단을 보며 호리코시는 미간의 주름이 깊어졌다. 종이라도 끼울 수 있겠네. 멍하니 그런 생각을 했다.

"후카사쿠는 그날부터 다른 사람이 되어 버린 거지."

아아, 그는 히토코를 좋아하는 건가 봐. 호리코시의 미간에서 눈을 떼지 못하고 후유키는 생각했다. 옛날 히토코를 좋아했고 그래서 지금의 히토코가 걱정되고 신경 쓰여 견딜 수가 없는 거다. 좋아하는 건지 아닌지도 모호해서 호리코시 본인도 당혹해하는 건지도 모르고.

"내가 없는 동안에 온갖 일이 있어서 다들 변한 거구나."

"그렇지. 변했어."

"어쩌면 나만 줄곧 초등학생인 것일지도."

자기 역시 모두와 마찬가지로 사 년이라는 세월을 보냈다. 하지만 이 마을에서의 자신의 시간은 확실히 멈춘 채로 있는 것이다.

"저기, 호리코시. 아까 히토코에게 문화제 반주를 부탁했거든."

"거절당했지?"

"단칼에."

하지만, 하고 후유키는 이어 갔다.

"만약 히토코가 반주를 맡아 준다면 호리코시도 합창에 참가해 보지 않을래?"

"무슨 소리야, 그게?"

"실행 위원회 행사지만, 해마다 실행 위원 아닌 사람들도 많이 참가한다더라고."

"그게 아니고, 어째서 내가 합창을 하냐고?"

"혹시 하고 싶으려나, 싶어서."

만약, 만의 하나라도 히토코가 반주를 하게 된다면, 분명 호리코 시는 동요하고 혼란스러워하고 그녀를 걱정할 것이다. 사 년씩이나 헤어져 있었지만 어째서인지, 후유키는 그에게 공감을 느끼게 되어 버린다.

그 역시 히토리코의 '얽혀도 좋을 사람'이 되고 싶은 인간인 것이다.

이미 문화제 실행 위원회 회의는 시작된 모양이었다. 복도에까지 그런 분위기가 떠돌고 있었다. 평소라면, 보통 때라면, 그것 때문에 주눅이 들어서 문 앞에서 쩔쩔매다가 마음을 굳히고야 죄송하다는 듯이 들어갔을 것이다.

하지만 오늘, 후유키는 그런 짓을 하고 있을 여유가 없었다. 고민하고 있을 동안에 히토코는 아무렇지 않은 얼굴로 자기에게서 멀어져 가 버릴 거니까.

노크도 하지 않고 커다란 소리를 내면서 문을 열었다. 안에 있던 사람들의 시선이 일제히 자신을 향한다. 그 가운데를 가로질러 교단에 서 있는 세오 요시노 실행 위원장 앞에 가방에 들어 있던 서류를 내던졌다. 세오 선배는 눈을 동그랗게 뜨고 1학년 4반 대표 그룹 기획서를 후유키의 얼굴과 번갈아 가며 보았다. 립밤을 바른 윤기 나는 입술이 슬쩍 열린다. 그 입을 막기라도 하듯이 후유키는 목구멍에서 소리를 짜냈다.

"1학년 4반 에비사와 후유키, 일신상의 이유로 오늘은 결석하겠습니다!"

"일신상?"

무슨 일이야? 하고 눈썹을 찡그리는 세오 선배. 후유키는 준비하고 있던 말을 뱉어 냈다.

"실행 위원회 합창 반주자를 찾아오겠습니다!"

죄송합니다! 오늘은 결석하겠습니다! 세오 선배가 뭐라고 말을 하기 전에 발길을 돌린다. 누군가 자신을 부르는 소리도, 시선도, 모조리 무시하고 교실을 뛰쳐나왔다. 오츠의 음성이 들렸지만, 돌아볼 여유가 없었다. 달리고 달리고 달리다가, 도중에 선생님인가 누군가에게 복도에서 달리면 안 된다고 야단을 맞았다. 그조차 무시하고 내달렸다. 어째서인지, 몸이 평소보다 가볍게 느껴졌다. 용케 이런 짓을 할 수 있네. 자신의 내면에서 스스로 그렇게 중얼대는 소리가 들렸다.

자전거 두는 곳까지 갔지만, 히토코의 모습은 없었다. 서둘러 자전거의 자물쇠를 풀어 교문을 나섰다. 언덕을 내려가서 다시 오른다. 산꼭대기에 서 있는 학교에서 후유키의 집까지는 커다란 산을 넘는다. 같은 초등학교에 다니고 있던 히토코네 집 역시 같은 방향이다.

버스도 전차도 없다. 가장 가까운 역은 이웃 마을. 도보 두 시간.

통학 수단은 자전거가 원칙. 할머니가 사 준 새 자전거는 중학교 때부터 자전거 통학을 하고 있던 동급생과 비교하면 너무 새것이라 싫었다. 하지만 오늘만은, 신제품으로 녹슬지 않은 체인이 고맙게 느껴진다. 페달이 가볍다. 며칠 전엔 예쁘다고 바라보던 신록에는 눈길도 주지 않고 달렸다.

주베 고개라는 가파른 내리막 바로 앞에서 찾고 있던 등을 발견했다. 나뭇잎 사이로 햇살이 쏟아지는 검은 머리카락. 같은 색 상의. 길이 든 자전거.

분명 이 등은 후카사쿠 히토코라고 확신하고 속도를 높인다. 이쪽의 기척을 알아차린 히토코가 돌아보더니 눈이 동그래졌다.

"후유키?"

놀라서 눈을 크게 뜬 히토코의 얼굴이 신선했다. 하지만 속도는 늦춰 주지 않는다. 할 수 없이 페달을 세게 밟아 그녀와 나란히 섰다.

"실행 위원회는?"

"엎드려 빌어서 땡땡이."

"무슨 소리야?"

문득 히토코의 얼굴이 부드러워졌다. 바람결이 바뀌어 햇살이 눈에 걸린다. 눈이 부셔서 눈을 감는다. 감은 순간, 돌연 자전거에서 둔탁한 소리가 나면서 페달이 안 움직인다.

아스팔트에 한쪽 발을 내린다. 이끌리듯이 히토코 역시 조금 앞에서 멈추었다.

페달을 밟는다. 체인이 둔한 비명을 지른다. 아무리 해도 움직이지 않는다.

"체인이 빠졌네……."

아아, 어깨를 떨군다.

"이 자전거, 체인 덮개가 있어서 고칠 수가 없어."

자전거 스탠드를 세우고 히토코는 후유키의 자전거 옆에 허리를 굽힌다. 흐음, 하고 콧소리를 낸다.

"새것 같은데 벌써 빠졌네."

"4월에 막 산 건데."

"두고 가야겠네, 자전거."

"응?"

"열쇠 잠그고 저쪽 풀숲에 세워 두면 어때?"

논과 민가 사이 아무렇게나 펼쳐진 풀숲을 가리키며 히토코가 말했다.

"뭐, 도쿄와는 다르니까, 체인 빠진 자전거 같은 건 아무도 안 훔쳐 가. 집에 돌아가서 소형 트럭 같은 걸로 가지러 오면 어때?"

"아."

목이 잠긴다.

"응, 고마워."

그럼, 잘 걸어가. 조그맣게 그렇게 말하고 아무 일도 없다는 듯이 히토코는 자전거 핸들을 잡는다. 스탠드에 발을 얹는다.

여기서 그녀를 보내 버렸다간 음악실 때랑 똑같다.

"잠깐만!"

짐받이를 잡자 너무나 간단히 멈춰 준다. 뺨이 굳어지며 "왜?" 하고 돌아본다.

"나를 버리고 가 버리시는 겁니까?"

"집에 가야지."

아아, 여기서 손을 놓았다간 정말로 언덕을 내려가 뒤도 안 돌아보고 가 버릴 거야. 짐받이를 잡은 손에 힘을 주었다.

"자, 내가 페달 밟을 테니 중간까지 태워 줘."

"내가 왜?"

"걸어가면 네고야까지 한 시간은 걸릴 텐데."

"도시 사람들은 걸음이 빠르니까 괜찮아."

"나, 원래는 이바라키 현민이거든?"

점점 더 볼이 굳어지는 그녀에게서 핸들을 뺏는다. 괜찮다고 할 낌새는 전혀 없었지만 멋대로 안장에 걸터앉는다.

"아니면 히토코가 페달 밟아 줄래?"

눈치를 보며 양 볼에 힘을 주어 웃어 보였다. 그녀는 발끈하며 이쪽을 흘겨본다.

"후유키, 초등학교 땐 이렇지 않았는데."

"그런 말을 히토코가 해도 되나?"

윽, 할 말이 없어져 히토코는 후유키의 자전거를 힘껏 양손으로 밀더니 풀숲 안쪽으로 밀어 넣는다. 바구니에 들어 있던 후유키의 가방을 자기 자전거 바구니에 담는다. 두 사람의 가방으로 꽉 찬 바구니를 후유키는 멍하니 내려다본다. 그사이에 히토코는 자전거 짐받이에 올라앉았다. 손은 짐받이 끝을 꽉 잡고 있다.

"페달 밟아 주는 거 아니었어?"

이번엔 그녀를 본다. 눈썹을 찡그린다.

"아, 알겠어."

"자전거, 열쇠 안 채워도 아무도 안 훔쳐 가."

히토코의 오른발이 아스팔트를 찬다. 중력에 이끌려 두 사람을 태운 자전거는 언덕을 내려간다. 페달에 발을 올리지 않아도 나간다. 풀 냄새가 엷게 나는 언덕을 달려 내려간다. 혼자일 때보다 중력이 있으니 나무도 풀도 논밭도 평소보다 빨리 흘러간다.

하지만 언덕을 내려간 다음부터가 지옥이었다. 논밭만 줄곧 이어지고 그 앞엔 숲과 촌락이 있다. 길은 평탄하지 않고 미묘한 오르막길의 반복. 완만하지만 긴 언덕에 들어서자 숨이 차기 시작했다.

"내릴까?"

히토코가 그렇게 물었지만 서서 페달을 밟으며 고개를 저었다.

"후유키, 나보다도 힘이 없어 보이는데."

"동아리 활동 같은 건 엄마 때문에 전혀 못 했으니까."

말을 끝내자 언덕은 평탄한 논두렁길이 되었다. 크게 심호흡을 하고 엉덩이를 내려놓는다.

"그러고 보니 후유키네 엄마, 좀 말이 많은 사람이었지?"

히토코의 기억 속 엄마는 어떤 엄마일까? 운동회에서 다친 후유키를 앞에 두고 보건실에서 소란을 떨던 모습일까? 수업 참관일, 후유키에게 어려운 문제를 낸 선생님에게 일부러 큰 기침 소리를 내서 항의하던 모습일까?

"그게 말이야, 도쿄로 가고 나서 더 심해졌거든. 내가 학교에서 살짝 다친 걸 가지고 학교에 쳐들어오질 않나, 소풍이며 수학여행까지 일일이 잔소리를 하지 않나, 동아리 같은 거 들었다간 민폐다싶어서 포기했어. 하지만 그런 노력도 소용없이 초등학교도 중학교도 친구가 거의 없었지."

"그럼, 이바라키로 돌아온 건 '이런저런' 일 때문이겠네."

"'이런저런' 일 맞아. 히토코가 상상하는 대로."

지금도 기분 나쁜 메일이 오긴 해. 웃으면서 후유키는 슬쩍 말했다.

"응?" 하고 히토코가 되묻는다.

"우리 엄마, 머리가 좀 이상해졌거든. 나를 좋아하는지 원망하는지 엄마 자신도 모를 거야."

"용케 그런 메일을 읽어 볼 마음이 드나 보네."

"히토코가 부러워. '얽히지 않아도 될 사람과는 얽히지 않는다.'라니, 나도 그렇게 할 수 있었더라면."

부러워? 내가? 당황한 듯도 겁을 먹은 듯도 한 물음이 날아온다.

"응, 나도 히토리코가 될 수 있다면."

부럽다는 말이 거슬렸던지, 히토코는 입을 다물었다. 사과하려고 입을 여는데 히토코가 말했다.

"후유키가 그렇게까지 말하는 걸 보면 그럴 만한 짓을 하셨겠지, 어머니가."

"아들인 나도, 아빠도 그 사람이 무슨 생각을 하는지, 상상도 못 했었어. 무슨 짓을 할지 모른다고 할까. 그게 무서웠지. 엄마에 관해 알려지지 않은 곳으로 가고 싶어서 사립 중학교 시험을 볼 작정이었지만, 안 됐지."

"안 돼?"

도내에서 유명한 사립대학 부속 중학교 시험을 보라고 후유키 엄마가 말한 것은 초등학교 6학년 여름이었다. 아무래도 같은 아파트의 친구가 아들을 거기 보낼 생각이라는 소리를 들어서인 것 같았다.

애당초 후유키는 중학교 시험을 볼 생각으로 학원에도 다니고 있었다. 같은 초등학교 아이가 하나도 없는 곳으로 가고 싶었다. 하지만 설마 그렇게 커트라인 높은 곳에 가라고 할 줄은 몰랐다. 그것도 시험 날까지 겨우 반년 남은 때에.

"엄마는 절대 인정하지 않지만, 난 그렇게 머리가 좋지 않아. 머리 좋은 아이가 죽자고 노력을 해도 떨어지는 학교에 붙을 리가 없잖아.”

엄마는 들으려고 하지 않을 테니 말도 안 했지만.

결국 후유키는 중학교 시험에서 실패했다. 엄마는 다른 사립 학교에 응시하는 것조차 허락하지 않아서 결국은 구립 중학교에 가게 된 것이다. 한 군데만 내는 게 유리하니까. 처음엔 그런 이유였지만 서서히 “다른 중학교에 가는 건 용서 못 해.”로 변했다. 엄마는 아빠와 엄청나게 부딪쳤고, 아빠를 때리고 차고. 후유키 자신도 아무래도 좋다 싶어져서 한 군데만 시험을 쳤다. 구립 중학교에 가고 싶지 않다는 둥, 그런 걸 생각할 힘은 이미 남아 있지 않았다.

다니게 된 구립 중학교는 같은 초등학교 출신이 많았다.

“엄마가 또다시 망가져서 말이야.”

후유키가 사립 중학교 시험에서 실패하자, 엄마는 다시금 머릿속 못 하나가 빠져 버렸다. 못은 어딘가로 굴러가 버렸고 다신 찾을 수 없었다. 찾겠다는 기력조차 후유키에겐 남아 있지 않았다.

“구립 중학교에 입학은 했지만 뭐랄까, 전혀 재미가 없더라고.”

부탁이야, 엄마. 더 이상 이상한 짓 하지 마. 남들에게 폐를 끼치지 말라고. 그러기 위해 자신은 줄곧 한구석에서 눈을 감고 귀를 막고 입도 다물고 있었건만. 막무가내로 후유키를 한가운데로 끌고 나가 스포트라이트를 비추려 든다. 눈을 억지로 뜨게 하고 귀를 막은 두 손을 끌어내리고 소리를 내게 하려 들었다. 그때마다 주변에 있던 사람들은 후유키에게서 멀어져 갔다.

그리고 마침내 후유키와 아빠는 엄마를 버리기로 했다.

"버렸다고 생각하는데 메일이 오면 왠지, 서글프다고 할까, 괴롭다고 할까, 잘 알 수 없는 기분이 드는 거야."

버리기로 했지만, 아직 버리지 못하고 있다. 쓰레기통을 뒤돌아보고 만다.

"후유키."

지금까지보다 좀 더 강한 어조로 히토코가 후유키의 이름을 불렀다.

"너 느끼지 못했나 본데, 지금 울고 있어."

눈물이 날아왔다고. 그 말을 듣고 후유키는 가느다란 소리로 "미안." 하며 고개를 숙였다. 비로소 눈꼬리 부근이 젖어 있다는 걸 알았다.

"사과할 일은 아니지만."

"……미안."

"이혼을 했는데도 연락이 오는 거면, 아버지한테 상의한다든가 하는 편이 낫지 않을까?"

걱정하고 있는 것을 알겠다. 얽히지 않아도 되는 사람과는 안 얽힌다는 후카사쿠 히토코가 자신을 위로하고 있다.

"아빠도 이젠 기진맥진이야, 엄마한테. 내가 중학교에 들어갈 무렵엔 집안일은 생각도 하고 싶지 않다는 얼굴이었으니까 새삼스레 엄마 일로 상의를 하는 것도 미안한 일 같아서."

이런 이야기, 아무한테도 안 했거든. 그렇게 말을 잇는다.

"히토코에게 처음 한 거야."

"그렇구나."

어색한 대답이었다. 그것을 감추려는 듯이 그녀는 이어 갔다.

"지금 이야기를 들은 걸로는 헤어지길 잘한 것 같아. 어머니와."

"그렇게 생각해?"

"가족을 잃어버렸을진 모르지만, 후유키는 후유키 자신을 잃어버리진 않았잖아."

뭔가 대답을 하려 했지만 바로 말이 이어지지 않았다. 아무 말도 나오지 않았다.

하지만 지금, 분명히, 자기 속에서 웅어리져 있던 한 조각 탁한 그림자가 바람을 타고 어딘가로 날아갔다. 신록 냄새 섞인 바람을 타고 멀리 날아가 버렸다.

"나는,"

그 사실을 어떻게든 말로 해 보고 싶었지만 유감스럽게도 지금의 후유키에겐 무리였다.

"······그렇게 해서 깔끔하게 포기해 버리면 좋을 텐데 말이야."

"응, 그러게."

내가 굳이 이러쿵저러쿵할 일은 아니지만, 하는 얼굴로 히토코는 하늘을 올려다본다. 앉음새가 불안정해져 놀라 고쳐 앉았다. 후유키의 어깨나 허리엔 절대 닿지 않는다. 바람이 지나가 서늘한 등이 살짝 쓸쓸하다고 생각하며 후유키는 지장보살이 서 있는 모퉁이를 돌았다. 자기 집 산울타리가 보인다. 히토코의 집은 조금 더 가야 한다.

이대로 집까지 데려다줘야지. 아니, 히토코라면 후유키 집까지 가면 "여기서부턴 혼자 갈게." 할 것이다. 견딜 수 없이 그것이 서운하다고 할까, 조금 더 함께 있고 싶었다.

"아, 참."

속도를 줄이며 뒤를 돌아본다.

"학교에서 피아노를 치고 있다는 건, 혹시 집에 피아노가 없어?"

"없어."

"사 달라고 안 해?"

"피아노를 사 줄 만큼 넉넉하지 않으니까, 우리 집은. 부모님도 내가 그렇게 열심히 친다고는 생각하지 않을 거고."

그만둔다고 말했던 건 아무래도 그녀의 내면에선 없었던 일이 된 모양이다.

"우리 집에 아무도 안 쓰는 업라이트 피아노가 있는데 히토코가 써 주지 않을래?"

"……뭐?"

등 뒤에서 날아온 음성이 일순 누구 것인지 모르겠다. 그 한 마디만은 그녀의 음성이 분명 초등학교 무렵과 같았다.

그렇지, 금붕어다. 금붕어는 내가 좋아서 기르기로 한 거니까 나 혼자 돌볼게. 그렇게 말했을 때와 같은 음성이다.

정말? 그래도 돼?

그때의 대사가 그대로 들려오는 것 같다.

"업라이트?"

"나도 예전에 피아노를 배울 뻔한 적이 있어서, 결국은 없던 일이 되었는데, 피아노만이라도, 하면서 우리 엄마가 산 거야. 거의 안 쳤지만."

이사 갈 아파트가 악기 금지였기에 업라이트 피아노는 이바라키에 두고 갔다.

할머니는 피아노 같은 걸 치는 사람이 아니었으니 거실에 방치된 채였다. 조율만 하면 충분히 칠 수 있을 것이다.

집 바로 앞에서 자전거를 세우고 아무 대답도 하지 않는 히토코를 본다.

"어떨까?"

히토코가 반응을 하기까지는 꽤나 시간이 걸렸다. 바람이 두 번쯤, 두 사람 옆을 빠져나갔다. 그리고 긴 침묵 끝에 천천히, 천천히 그녀는 끄덕였다.

히토코의 얼굴 앞에 후유키는 검지를 세웠다. 문득 떠오른 작전을, 전사할 각오를 하고 실행해 보았다.

"단, 문화제에서 피아노를 쳐 준다면."

4

외톨이와
「괴수의 발라드」

후카사쿠 히토코

종례가 끝나면 후유키는 언제나 자리로 찾아온다.

"연습 갈까?"

그렇게 하지 않으면 반주를 팽개치고 어딘가로 가 버릴 거라고 생각하기라도 하는 걸까? 가방과 악보가 든 천 가방을 안고 히토코는 일어선다.

후유키 뒤엔 호리코시가 있다. 며칠 전인가 문화제 실행 위원회의 합창단 '조이풀 노이즈'에 갑자기 가입한 그 역시 빠지지 않고 연습에 참가하고 있다.

호리코시, 합창하고 싶어 하는 것 같아서 내가 권했어. 호리코시의 참가가 정해지던 날, 후유키는 그렇게 말하며 호리코시의 어깨를 두드렸다. 호리코시는 히토코의 눈을 보지 않고 조그맣게 "잘 부탁한다."라고 말했다. 거짓말 마. 그렇게 말하고 싶은 것을 가까스로 참았다. 중학교 3학년 문화제. 합창 대회에서 그런 일이 있었는데도 여전히 노래 부르기를 좋아한다? 설마…… 믿기지 않아.

합창을 보이콧하고 무대 뒤에서 내려왔던 일도 함께 떠오르고 말았다. "좋아했어."라고 말했었지. 소름이 돋을 뻔했다. 그리고 지금의 후카사쿠 히토코는 싫다는 듯한 어조에 마음 깊은 곳에서 안도했었다.

"굳이, 일일이 불러 주지 않아도 되는데."

그런 식으로 멤버의 일원 같은 취급을 하지 않았으면 좋겠다. 그 정도는 후유키도 알고 있을 줄 알았건만.

"일단은 같은 반이니까."

자, 연습하러 가자. 후유키를 선두로 교실을 나선다. 아직 자기 자리에 있던 오츠가 히토코 일행을 응시하고 있었다. 그녀도 합창 연습엔 참가하고 있지만 언제나 너무나 귀찮다는 듯한 얼굴로 노래하고 있다. 그리고 때때로 히토코에게 찌르는 듯한 시선을 보내 온다. 진심을 말하자면 마주 째려봐 주고 싶지만 성가신 일이 벌어질 것 같아 그만두기로 했다.

오츠가 호리코시를 좋아한다는 것은 알고 있었다. 그건 이미 초등학교 때부터. 하지만 일반 입시에서 사건이 있은 뒤, 호리코시를 쫓아다니는 건 그만둔 모양이다. 커다란 소리로 그의 이름을 부르고, 용건도 없는데 수업 시작 직전까지 일방적으로 떠들어 대곤 했었건만 그런 모습도 안 보이게 되었다.

그 대신에 고등학생이 되고 나서는 후유키에게 집적거리고 있다. 자리가 바로 옆이라는 걸 핑계 삼아 쉬는 시간에 줄곧 이야기를 걸고 점심도 함께 먹고 있다. 영어 수업에서 짝을 지을 때나 이동 수업이 있을 때도 제일 먼저 후유키에게 다가간다.

"에비사와, 기다려, 기다려."

교실을 나와 음악실을 향해 걷고 있으려니까 뒤에서 타다닥, 하고 오츠가 뛰어오더니 후유키 옆에 섰다. 호리코시가 밀려나듯이 히토코 옆으로 온다. 보폭을 줄여 가며 세 사람에게서 거리를 둔다. 음악실에 가는 것뿐이니 굳이 나란히 갈 필요도, 함께 갈 필요도 없다.

"있잖아, 내일 수학 1 과제, 다 했어?"

그렇게 좋아했던 호리코시에겐 눈길도 주지 않고 후유키 쪽만 본다.

"끝났는데 노트 빌려줄까?"

후유키도 너무 착해 빠졌다. 예전부터 줄창 손해만 봐 왔을 텐데도.

"정답만 베껴 썼다간 들키니까 푸는 법을 가르쳐 줘."

"나, 남들한테 가르치는 건 잘 못하는데."

"왜? 꽤 알기 쉽던데."

그런 식으로 후유키에게 말을 거는 오츠의 음성은 히토코가 아는 것보다 부드럽다. 눈치챌 만큼 호의로 가득 찬 음성. 주위 사람들을 차단하고 두 사람만의 세계를 만들어 내려는 음성. 그렇게까지 안 해도 그 속으로 들어갈 생각 따위 전혀 없건만.

그런데 후유키가 이쪽을 돌아본다. 눈이 마주친다. 그리고 다시 그 표정을 짓는다. 금방이라도 울음을 터뜨릴 듯한 얼굴. 눈동자가 살짝 찌그러지면서 입술을 깨문다.

히토코가 반 아이들과 이야기를 하지 않게 되고 항상 외톨이로 있기 시작했을 때, 히토코의 엄마도 가끔 이런 얼굴을 했다. 가까스로 회사를 쉬고 왔던 수업 참관 때, 운동회나 학예회 때. 아무리 괜찮다고 해도, 역시 딸이 혼자 외톨이로 있는 것은 괴로워서 볼 수 없는 모양이었다.

바로 그 때문에 언제나 가슴을 쭉 펴고 있으려 했던 것이다.

괜찮아, 적당적당히 잘하고 있으니까. 무슨 암호처럼 그 말을 되풀이하고 나서야 가까스로, 엄마는 그런 표정을 짓지 않게 되었다. 그러다 호리코시가 그런 얼굴을 하게 되었다.

호리코시 다음엔 후유키.

후유키의 시선이 히토코를 향해 있다는 것을 눈치챈 오츠가 다시 이쪽을 아무렇지 않게 노려보았다. 후유키를 다시 빼앗아 가듯이 그의 등을 두드린다. 거리가 좀 전보다 가까워져서 어깨와 어깨가 거의 부딪치고 있었다.

"고르고 골라 어째서 하필 히토리코야?"

음성은 낮았다. 하지만 히토코에게 확실히 들렸다. 오츠 역시 분명 히토코가 들으라고 이야기하고 있을 것이다.

"그렇지 않아도 귀찮아 죽겠는데, 기운 빠지게."

히토코 쪽을 살피며 그가 그녀를 달랜다.

"아아, 그러지 마. 내가 부탁해서 허락해 준 거니까."

"왜 히토리코한테 부탁을 해? 다른 사람도 있잖아, 피아노를 칠 수 있는 사람은."

아니면 에비사와, 역시 히토리코 같은 게 좋은 거야? 그런 수준 낮은 질문까지 한다. 저 아이의 이런 부분이 질색이다. 그렇게 생각함과 동시에 자신이 그 옛날, 그녀의 친구였던 걸 생각하니 분노와 슬픔과 격렬한 짜증이 솟아오른다.

"아냐."

부정하는 후유키의 말이 유난히 크게 들렸다. 학급이나 동아리 활동 행사 준비로 손이 비지 않는 학생을 제외하고 모인 것은 열두 명. 그중에는 호리코시와 마찬가지로 실행 위원도 아무것도 아닌 학생도 섞여 있었다.

"발성 연습부터 하자! 라라라, 하고."

세오 선배가 지휘대에 올라 지휘를 한다. 합창을 주관하는 역할은 후유키인 듯하지만 연습에서 지휘를 하는 건 세오 선배가 맡고 있었다. 히토코에게 반주를 지시하는 것도 세오 선배.

경쾌한 멜로디에 라라라라, 하고 모두의 음성이 올라탄다. 소프라노 파트의 높은 소리와 베이스 파트의 낮은 소리가 섞여 음악실에 울려 퍼진다.

"후카사쿠, 전주부터 부탁해요. 일단 끝까지 한 번 불러 봅시다."

세오 선배는 그렇게 말하더니, 소프라노 파트의 위치로 돌아갔다. 지휘자가 없으니 히토코는 자신의 타이밍으로 건반에 손을 얹었다. 한 박자를 쉬고 반주를 시작한다.

조이풀 노이즈가 문화제를 위해 고른 곡은 「믿음」이라는 노래였다. 일찍이 중학생 합창 대회 지정곡이었던 모양이다. 반주와 함께 곡조가 휙휙 바뀐다. 부드럽게 시작해서 무겁고 격렬해졌다가 상큼하게, 다시 부드럽게.

때때로 노랫소리 속에 틀린 음정이 섞인다. 낮은 음 부분에서 테너 파트의 후유키가 완전히 내려가지 못한 음성이 들렸다. 후유키는 음성이 높은 편이다. 고음은 괜찮지만 저음은 다른 남자아이들과 달리 내기 힘든 모양이었다.

한 번 부르고 나서, 세오 선배가 다시 앞에 나와 파트별 지시를 내렸다. 대회에 나가는 것도 아니고 순위가 정해지는 것도 아니니 누구나 마음 편하게 "알겠습니다!" 하고 대답했다.

합창이라니, 할 수만 있다면 평생 상관없이 살고 싶다고 생각하고 있었다. 하지만 희망자끼리 하는, 반쯤 장난 같은 것이라니 괜찮으려나 싶었다. 업라이트 피아노의 대가로 반주를 해 달라. 얼마나 남는 장사인가? 이익인지 손해인지 저울에 단다면 압도적으로 이익이다.

그래서 받아들인 거야. 자신을 타이르듯이 히토코는 입 안에서 그 말을 굴려 본다.

"자, 후카사쿠. 다시 한번 처음부터 부탁해요."

조그맣게 끄덕이고 한 번 더 전주부터 치기 시작했다. 흐읍, 하고 열두 명이 숨을 들이쉰다.

웃을 때는 입을 크게 벌리고
화를 낼 때는 진심으로 화를 내고
자신에게 거짓말을 못 하는 나
그런 나를 나는 믿는다
믿음에 이유는 필요 없어

이번에 처음 접하는 곡이지만 그야말로 중학생을 위한 노래다 싶은 가사였다. 믿음에 이유는 필요 없다니, 그런 궤변을 받아들일 수 있는 것은 중학생까지일 것 같다. 어쩌면 이미 늦은 것일지도.

"다들, 오늘 연습 후에 다른 약속 있어?"

그날 연습이 끝나자 세오 선배가 얼른 그렇게 말하면서 음악실을 둘러보았다. 누군가 가 버리는 것을 저지하려는 듯했다.

"오늘은 거의 다 모였고 하니 단합 대회라도 할까 싶은데, 괜찮은 녀석들은 모두 저 아래 후쿠다야 안 갈래?"

아래라고 하는 건 나메카타 고등학교가 있는 산에서 언덕을 내려간 곳의 길을 가리킨다. 비탈길과 큰길이 교차하는 곳에 후쿠다야라는 오래된 식당이 있다. 나메카타 학생은 꽤 많이 이용하고 있는 모양이지만 히토코는 물론 단 한 번도 간 적이 없다.

갈 수 있다는 아이, 볼일이 있어 무리라는 아이. 조이풀 노이즈가 웅성웅성 둘로 나뉘고 있는 가운데 히토코는 묵묵히 돌아갈 준비를 하고 있었다.

"후카사쿠는 어떻게 할래?"

연습용 시디플레이어를 정리하면서 세오 선배가 이쪽을 본다. 실행 위원장이어서일까? 그녀는 히토코에게 묘하게 신경을 쓴다. 연습 중에 누구와도 이야기를 하지 않는 히토코에게 아무래도 좋을 화제로 얽혀 오는 것이다.

"됐습니다."

악보를 집어넣고 가방을 어깨에 멘다. 몇백 번을 물어도 정해져 있다. 선배는 집요하게 권하지는 않고 "그럼, 다음 기회에 가자." 하고 다른 학생에게 말을 걸러 갔다.

"자, 갈 수 있는 사람은 후쿠다야에 간다, 후쿠다야. 파를 얹은 카레우동을 먹자고."

세오 선배를 선두로 여덟 명은 음악실을 나선다. 후유키와 호리코시, 오츠도 그 속에 있다. 오츠는 후유키 곁을 지키고 있고, 호리코시는 세오 선배에게 반쯤 억지로 끌려 가고 있다.

그 일행으로부터 충분한 거리를 두고 히토코는 음악실을 나섰다.

"호리코시, 노래 잘하네."

앞쪽에서 세오 선배의 음성이 들린다.

"연습만큼은, 쓸데없이 하고 있었으니까요, 삼 년간."

"호오, 대단하다."

그 조금 뒤를 후유키와 오츠가 걷고 있다. 오츠와의 대화 사이에 후유키가 이쪽을 돌아본다. 히토코가 의도적으로 걷는 속도를 늦추고 있으니 서서히 자신과 그들 사이는 벌어져 간다.

거리가 벌어질 때마다 후유키는 또 그 울상을 짓는다.

그는 내가 부럽다고 했다. 굳이, 히토코가 이러쿵저러쿵할 일도 아니지만. 그래도 에비사와 후유키는 나같이 되면 안 될 것 같은 느낌이 든다.

후유키는 좀 더…….

좀 더, 뭘까?

에비사와 후유키라는 소년은 머리도 좋고 운동도 꽤 잘하고, 상냥하고 예의 바른 아이였다.

뭔가 특별한 일을 하지 않아도 그냥 살고 있는 것만으로 친구라든가 사이좋은 선후배라든가, 연인이라든가, 전부 생겼으련만.

후유키는 조금 더 나쁜 아이였어도 되는 거였다. 좀 더 자기중심적이고 엄마의 기분, 남들의 기분 따위 생각하지 않았더라면 좋았을 것.

하긴 그러지 못하는 것이 바로 후유키일지도 모르지만.

복도 모퉁이에서 후유키의 모습이 보이지 않게 된다. 이대로 오늘은 안녕인 거겠지. 그렇게 생각했을 때, 후유키가 잰걸음으로 이쪽으로 되돌아온다. 후유키의 이름을 부르는 오츠의 음성. 후유키는 돌아보지 않고 히토코에게 왔다.

그러고는 히토코 앞에서 멈춘다.

그는 이제 울상은 짓고 있지 않았다.

"역시 함께 가지 않는 거야?"

"⋯⋯왜?"

어째서, 네가 그런 걸 물어? 소리가 되어 나오지 않는 그런 의미를 담아 후유키를 흘겨본다.

흘겨보았건만 후유키는 왠지 기뻐 보인다.

"굳이 큰 의미가 있는 건 아니긴 한데, 모처럼 같이 가고 싶어서."

"안 간다고 아까 말했잖아."

"카레우동이 맛있나 봐."

"카레우동에 낚일 것 같아?"

"그게 아니고. 그냥 같이 가고 싶었을 뿐인데."

"그런 거 안 좋아하니까."

말을 자르고 다시 한번 째려본다.

"너무하네."

그렇게 말하며 후유키는 히토코 뒤로 슬쩍 돌아오더니 등을 힘주어 밀었다.

복도 끝에 있는 세오 선배나 호리코시, 오츠가 있는 곳까지 밀고 간다.

어이없어하던 히토코가 항의하려 했더니 마치 입을 막듯이 소리를 쳤다.

"히토코도 같이 간대! 카레우동 먹으러."

세오 선배가 기뻐하며 손뼉을 쳤다. 호리코시가 입을 떡 벌렸다. 오츠가 팔짱을 끼며 고개를 돌렸다.

"안 간다니까."

거절하고 양쪽 어깨를 잡은 후유키의 손을 떨쳐 낸다. 하지만 후유키의 손은 그걸 거부하고 히토코의 팔로 옮겨 간다. 힘을 주어 꽉 잡은 채 세오 선배 일행과 합류할 때까지 놓아 주지 않았다.

오츠 가호

에비사와 후유키의 온기가 곁에서 슬쩍 사라졌을 때, 또야? 싶었다.

그는 복도를 되돌아가, 히토코에게 달려갔다. 기껏 저쪽으로 떨어져 가 주었는데.

두세 마디 그녀와 이야기를 나누더니 이쪽을 보고 손을 흔들었다.

안 간다니까! 하며 항의하는 후카사쿠 히토코의 등을 밀면서 에비사와는 웃었다. 초등학생 때처럼 새하얀 치아를 보이며.

눈을 동그랗게 뜨고 큰 소리를 내는 후카사쿠 히토코 역시 마치 초등학생 무렵으로 잠깐 돌아간 것 같았다.

히토코.

나의 친구였던 무렵의, 그 아이.

후쿠다야는 나메카타 고등학교 학생들로 붐볐다. 야구부와 핸드볼부가 방을 점령하고 있어 가호 일행은 구석 테이블로 안내되었다. 주문은 전원 파를 얹은 카레우동. 붐비는 것치고는 금세 모두에게 카레우동이 날라져 왔다. 걸쭉한 카레 국물에 툭툭 자른 닭다리살과 커다랗게 자른 파. 올라오는 김에서 살짝 육수 냄새가 난다.

보리차로 건배를 하고 나무젓가락을 가른다. 가호는 에비사와 곁에 앉았지만 그를 사이에 두고 히토코도 있다. 재미없다는 듯이, 어딘가 불편하다는 듯이 우동을 먹고 있었다.

에비사와 건너편에 앉은 아키히로가 아직도 '믿을 수 없어.'라는 표정을 짓고 있다. 히토리코가 모두와 함께 방과 후에 이런 곳에 들르다니, 하는 얼굴.

중학교 3학년 문화제 날을 경계로 히토코를 쳐다보지 않게 된 줄 알았던 아키히로가 깨닫고 보니 완전히 옛날의 그로 돌아가 있다. 히토코를 눈으로 좇으며 그 몸짓을, 말을 주목하고 있다.

이런 얼간이.

그렇게 째려봐 주었지만 그는 눈치채지 못한다.

"저기, 에비사와랑 호리코시는 초등학교가 같았지?"

아키히로 옆에 앉은 세오 선배가 묻는다. 두 사람은 동시에 끄덕였다.

"에비사와는 5학년 때 전학 가 버렸지만."

"나 말고 세 사람은 유치원 때부터니까 안 지 벌써 십이 년 정도 되는 거 아냐?"

에비사와가 굳이 히토코에게 말머리를 돌린다. 우동을 먹으면서 히토코는 그를 슬쩍 흘겨본다. 그런데도 에비사와는 그럴 줄 알았다는 얼굴로 이야기를 이어 갔다.

"중학교 때는 어땠어?"

"후카사쿠랑은 1학년, 3학년 때 같은 반이었어요."

도와주듯이 아키히로가 말한다.

"제대로 죽마고우네."

세오 선배의 말에, 히토코는 젓가락으로 의미 없이 우동 대접을 휘젓기 시작했다.

어쨌다고, 그게.

"그러고 보니, 2학년 때는 체육제 때 같은 팀이었던가?"

"글쎄, 기억 안 나."

"같이 삼인 사각 하지 않았어? 야구부 나가미네랑."

"기억 안 난다니까."

히토코는 그런 식으로 주변에서 자기를 도와주게 만든다. 자신에게 신경 쓰는 사람이 있다는 걸 알면서도 그렇게 무뚝뚝하게 군다. 그들을 히토리코에게 끌리도록 만든다.

같은 테이블의 3학년 남학생이 그런 히토코의 얼굴을 흥미진진하게 들여다보았다.

"후카사쿠는 낯가림을 하는 편? 연습 시작하고 며칠이나 지났는데 다른 녀석들과는 아직 익숙해지지 않는 느낌이네?"

이름은 아마 안조 선배. 조이풀 노이즈의 리더로 발탁된 에비사와의 어깨를 잘해 봐, 하며 두드렸던 사람. 후배들에게도 상냥하게 말을 거는 사람이어서 조이풀 노이즈의 분위기 메이커 같은 존재였다.

이 사람 역시 고집스레 혼자인 히토리코의 모습에 끌리는 것일까?

젓가락을 내려놓은 히토코가 안조 선배를 본다. 당신, 바보 아냐? 그런 눈으로 입을 열려는데.

"'얽히지 않아도 될 사람과는 얽히지 않는다.'"

히토코보다 먼저 에비사와가 웃으며 말했다.

"이게 히토코의 신조거든요."

히토코의 시선이 에비사와에게로 향한다.

"허어."

눈동자에 살짝 당혹감을 띠며 안조 선배는 에비사와를 본다.

"그럼, 에비사랑 호리코시는 얽혀도 되는 사람이구나."

"네에?"

히토코에게서 재빨리, 부정과 거절이 합해진 말이 날아든다.

"그럴 리가 없잖아요."

너무 힘이 들어간 걸까? 입에 넣으려던 우동이 잘라져 국물에 떨어졌다. 국물이 윗옷에 튄다. 에비사와가 냅킨을 건네 주자 "고마워." 하며 험하게 잡아챈다. 찬물에 적신 냅킨으로 스카프를 톡

톡 두드리기 시작했다.

아키히로가 조마조마한 눈으로 그걸 보고 있다. 세오 선배는 미소를 지으면서 "얼룩지지 않았어?" 하고 고개를 갸웃한다.

"카레니까. 얼룩이 지면 안 되는데."

에비사와는 웃어 가며 카레우동을 후룩대고 있었다.

각자 돈을 내고 가게를 나왔다. 먼저 계산을 마친 에비사와가 자전거 열쇠를 풀고 있었다.

누군가 미적대고 있는 건지 가호 뒤로는 아무도 가게를 나오지 않는다. 가방에서 자전거 열쇠를 꺼내 뒤 페달의 자물쇠를 풀려던 참이었다.

입 안에 카레의 진한 느낌이 되살아났다. 카레우동 국물이 튀어 가호의 가슴에, 가슴 저 깊은 곳에 얼룩을 만든다. 어느 누구도 냅킨은 건네 주지 않는다.

"어째서 너희들은, 히토리코한테 질척대?"

에비사와의 눈을 보려고 했건만 점점 시선이 내려가더니, 결국 고개를 숙이고 만다. 양 주먹에 힘이 들어간다.

"걔가 에비사와랑 사이좋게 지내려는 생각 자체가 전혀 없다는 거 아는 주제에. 어째서 에비사와도……."

아키히로도, 그 소리는 갈라져 나온다.

뒤쪽에서 유리문 열리는 소리가 났다. 에비사와가 돌아본다. 히토코가 계산을 마치고 나온다. 그 뒤로 아키히로도 온다.

두 사람에게서 가호에게로 시선을 되돌리며 에비사와는 말했다.

"히토코가 어떻게 생각할까라든가 앞으로 어떻게 될까 같은 건 상관없다고 생각해."

"무슨 뜻이야?"

"호리코시는 어떻게 생각하는지 모르겠지만 나는 설령 히토코랑 친구가 될 수 없더라도 하다못해 '얽혀도 좋은 사람'이라고 여겨지고는 싶거든."

"하지만 걔는 아까 너희들한테 그럴 리가 없다고 말했잖아?"

어째서 그런 소릴 하는 애한테 신경을 쓰는 거야? 네 주변엔 몇백 명이나 있잖아. 또래 아이들이 있잖아.

후카사쿠 히토코에게 매달릴 필요 따위 전혀 없는 거잖아.

"그러고 보니, 그랬던가?"

태평스러운 얼굴로 에비사와는 그런 소릴 한다.

"어째서 너도 아키히로도, 히토리코가 좋은 건데?"

자기가 생각했던 것보다 큰 소리가 나왔다. 마음의 수도꼭지가 고장 나 버렸다. 손으로 눌러도 무슨 짓을 해도 멈추지 않는다.

"뭐야, 변태야? 너희들. 어쩌면 그렇게 저런 제멋대로인 애한테 들러붙을 수가 있어?"

등 뒤에서 발소리가 들린다. 로퍼가 아스팔트를 밟는 소리. 에비사와의 시선이 자기 등 뒤로 돌아가는 걸 알겠다.

돌아보지 않아도 안다.

질색이야, 질색, 질색이라고. 친구였다니, 절친이었다니, 말도 안 돼.

"싫다고, 싫다고 하는데도 꼬리를 흔들며 주인한테 들러붙는 개 새끼 같아."

발소리가 멈췄다.

"합창 연습 전에도 그랬지만, 나한테 불만이 있으면 후유키가 아니라 직접 나한테 해라."

기분 나쁘니까.

모토야나기 선생에게 "너 설마, 후유키의 금붕어를 죽인 거야?" 라는 질문을 받고 "네?" 하고 대답했던 히토코가 생각났다. 어째 서일까? 그날 선생에게서 주먹으로 얻어맞던 히토코의 뒷모습이 눈앞에 유령처럼 떠오른다.

"후카사쿠 히토코 너, 진짜 구역질 나."

에비사와 앞이든 아키히로 앞이든, 다른 누가 있든 말든 상관없 었다. 뱉어 내지 않으면 안 된다.

"혼자 있는 걸로 똥폼을 잡으면서, 그러면서 다가오는 녀석들을 모조리 홀리면서, 너, 그냥 관심 종자라고. 신경 써 주는 사람이 있 다는 걸로 으스대면서, 남들이 신경 쓰라고 외톨이인 척하는 것뿐 이야."

어째서 넌 외톨이인데 혼자가 아닌 거야? 가엾지 않다고. 불쌍 하지도 않아. 쟤 불쌍하다, 외톨이네. 쓸쓸하겠다. 그런 식으로 조롱하면서 불쌍해하면서 보는 사람을 우월감에 잠기도록 해 주면 될 것을. 어째서 넌 그렇지 않은 거지?

어째서 내가 뒤쫓아 간 것들은 모조리 너한테로 가 버리는 거냐고?

"저기, 오츠."

끼어들려는 에비사와의 손을, 쳐 내고 있었다.

"에비사와, 지금 얘랑 이야기하고 있는 건 나니까 좀 가만있어."

히토코 뒤에서 아키히로가 입을 열려 한다. 막아서듯이 내뱉었다.

"도대체가 너는……."

"오츠가……."

고요한 눈으로 후카사쿠 히토코가 말한다. 뱉으려던 말이 목구멍 안으로 쫓겨 들어간다.

"오츠가 정말 이야기해야 하는 건 내가 아니라 호리코시 아니야?"

"뭐?"

그 검은 눈동자엔 내가 비쳐 있다. 지독한 얼굴의 내가. 악마 같은 아이가.

"호리코시 보란 듯이 그런 건지 모르지만 대타처럼 후유키에게 집적거리는 거, 꼴불견이거든."

그날, 그 작은 교실 안에서 가장 악마 같은 아이는 오츠 가호였는지도 모른다. 그러니까 악마가 옆에 있어 주길 원하는 사람들은 언제나 언제나 다른 데로 가 버리는 것일까?

"네가 알 바 아니잖아!"

멈추질 않는다. 치켜든 오른손이, 펴지도 쥐지도 못한 오른손이 후카사쿠 히토코의 뺨을 쳤다.

"태연한 얼굴로 남을 내려다보고! 외톨이 주제에!"

얻어맞은 충격으로 히토코의 눈이 앞머리에 가려졌다. 뺨에 손을 올리지도 않고, 아주 살짝 비틀거렸을 뿐. 아야,라는 말이라도 하면 좋을 것을. 비명이라도 지르면 좋을 것을. 그러기라도 하면 이쪽도 약간의 죄책감은 느낄지도 모르는데.

"그렇게 '난 괜찮아요.' 하는 얼굴을 하면 말이야, 너보다 더 아파하고 걱정하고 상처 입는 놈이 있다고."

그런 건 아랑곳없이 잘난 척 저 혼자 살고 있다는 얼굴을 치켜들고는.

히토코의 눈을 덮고 있던 머리카락이 살짝 움직인다. 그 너머로 보이는 눈동자가 드물게 커다랗게 열려 빛나고 있었다.

얼굴을 든 히토코는 가호가 처음 보는 얼굴을 하고 있었다.

"내려다보는 건 너 역시 마찬가지잖아?"

한 걸음, 가호에게 다가선다.

"이제 와서 시치미 떼지 마."

애당초…… 그렇게 말을 꺼내더니 한 번 말을 끊었다가, 숨을 들이쉬고 소리쳤다.

"애당초 너, 금붕어 때도 맨 먼저 나를 배신한 주제에."

나를 외톨이로 만든 건 너야,라고 말하고 싶은 말투였다.

그 말이 맞긴 하지.

"뭐라고? 이제 와서 무슨 소리 하는 거야. 너 스스로 인정했잖아. 하지 않았으면 안 했다고 하면 될 거 아냐. 새삼스레 피해자 코스프레 하고 있네!"

"말해도 안 믿었을 거면서!"

"그건 모르지! 그리고 나도 처음엔 너를 도와주려고 했었다고!"

"그런 말을 믿을 것 같아?"

아니지. 그럴 수 있었다면 난 네가 이렇게까지 싫어지진 않았을 거야.

"정말, 너희들 남의 가게 앞에서 뭐 하고 있는 거야?"

거기에 큰 걸음으로 다가온 사람이 있었다.

"시끄럽게!"

세오 선배의 두 손이 가호와 히토코의 머리 위로 날아들었다.

"먹자마자 그렇게 화를 냈다간 먹은 거 모조리 토한다!"

아깝잖아. 입술을 뾰족하게 내밀며 세오 선배는 에비사와의 어깨를 친다.

"인기 많은 남자는 괴롭네."

"그렇게 보입니까?"

눈을 흘기며 에비사와가 답한다.

"읔, 아닌가?"

아하하 하고 웃더니 선배는 에비사와의 어깨를 조금 전보다 더 세게 두드렸다. 자기 자전거를 밀며 3학년들 쪽으로 돌아간다. 태풍처럼 벌어진 눈앞의 일에 아키히로는 아무 말도 못 하고 입을 헤벌리고 있었다. 에비사와가 가호와 히토코를 본다. 무슨 말을 할까, 낱말을 찾고 있는 것 같았다.

먼저 덤벼든 건 자신이었다. 어차피 또 그는 히토코를 신경 쓸 거다. 히토코를 걱정하고 그녀에게 웃어 보인다.

그런 거 잘 이해하고 있어. 그런데도 무심결에 혀를 차고 있었다.

에비사와가 가호를 본다. 험악한 얼굴은 아니었다. 하지만 그 아몬드 형의 눈에, 깊고 깊게 가슴을 베인 듯한 느낌이 들었다.

발걸음을 돌려 자기 자전거가 있는 곳까지 달려갔다. 열쇠를 풀고 올라탄다. 에비사와가 이름을 불렀지만 응하지 않고 페달을 밟았다.

아아, 모양 빠진다. 그냥 악인이야. 드라마라든가 만화에 나오는, 끔찍한 클래스메이트 바로 그것.

후쿠다야에서 큰길로 나서니 대형 트럭이 옆을 통과해 갔다. 진동이 전해져 온다.

몸의 심지까지 울려오는 엔진 소리. 그 소리로 엉망진창으로 헝클어져 있던 머릿속이 아주 조금 정리된 느낌이 든다.

돌아보지 않았다. 절대로 돌아보지 않았다.

언제나 그렇지. 나를 쫓아오는 녀석 따위, 없다.

에비사와 후유키

얻어맞은 머리를 손으로 감싸며, 히토코는 어깨를 떨군다. 어쩐 일로 낙담하고 있다. 어쩌지,라는 표정을 하고 있다.

문득, 배 밑바닥에서 웃음이 끓어오른다. 참을 수 없어서 후유키 는 어깨를 흔들었다.

"뭐야?"

자기를 비웃는다고 생각한 히토코의 오늘 몇 번째인가, 날카로 운 눈 흘김.

"미안. 살짝 웃겨서."

히토코, 그런 식으로 화도 내는구나. 그렇게 계속하자 흥, 하고 얼굴을 돌린다.

"오늘은, 좀 기분이 나빴어. 그뿐이야."

"히토리코에게도 기분 나쁜 날이 있구나."

"무례하긴."

그렇게 말하고 자전거 페달에 발을 올린다. 웃으면서 후유키도 자기 자전거에 올랐다. 선배들에게서 조금 떨어져 운동장을 나온다.

후쿠다야에서 집으로 돌아가려면 자기도 히토코도 호리코시도 산을 하나 넘어야 한다. 학교로 이어지는 비탈길을 하교 중인 학생들을 거슬러 자전거를 밀어 가며 걸었다.

"파를 얹은 카레우동, 맛있었지?"

입을 다문 히토코의 등에 대고 그렇게 묻는다.

"잘 기억 안 나."

무시하겠지, 싶었지만 그녀는 대답해 주었다. 후유키 옆에서 자전거를 밀면서 호리코시가 눈을 동그랗게 뜬다.

"뭐? 맛이?"

"응."

또 웃음을 터뜨리고 말았다. 이젠 눈을 흘긴다 해도 아무렇지 않다.

"혹시 여럿이서 밥 먹어서 긴장했었어?"

"안 했어."

그냥…… 언덕 끝을 응시하며 히토코는 한숨을 쉬었다.

"편하지가 않았을 뿐이야."

"그래서 맛도 기억 안 난다고?"

무언의 긍정이 돌아온다. 세 대의 자전거가 아스팔트 언덕을 올라가는 소리. 타이어가 모래에 쓸리는 소리. 그것을 들으면서 후유키는 숨을 한 번 들이쉬고 내쉬었다.

"나는 엄마 때문에 동아리 활동이라든가 학교 행사라든가, 모두가 함께할 수 있는 것엔 절대 들어갈 수가 없었어. 무섭기도 했고. 그런데 지금은 즐거워."

실행 위원장 일은 성가시고 신경 쓸 일도 많고. 게다가 합창 연습까지 매일 있다. 엄마에게선 아직도 메일이 온다. 그 사실을 아빠에겐 말도 못 한다.

하지만 그런 나날을 후유키는 즐겁다고 생각한다. 나는 이런 생활을 동경하고 있었던 거야. 이런 식으로 살아 보고 싶었던 거라고. 파가 잔뜩 들어간 카레우동은 소문으로 듣던 것보다 확실히 맛있었다. 아마도 처음 먹어 본 맛이다.

"무슨 말이 하고 싶은 거야?"

히토코의 말 그대로 자신에게 물어본다. 에비사와 후유키. 넌 지금 후카사쿠 히토코에게 무얼 전하고 싶은 거야? 대답이 나오다 말고, 목까지 와서, 그런데 모양을 잡지 못한다. 말이 되지 못했다.

"미안. 제대로 표현을 못 하겠어. 말로 할 수 있으면 다시 히토코에게 말할게."

뒤에서 조심스레 목을 울리는 것이 들렸다.

"한창 즐겁게 이야기하고 있는 참에 미안."

뒤에 있던 호리코시가 큰 걸음으로 후유키 옆에 나란히 선다. 조금 앞에서 가고 있는 히토코의 등을 똑바로 바라본다.

"후카사쿠는 에비사와랑은 사이좋게 이야기를 하네."

"자기를 정신이 이상하다고 생각하는 사람하고 이야기를 하고 싶겠어?"

으윽, 하더니 호리코시가 입을 다문다. 언젠가 그랬던 것처럼, 또 무거운 침묵이 찾아오는 건가. 그렇게 생각했을 때, 호리코시가 다시 얼굴을 들었다.

"잘못했어. 내가 너무 내 생각만 한 거야."

무슨 동아리일까? 햇볕에 그을린 운동복 차림의 학생이 언덕을 자전거로 내려갔다. 즐거운 웃음소리가 난다.

"후카사쿠를, 이젠 그런 식으로 생각하지 않아. 옛날 후카사쿠로 돌아갔으면 좋겠다고도, 정말이지, 더는 생각하지 않아. 너는 달라진 것뿐이야. 이상해진 게 아니라."

앞을 보고 있던 히토코의 의식이 호리코시를 향하는 것을 알겠다.

"미안해."

그러고는 커다랗게 숨을 들이쉬더니 내쉬었다. 이어서 그가 무슨 말을 하려는 것인지, 후유키는 알고 있었다.

"금붕어를 죽인 건 나야."

일그러진 표정 그대로 호리코시는 그때 일을 이야기했다. 언젠가 음악실 앞에서 후유키에게 했던 것과 마찬가지로.

그사이, 히토코는 이쪽을 돌아보지 않았다. 다만, 그 등이 살짝 동요하는 것을 후유키는 느끼고 있었다.

"실은 중3 문화제 때 말하고 싶었어. 지금까지 입 다물고 있어서 미안해."

그때 말했으면 좋았을걸. 금요일 안으로 말하면 좋았을걸. 화요일 아침에 말할걸. 네가 야단을 맞고 있을 때 제대로 밝혔으면 좋았을걸. 쌓이고 쌓였던 호리코시의 후회가 가까스로 말이 되었다.

"금붕어 같은 건, 이제 와선 아무래도 좋아."

호리코시의 사과를 들은 히토코는 걸음을 멈추지 않고 앞을 향한 채 입을 열었다.

"이제는 기억도 왔다 갔다 하는걸. 어항의 물을 갈아 줄 때, 산소 기계를 끄고 했었으니까 어쩌면 정말 스위치를 끈 채로 집에 가 버렸을지도 몰라."

상쾌함마저 느껴지는 그 말투에 후유키도 소리쳤다. 뭐, 어째서?라고, 호리코시와 근사한 하모니.

"아니, 그렇다 해도 모토야나기 선생의 꾸중은 정상적이지 않았어. 후카사쿠를 범죄자라도 되는 듯이 모두 앞에서 닦달을 하고. 그래서 넌 오츠와도 야마노와도 절교를 한 거잖아."

"금붕어가 죽었을 때, 꼴 좋다, 생각했거든. 그 벌을 받은 거야."

막히지 않고 히토코는 말을 직조해 낸다.

"만약 금붕어가 죽지 않았더라면, 나는 아마 엄청 밥맛없는 인간이 되었을 것 같아. 중학교 합창 때도 노래를 못 부르는 아이를 괴롭히는 쪽에 붙어서 비웃고 상처 입히고, 그런 걸 '좋은 추억'이랍시고 소중하게 끌어안고 살아갔을 거라고 생각해."

그러니까 그걸로 잘된 거야. 금붕어를 두고 갔던 후유키에게, 금붕어를 죽인 호리코시에게 그녀는 그렇게 말한다.

"그러니까 나는, 히토리코로 좋아."

너의 죄를 사하노라.

"이런 이야기를 좀 더 빨리 했으면 좋았을걸."

너무 늦게 깨달았어. 호리코시가 중얼거렸다. 그리고 천천히 후유키에게로 시선을 옮긴다.

"에비사와가 이바라키로 돌아와서 다행이야."

"내가?"

"네가 안 돌아왔더라면 아마 이대로 졸업했을 거야. 개운치 못하게."

"그건 다행이네. 고마워."

설마, 그런 식으로 말할 줄은 생각도 못 했다.

긴 언덕을 다 올라가 자전거에 앉았을 때 히토코가 이쪽을 돌아보며 말했다.

"근데, 그 금붕어는 이름이 뭐였어?"

저녁 해를 정면에서 받은 그 얼굴은 부드럽게 빛났다.

*

274 ●

일요일 오후, 사람이 와서 피아노 조율을 해 주었다. 아빠는 2층 자기 방에서 디브이디를 보고 있다. 할머니는 쇠약해져 버린 다리 운동을 하고 싶다며 고령자 운동 클럽인가에 다니고 있다.

후유키 혼자 응대했고 저녁 무렵 조율이 끝났다.

건반을 적당히 눌러 보니 조율 전보다 훨씬 맑은 소리가 났다. 도에서 시작해 한 옥타브 높은 도까지 차례로 손가락을 움직여 간다.

이 피아노를 엄마가 기를 쓰고 사서 거실에 두었을 때, 방이 좁아졌다고 할머니는 투덜투덜했었다. 웃는 얼굴로 이를 무시하면서 엄마는 후유키를 피아노 앞에 앉혔다. 남자애한테 피아노 따위 필요 없건만, 하고 말하는 할머니의 말을 가로막듯이, 이렇게 손가락을 움직였었다. 도에서 도까지. 통, 통, 통 경쾌하게.

이것저것, 모조리. 모든 것들이 쌓이고 겹치고 얽혀 풀 수 없게 되어 버린 거다. 하지만 누가 나쁘다든가, 누가 피해자라든가, 그런 걸 생각할 마음은 들지 않았다. 불모지라는 생각이 든다. 억지로 말로 한다면, 모두 나쁘다. 그리고 모두 불쌍하다.

그러니까 나는 히토리코로 좋아.

금요일에 모두 함께 파를 얹은 카레우동을 먹었다. 그리고 돌아오는 길에 히토코는 그렇게 말했다. 후유키와 호리코시를 고요히 용서했다.

같은 일을 나도 할 수 있을까?

피아노를 두드리던 손가락을 멈추고 후유키는 고개를 숙인다. 건반에서 손을 떼어 주머니에 넣었다. 중학교 입학과 동시에 사 준 휴대 전화에는 오랫동안 가족 이외의 연락처는 들어 있지 않았다. 고등학교에 들어가서 문화제 실행 위원회, 조이풀 노이즈 사람들의 이름이 추가되었다. 물론 후카사쿠 히토코의 이름도.

문자냐 전화냐 잠깐 망설이다가 전화를 걸기로 했다. 전파가 좋지 않다. 신호가 가는 데 한참 걸리더니 실패. 마당에 나가 전화를 할까, 그렇게 생각했을 때 겨우 연결되었다.

다섯 번의 신호는 몹시도 길게 느껴졌다. 하지만 전화기 너머로 히토코의 음성이 들린 순간, 역시 짧았다는 느낌이 들었다.

"무슨 일이야?"

인사도 생략하고 용건을 물어 오다니, 그녀답다.

"지금 잠깐 우리 집에 올래?"

"후유키네 집?"

"좀 전에 피아노 조율이 끝났거든. 한번 와서 봐. 그리고 히토코 방으로 옮기려면 크기라든가 재 봐야 하잖아?"

싫다고 하면 뭔가 다른 이유를 찾아야지. 하지만 그건 기우였고 히토코는 삼십 분 정도 지나 후유키네 집으로 왔다.

막 조율을 마친 업라이트 앞에 앉아 그녀는 건반에 검지손가락을 올렸다. 신중하게 부드럽게 만졌다. 그 모습을 후유키는 옆에 서서 보고 있었다.

"신청하면 한 곡 쳐 줄 거야?"

"또?"

그렇게 말은 하면서도 히토코는 건반 위에 열 손가락을 올렸다.

"후유키가 노래를 부른다면 좋아."

보기 드물게 장난스러운 웃음을 지으며 이쪽을 올려다본다.

"그럼. 좋아,「믿음」으로 하자."

"항상 음을 틀리는 주제에「믿음」을 고르시는군."

"틀리는 걸 알아챘으면 그 자리에서 지적해 주면 좋잖아."

"그런 건 싫은데."

"이것저것 할 것 없이 '그런 건 싫은데.'로 넘어가도 되나 몰라?"

한순간, 히토코의 눈이 커졌다. 고개를 갸웃하더니 얼굴을 좌우로 흔들고 다시 피아노를 향한다. 부드럽고 상냥한 반주로「믿음」은 시작된다. 새벽 여명 같은 멜로디. 아침이 찾아온다. 아침 해가 다가온다.

웃을 때는 입을 크게 벌리고

화를 낼 때는 진심으로 화를 내고

자신에게 거짓말을 못 하는 나

그런 나를 나는 믿는다

믿음에 이유는 필요 없어

노래하면서 후유키는 생각하고 있었다.

가족을 잃어버렸을진 모르지만, 후유키는 후유키 자신을 잃어 버리진 않았잖아.

둘이 함께 탄 자전거. 짐받이에서 그녀는 그렇게 말했다. 바로 그때, 자신은 구원받은 것이다.

자, 그럼 나 자신은, 에비사와 후유키는 후카사쿠 히토코에게 무엇을 할 수 있고 후카사쿠 히토코에게 무엇이 될 수 있을까?

생각하기 시작하는데, 돌연 반주가 멈추었다. 어깨를 흔들며 히토코는 필사적으로 웃음을 참고 있었다.

"지금, 완전히 음정이 틀렸거든."

"……무례한 사람이네."

언제나 연습 중엔 누가 아무리 틀려도 태연한 얼굴을 하고 있으면서.

"낮고 긴 소리가 안정되지 못하더라고, 후유키는."

그렇게 말하며 음이 틀린 부분을 알려 준다. 피아노 소리에 맞추어 노래 부른다. 다시 틀린다. 되풀이 되풀이, 히토코는 후유키의 음정을 고쳐 주었다.

"그래 그래, 그 음이야. 그걸 쭉 가져가면 되는 거야."

반주와 함께 한 번 더 노래한다. 이번엔 안 틀렸다. 그대로 간주에 들어간다.

"그대로 이어 가. 다음 부분은 후유키도 자신 있잖아?"

그렇게 말하고는 히토코는 숨을 한껏 들이마셨다. 어여쁜 소프라노가 후유키의 소리과 겹친다.

잎새 끝의 이슬이 반짝이는 아침에
무엇을 바라보나 아기 사슴의 눈동자
모든 것이 날마다 새로워라
그런 세상을 나는 믿네

히토코는 음정을 틀리지 않는다. 높고 깨끗하고 힘 있는 음성이 창문에서 날아올라 마당도 논밭도 산도 넘어서 멀리로 달려가는 듯하다.

"히토코도 노래를 하면 좋을 것을."

노래를 마치고 그렇게 중얼거렸다.

"나는 반주자니까."

"문화제가 끝나면?"

"무슨 뜻이야?"

"문화제 무대가 끝나고 나면 방과 후에 연습하는 것도 이렇게 이야기를 하는 것도 없어져 버리는 거야?"

잠시 틈을 두고 히토코가 말한다.

"그렇네."

너무 짧은 대답이다.

"슬프다."

"슬퍼?"

"응."

침묵. 둘 다 할 말이 없어 시선을 멀리로 옮긴다. 기둥에 걸려 있던 커다란 괘종시계가 늘어 빠진 소리를 낸다.

조이풀 노이즈 멤버들과 카레우동을 먹었던 날이 생각난다.

"지난번에 '무슨 말이 하고 싶은 거야?' 하고 히토코가 물은 적이 있는데."

"뭔데?"

"나, 지금의 생활이 꽤 즐거워."

문화제 실행 위원을 하고 합창을 하고 그리고 후카사쿠 히토코가 그 반주를 맡고 있다.

"할 수만 있다면 문화제가 끝나고도 히토코랑 사이좋게 지내고 싶어."

"그러니까……."

"굳이 친구가 되어 주세요, 라는 건 아냐."

그녀의 말을 미리 막았다.

"히토코더러 억지로 반에 섞여 달라든가 친구를 많이 만들라든가 하는 건 아니야. 내가 동경했던 건 그런 히토코가 아니니까. 다만……."

지금이라면 말로 표현할 수 있을 것 같다.

"앞으로도 쭉 나랑 얽혀 주면 좋겠어."

곁에서 같은 속도로 걷는다든가, 더구나 손을 잡고 걷는다든가 하는 건 무리일지도 모른다. 하지만 걸음이 맞지 않더라도, 나란히 걷지 못하더라도 말을 주고받으며 나아가는 것쯤은 가능하지 않을까? 어중간하게 벌어진 거리를, 웃으면서 느긋하게.

얼굴을 들여다보자 몇 센티미터쯤 몸을 물렸다. 이쪽을 올려다본다. 검은 눈동자에 후유키의 얼굴이 담겨 있었다. 굳어진 얼굴을 하고 있다. 살짝 뺨이 경련한다.

좀 떨어져 줘, 하듯이 후유키의 어깨를 밀고 히토코는 고개를 숙였다.

"그러면 히토리코가 아니잖아."

쿡, 하고 그녀가 웃는다.

"그런가?"

함께 웃었다.

"입학식 날도 지금도 히토코는 분명 히토리코야. 필요 없다고 생각하는 것, 싹뚝 잘라 버릴 수 있고 자신의 감정에 정직하게 사는 히토리코야."

그때 날카로운 오렌지빛 광선이 히토코의 얼굴을 비추었다. 눈부시다는 듯이 미간을 찡그린다. 바람에 복도 커튼이 날리며 저녁해가 비쳐 들어온 모양이다. 피아노 건반을 비춘다. 흰 건반에 오렌지색 선이 생긴다.

"저기, 「괴수의 발라드」쳐 주지 않을래? 노래 부를게."

살짝 끄덕이며 틈을 메우듯 "좋아하는구나." 하고 그녀가 중얼거렸다.

"나도 괴수가 되고 싶다고 늘 생각하거든."

"괴수?"

"쓸쓸한 사막을 버리고 새로운 곳으로 가는 거지. 바다가 보고 싶다든가 사람들에게 사랑받고 싶다든가, 생각하면서 말이야."

그렇게 되면 좋겠다 싶거든.

"카레우동 먹으러 가자, 했을 때 문득 들리더라고. 「괴수의 발라드」가. 그래서 아, 히토코와 함께 가야 해, 어떻게든 함께 가야지 싶더라고. 그래서 억지로 끌고 간 거야."

사막에서 고독하게 살고 있던 괴수가 인간이 있는 마을을 찾아 길을 떠난다. 바다를 보고 싶어. 사람에게 사랑받고 싶어. 그런 바람을 안고.

줄곧 자신은 괴수 같은 건 될 수 없다고 생각하고 있었다. 하지만 지금 후유키는 생각한다. 지금 자신은 약간이나마 괴수가 될 수 있었다고. 멀리서 들리는 카라반의 방울 소리를 놓치지 않고 잡아채고 달리기 시작했다.

그날 밤, 후유키는 엄마와의 유일한 연결 고리였던 메일 주소를 지웠다.

후카사쿠 히토코

"엄마도 함께 갈까?"

현관에서 신발을 신고 있으려니까 윗옷을 안고 엄마가 거실에서 나왔다. 그 눈은 히토코 옆에 놓인 꽃다발을 향해 있었다.

"규 할머니 산소에 가는 거지?"

굳이 혼자서 가고 싶다면 억지로 따라가진 않겠지만, 그렇게 말하면서 엄마는 현관에 놓인 스니커에 두 발을 꿰고 있었다.

"성묘 후에 학교까지 데려다줄 테니까 같이 가자."

차 열쇠를 손가락 끝으로 빙빙 돌려 가며 현관문을 열고 마당으로 나선다. 의향을 물어 주신 것치고는 이미 가겠다는 의욕으로 가득하다. 어제 슈퍼마켓에서 산 흰색, 노랑, 보라, 세 가지 색 꽃다발을 안고 히토코는 뒤따라갔다.

"장례식 후 처음이네."

그러게,라고만 하고 엄마는 차에 올랐다. 조수석에 앉은 히토코에게 특별히 뭐라고 말을 걸지도 않았다.

규 할머니의 묘는 지역 집회소가 있는 곳 뒷산에 있다. 히토코네 집에서 걸어서 십 분. 자동차로 갈 필요가 전혀 없는 거리였다.

규 할머니의 장례식 날, 화장을 한 규 할머니는 정말로 뼈만 남아서 조그만 항아리에 담겼다. 친족도 무엇도 아닌 히토코는 화장장까지 갈 수가 없어서 진짜 의미에서 규 할머니의 마지막을 볼 수는 없었다.

그러니까 할머니를 만나는 건 출관 이후 처음이다.

산 위. 급경사의 산길을 올라가 막힐 것 없는 곳에 묘지가 있다. 집회소 수도에서 양동이 가득 물을 받아 한 손에 들고 산을 올랐다. 포장되지 않은, 몇십 년 전에 만들어진 돌로 된 비탈은 금이 가고 울퉁불퉁해서 자칫했다간 아래로 아래로 미끄러질 것 같았다.

조금 떨어진 곳에서 엄마가 헉헉거리며 기듯이 언덕을 오르고 있었다.

규 할머니 묘는 대대로 내려오는, 커다랗고 멋들어진 것이었다. 보통이라면 장례식 바로 다음에 왔어야 하겠지만 그러지 못했다. 아무래도 그럴 수가 없었다. 하지만 규 할머니는 불평하지 않으리라 생각했다. "어쩔 수 없는 녀석이네." 하고 웃어 줄 것만 같다. 웃고 나서 매정한 놈이라고 화를 낼지도 모르지만.

엄마가 성냥으로 향에 불을 붙인다. 가늘고 하얀 연기가 천천히 하늘로 올라간다.

　문화제 당일 5월 25일. 예년보다 일찍 장마가 시작되어 버렸나 싶을 만큼 날마다 내리던 비도, 오늘은 참아 주었다. 가까스로 맑아졌다. 어제도 그저께도 비가 왔던 만큼, 묘지에서 보이는 산도 논밭도 파릇파릇해 보인다.

　"자, 네 몫."

　건네진 향을 향로에 꽂는다. 새 꽃이 꽂혀 있는 규 할머니의 묘를 향해 합장했다.

　어째서일까, 그렇게도 질색하던 합창 반주를 오늘 한다는 것. 요즘엔 날마다, 그 아이들과 합창 연습을 하고 있다는 것. 그 이유를 설명하자면 에비사와 후유키라는 전학생 이야기를 해야만 한다. 그가 이바라키에서 도쿄로 전학하면서 두고 간 금붕어가 죽은 탓에 지독한 일을 당했던 것. 하지만 이제 와서는 그건 그걸로 좋다 싶어졌다는 것. 둘이서 자전거를 타고 집에 온 것. 히토리코인 자신이 부럽다고 그가 말했다는 것. 그가 자기에게 제 피아노를 주게 되었다는 것. 조이풀 노이즈의 모두와 카레우동을 먹으러 갔던 것. 후유키네 집에서 피아노를 친 것. 노래를 불렀던 것.

　앞으로도 쭉 나랑 얽혀 주면 좋겠어.

　히토리코인 나더러, 그런 소릴 한다니까. 내가 부럽다고 하고.

　그러니 믿어져요? 믿어도 될 것 같아요?

　멀리서 자신이 자신을 비웃었다. 중학생인 자기. 초등학생인

자기. 또 바보짓을 하려는 거다. 또 실패하려는 거다. 후회하려는
거다.

하지만, 그래도, 그렇지만.

핑곗거리들만 머릿속을 가득 메워 히토코는 천천히 얼굴을 들었
다. 슬쩍 뒤를 돌아보니 엄마가 쓴웃음을 짓고 있었다. "이제 끝났
어?" 하는 엄마에게 히토코의 입에서 이런 말이 미끄러져 나온다.

"나메카타 고등학교 근처 후쿠다야라고, 엄마 가 본 적 있어?"

"없는데, 왜?"

자기 몫의 향을 바치는 엄마 등에 대고 히토코가 말했다.

"저번에 카레우동을 먹으러 갔거든."

"갔다고, 누구랑? 설마 혼자서?"

"아니."

"친구랑?"

반쯤 웃으면서, 하지만 반쯤 우는 얼굴로 엄마가 히토코를 본다.
얼른 고개를 옆으로 흔들었다.

"아니, 친구는 아니고."

자, 그럼 뭔데? 귓속에서 들리는 자신의 음성을 못 들은 척했다.
그 대신 핑계를 댄다. 누구를 향한 것인지도 모를 변명을 한다.

파를 얹은 카레우동 맛은 여전히 기억나지 않는다. 카레 맛이 났
었고 국물은 감칠맛도 있었다. 하지만 가장 중요한 부분이 히토코
의 내면을 그냥 지나가 버린 것만 같다. 만약 그 조각이라도 붙잡

을 수 있었더라면 오츠와 말다툼 따위 하지 않을 수도 있었을까?

카레우동 맛을 알게 될 날이 오기도 하는 걸까?

에비사와 후유키가 있는 지금을, 아주 조금 믿어도 되는 걸까?

바람이 불었다. 살짝 습기를 머금은 바람이 나무들과 풀을 어루만지고 간다. 어제 내린 비의 자취가 이파리 끝에서 빛난다. 그런 빛줄기가 몇이나 보였다.

교문은 풍선으로 장식되어 있었다. 빨강, 파랑, 노랑. 다채로운 풍선이 바람에 흔들린다.

'제87회 응비제'라는 글자. 새빨갛고 커다란 글자. 학교 안 주차장까지 차로 들어가기가 좀 그래서 엄마더러 교문 바로 앞에서 내려 달라고 했다.

"재미있겠다. 한번 보고 갈까?"

교문 안을 들여다보듯 차창에서 몸을 내민 엄마에게 "아직 너무 이른데." 하며 어깨를 으쓱해 보였다.

"넌 몇 시부터 반주야?"

"오후. 1시 반쯤 되려나?"

"그럼, 그때쯤 올까?"

안돼,라고는 하지 않았다. 좋아요,라고도 하진 않았지만.

"적당적당히 잘해 볼 테니까."

"그래? 자, 적당적당히 잘해 봐."

슬쩍 손을 흔들고 차를 출발시킨다. 등교하는 학생들의 물결을 가르듯이 하며 천천히 안 보이게 되었다.

정문에 들어서자 교실 건물 입구까지 노점들이 이어져 있다. 1학년 4반에서 마련한 야키소바도 있었다. 이쪽엔 히토코는 거의 참여하지 않았다. 논의에 참가하지 않고 있었더니 어느새 현장에서도 빠져 있었다. 이렇게 '하고 싶은 사람만 하면 된다'는 고등학교 방식이 싫지는 않다. 중학교 문화제에서 무엇보다 싫었던 것이 바로 "모두 협력합시다! 모두 노력합시다! 그게 옳은 겁니다." 하는 식으로 선의를 강매하는 것이었다.

빙수, 소시지, 오코노미야키, 쿠키, 잡화 따위를 파는 곳, 그리고 초상화 그려 주는 곳. 어느 노점이나 문화제 개회식을 앞두고 준비하느라 정신이 없었다. 웃음소리가 들린다. 파이팅! 하는 구호도 들린다. 누군가와 누군가가 말다툼을 하는 소리도 들린다.

자기 주변에만 뻥 하고 구멍이 뚫린 듯이 느껴졌다. 히토코의 주변, 반경 1미터 정도가 얇고 투명한 막으로 덮여 있는 것 같다.

그것이 결코 쓸쓸하다든가 허전하다고는 생각하지 않는다.

"후카사쿠."

갑자기 그 막이 찢어졌다. 빠앙, 하는 소리가 들리는 듯하다.

"안녕?"

호리코시가 히토코 뒤에서 자전거를 세운다.

"……안녕."

왜일까? 인사말이 조그만 소리로 나왔다. 가방을 어깨에 메고 교실 쪽으로 발을 옮긴다. 호리코시가 옆에 나란히 섰다. 뭐랄까, 이상한 기분이었다.

"후카사쿠도 학급 쪽에선 아무것도 안 하는 거지?"

후카사쿠도? 그 말이 약간 걸렸다.

"후카사쿠도,라고?"

"응, 나도 현장 쪽엔 안 들어갔거든."

몰랐다. 뜻밖이다.

"아무래도 나를, 학급 녀석들은 문화제라든가 그런 걸 싫어한다고 생각하고 있나 봐."

"그래?"

원인은 어렴풋이 떠오른다. 아마도 작년 중학교 3학년 때의 문화제 탓이다.

"작년에 합창 대회를 보이콧했으니까?"

"더구나 보이콧한 놈들의 리더였으니까."

흐응, 하고 히토코는 대답했다.

그 사건은 결국 무승부라고나 할까, 아무런 해결책도 되지 못할 방법으로 끝났다. 호리코시도 담임과 학생 주임에게 몇 번씩이나 불려 가 반성문을 써야 했다.

"무승부라는 건 결국, 어느 쪽이 옳고 어느 쪽이 그른지를 정하지 못하는 어른들이 대충 일을 수습하려고 사용하는 방법인 거잖아."

분명. 그렇게 덧붙이자, 호리코시는 눈을 좀 크게 뜨더니 히토코를 보았다.

"왜?"

"아니, 아무것도."

눈길을 돌린다.

"고마워."

문득, 그런 말이 입에서 나온다. 목을 통과하여 아무렇지 않게 말이 된다.

"뭐가 말이야?"

당황한 듯 호리코시의 음성이 높아진다.

"내가 뭘 했지?"

"작년에 화장실에서 토하고 있을 때 와 줘서."

말해 놓고, 이게 아닌데 싶었다.

"합창 본심 직전에 함께 가자고 말해 줘서."

이것도 아니다. 히토코는 으음, 하며 고개를 갸웃했다.

등 뒤에서 자전거 소리가 다가오더니 히토코 옆을 통과해 갔다. 오츠였다. 자전거에 탄 채로 히토코를 본다. 눈이 마주쳤다. 그 눈은 호리코시를 보지 않고 히토코를 향해 있었다. 엄청 차가운 눈으로 노려본다. 호리코시에게 말을 걸지 않고 그녀는 자전거 두는 곳으로 사라져 갔다. 건물 입구에서 마주치는 것도 싫어서 걸음을 재촉했다. 호리코시 역시 큰 걸음으로 따라온다.

"오츠는 호리코시를 좋아하는 거야."

"알고 있어."

그럴 것 같았다.

예전부터, 그야말로 초등학교 때부터 많은 사람들이 알고 있던 사실이다. 히토코와 그녀가 친구였던 무렵부터, 그녀가 '가호'였을 때부터.

"호리코시가 나한테 잘하니까 심통이 난 거라고."

"나는 이제 후카사쿠를 좋아하는 것도 뭣도 아니야. 그냥 규베 할머니 일도 있고 하니까 걱정하는 것뿐이지."

하지만 이젠 안 하려고. 나직한 음성으로 말하는 호리코시에게 히토코는 무심결에 발이 멎는다.

"너한테는 이제 에비사와가 있으니까 괜찮지?"

"뭐야, 그게?"

"잘 모르겠지만, 에비사와라면 후카사쿠는 얽힐 수도 있지 않으려나?"

무슨 말인지. 그렇게 말하려는 참에 겨우 알았다는 기분이 들었다. 호리코시와 오츠에게 감사했다.

"합창 대회를 망쳐 줘서 고마워."

느닷없이 이야기를 돌려놓은 탓에 호리코시는 한동안 무슨 소린지 이해할 수 없는 모양이었다.

멈춰 서더니, 몇 초간 생각한다. 히토코를 돌아보고 초등학교 때부터 변함없는 그 어린아이 같은 눈을 동그랗게 떴다.

*

    순서가 오기 십 분 전에 조이풀 노이즈는 무대 뒤로 들어갔다. 스무 명이나 되는 학생이 한곳에 모였으니 대기실은 완전히 가득 찼다.

    이런 풍경이 기억에 남아 있다. 작년 문화제 합창 대회. 그때도 이렇게 대기실에 2반 학생이 모여 있었다. 그리고 호리코시를 선두로 객석 쪽으로 나가 버렸던 것이다.

    호리코시는 2학년 선배와 이야기를 하고 있었다. 어두컴컴하지만 희미하게 웃고 있는 것을 알겠다. 세오 선배가 무대를 들여다보며 연극부의 뮤지컬에 빠져 있다.

    후유키가 보이지 않는다.

    후유키라면 시간에 아슬아슬하게 맞춰 온다든가 하는 일도 없을 텐데. 그렇게 생각하고 대기실을 둘러보니 구석에, 벽과 도구함 틈에 끼어 있는 듯한 그를 발견했다.

    가까이 다가가니 숙이고 있던 얼굴을 조용히 들었다.

    "아, 히토코."

    "긴장했어?"

    무대 뒤는 어둡다. 후유키의 표정도 자세히는 모르겠다.

    하지만 어딘가 평소와 다른 것 같다.

"음, 약간."

뺨을 긁적이며 이렇게만 말하고는 입을 다물어 버린다. 긴장하고 있다기보다는…….

"몸이라도 안 좋아?"

이렇게 묻자 후유키는 얼굴을 살짝 들고 히토코를 보았다. 평소보다 훨씬 등이 굽어 있어서 히토코의 얼굴을 밑에서 올려다보는 듯하게 된다.

"별거 아냐."

열이라도 있나 싶어 오른손을 후유키의 이마로 뻗는다. 뻗으려다가, 왜 그런지 멈추고 말았다. 후유키는 쓴웃음을 지으며 "오늘 아침에 재 봤더니 38도가 약간 넘더라." 조그맣게 말했다. 히토코 말고 아무에게도 들리지 않도록.

"보건실에 가는 게 낫지 않아?"

"합창 끝나면 갈게."

"그래도."

그 이상은 말하지 않았다. 그가 이 문화제를 얼마나 기대하고 있었는지 잘 알고 있으니까.

처음으로 엄마의 그림자를 두려워하지 않고 마음껏 즐길 수 있는 날이니까.

"후유키, 계속 바빴으니까. 그 탓이 아닐까?"

최근 두 주일 동안, 후유키는 특히나 정신없이 뛰어다녔다. 합창 연습은 물론, 실행 위원으로서 하는 잡무도 잔뜩 있어서 수업 이외의 시간은 언제나 뭔가에 쫓기고 있었다. 쌓인 피로가 무대를 앞두고 단번에 쏟아져 나와 버린 건지도 모른다.

"그래도 즐거웠으니까 됐어. 이젠 제대로 합창이 성공하면 후회는 없다는 느낌?"

"알겠어."

잘해 봐,라고 말하려다가 규 할머니가 생각났다.

"적당적당히 잘해 봐."

처음 만났을 때, 그런 소릴 했었던가? 오늘 성묘를 다녀오길 잘했다. 안 갔더라면 후유키에게 이런 말을 할 수 없었을지도 모른다.

"적당적당히?"

"응, 적당적당히. 너무 잘하려고 하면 힘드니까. 적당적당히."

적당적당, 적당적당히. 혼잣말처럼 되풀이하더니 후유키는 웃었다.

"알았어. 적당적당히 잘해 볼게."

객석 쪽에서 커다란 박수 소리가 들렸다. 연극부의 뮤지컬이 끝난 모양이다. 동시에 무대 담당 학생이 대기실로 들어와 "조이풀 노이즈, 이번 차례입니다!" 하고 메가폰으로 소리쳤다.

"여러분, 갑시다!"

세오 선배의 말과 동시에 조이풀 노이즈는 두 줄로 서서 무대로 나간다. 후유키도 비틀비틀 거기 섞였다. 반주자인 히토코는 거기서 좀 떨어져 마지막으로 무대에 오르기로 되어 있다.

줄에서 벗어나 천천히 무대를 향해 가는 오츠를 발견했다. 처음부터 그다지 의욕이 있어 보이진 않았지만 지난번 후쿠다야에서 말다툼을 하고부터 더더욱 그렇게 되어 버렸다.

"오츠."

그녀를 부르며 히토코는 오츠 옆에 가서 섰다. 함께 무대로 오른다.

"왜?"

뜨악한 얼굴로 히토코를 본다.

"오츠, 후유키 옆이지? 합창 때."

"그런데?"

"후유키가 몸 상태가 나쁜 거 같으니까 만약의 경우에 도와줬으면 해서."

나는 옆에 없으니까. 말이 끝나기 전에 오츠가 걸음을 멈추었다. 눈을 크게 뜨고 히토코를 본다. 똑바로 편 머리카락이 무대 조명을 받아 그녀의 머리에 새하얀 동그라미를 만들었다.

"그러지, 뭐."

거절을 당하나 싶었지만 뜻밖에도 오츠가 받아들여 주었다.

"그리고 말이야."

말 나온 김에,라는 듯이 그녀는 히토코를 노려보며 덧붙였다.

"역시 싫어, 너."

눈썹과 눈썹 사이에 살짝 주름을 잡으며 말했다.

"아키히로에게 경멸을 당해도, 머리에 스트레이트파마를 해도, 값비싼 나무 도시락 통을 샀어도, 넌 질색이야."

무슨 일이 있어도 오츠랑 다시 친해지는 일 따위 없을 거라는 느낌이 든다. 설령 지구 위에 두 사람만 남게 되더라도, 무인도에 둘만 조난당하더라도 무리일 거다.

"그렇구나. 알겠어."

에비사와 후유키

노래 같은 건 도저히 못 부르겠다 싶었다. 특히 높은 음을 내야 하는 부분 같은 데서는 그대로 하늘을 우러러보며 쓰러져 기절하는 것 아닐까 생각했다.

"조이풀 노이즈, 이번 차례입니다!"

메가폰을 든 실행 위원 선배가 대기실을 향해 외친다. 높다란 소리에 소름이 끼칠 것 같다.

지쳐 있다는 건 알고 있었다. 요새 분위기에 들떠 너무 뛰어다녔다. 합창도 실행 위원으로서의 일들도 이것저것. 그래서 어제는 일찌감치 잠자리에 들었건만. 흥분해서인지 좀처럼 잠들지 못했다. 그래도 설마 아침에 몸 상태가 이럴 줄은 몰랐다.

"여러분, 갑시다!"

세오 선배가 선두에 서서 무대에 나간다. 천천히 따라갔다. 무대 조명이 뜨겁고 눈부셔서 이대로 타 죽는 거 아닐까 싶었다.

파트별로 줄을 만든다. 후유키는 테너 파트의 맨 앞줄. 옆엔 알토 파트 오츠다. 대회장에 조이풀 노이즈가 호명되었을 때 갑자기 그녀는 후유키의 이름을 불렀다.

"후유키."

주의 깊게 듣지 않으면 안 들릴 정도로, 조그만 음성이었다.

"나, 너 좋아하니까, 사귀자."

뭐라고?라고 할 작정이었지만 목소리가 뒤집어져 그냥 이상한 소리가 났다.

그런 후유키를 향해 맥이 빠진 모습으로 오츠는 어깨를 움츠렸다.

"농담."

"농담?"

"그래, 농담. 에비사와는 친구로선 좋지만 사귀는 건 좀."

어째서 문화제 합창 무대 위에서 고백을 받고 그 직후에 역시 연인은 무리라는 둥 하는 소리를 들어야 하는 걸까? 사실을 이해하면서 점점 부아가 치밀어서 뭐라고 한마디 해 주고 싶어졌다. 그것조차 오츠의 커다란 한숨 소리에 묻히고 말았다.

"아아, 역시 싫어, 나는."

"……그렇게까지 내가 싫은 거야?"

"아니. 히토리코."

뭐?

입을 여는 순간, 소개가 끝났다. 박수의 소용돌이. 이틀에 걸쳐 개최되는 문화제 첫째 날. 점심시간도 지나 체육관에 많은 사람이 모여 있다.

소프라노 파트부터 세오 선배가 신호를 보낸다. 조이풀 노이즈 멤버들은 다리를 어깨 너비로 벌리고 섰다. 오츠도 아무 일 없었다는 듯이 그렇게 한다. 하고 싶은 말을 모두 도로 삼키고 후유키도 다리를 벌리고 섰다.

잠시 틈을 두었다가 피아노 소리가 울린다. 조용하고 조용하게, 부드럽게 「믿음」이라는 노래가 시작된다.

막상 노래를 시작하자 신기하게도 머릿속을 감싸고 있던 둔한 통증이나 코 안쪽의 습기 찬 열기가 사라져 갔다. 오늘 아침, 자기 방 침대에서 일어나 문화제 당일에 몸이 나빠지다니, 얼마나 얼간이 같은가 탄식을 했지만 멀쩡하게 무대에 설 수 있었다.

체육관 강당에는 많은 사람이 있었다. 어두워서 그 표정은 보이지 않지만 어째서일까, 모든 이들이 웃고 있는 듯한 느낌이 든다. 겁을 먹고 있지도 지긋지긋하다고 생각하고 있지도 않다. 에비사와 후유키는 조이풀 노이즈 테너 파트의 일원. 그냥 한 사람.

언제나 음정을 틀린다고 히토코에게 지적당했던 저음도 놀랄 만큼 부드럽게 노래할 수 있었다. 평소보다 반주 소리가 선명하게 들리는 듯하다. 마치 "음정, 틀리지 마." 하며 피아노가 길을 가르처 주는 것 같다.

괜찮아. 적당적당히 잘해 볼 테니.

　　잎새 끝의 이슬이 반짝이는 아침에
　　무엇을 바라보나 아기 사슴의 눈동자
　　모든 것이 날마다 새로워라
　　그런 세상을 나는 믿네

줄곧 연습해 온 노래건만 새삼스레 가사의 의미가 몸에 스며드
는 것 같았다. 커다랗게 숨을 들이쉬었다가 뱉어 낸다. 허파 속의
공기뿐이 아니다. 온몸의 혈액이 새로운 것으로 바뀌어 가는 듯한
기분이 들었다.

계속해서 밤이었다. 이대로 쭉 밤이 이어지는 거라고 생각했었
다. 하지만 지금, 하늘이 일순 하얗게 빛나고 태양이 얼굴을 내밀
었다. 하늘은 단숨에 감색에서 연보라가 되고 그리고 점점 푸르러
져 갔다. 그 색을 이 마을 가는 곳마다 펼쳐져 있는 무논이, 완전히
그대로 되비추는 것이다. 히토코가 언제나 하고 있는 루프 타이 같
은 어여쁜 색이다.

세상이 잠에서 깨어난 듯하다.

후카사쿠 히토코

　후유키는 제대로 노래를 부르고 있었다. 괜찮아 보인다. 평소엔
틀리던 낮은 음정도, 깔끔하게 내고 있었다. 오츠에게 그를 부탁한
것도 쓸데없는 오지랖이었나 보다.

　아름다운 코러스와 함께 「믿음」은, 조이풀 노이즈의 무대는 끝
이 났다. 후유키의 '처음으로 즐거운 문화제'는 어떻든 좋은 추억
이 되어 주리라.

　노랫소리가 그치고 피아노도 멈춘다. 박수가 인다.

　후유키의 몸이 좌우로 크게 흔들렸다.

　아, 안돼. 그렇게 생각했을 때, 오츠가 얼른 손을 내밀어 그의 어
깨를 붙든다. 용서 없이 어깨에 손톱이 파고들 정도로 힘주어 잡
는다.

　후유키는 쓰러지지 않고 겨우 자세를 바로잡았다. 휴우, 가슴을

쓸어내린 것도 잠시, 객석에서 리드미컬한 박수 소리가 들려왔다.

앙코르다.

짝, 짝, 짝. 서서히 정리되면서 하나의 커다란 소리의 물결이 된다. 체육관을 뒤흔들 듯이 땅울림까지 느껴진다. 단지 앙코르일 뿐이건만, 후유키를 짓누르고 있는 것만 같다.

세오 선배가 곧바로 조이풀 노이즈 멤버에게 한 번 더 「믿음」을 부를지, 아니면 모두가 부를 수 있는 다른 곡을 부를지 물었다. 후유키만 세오 선배도, 객석도 아닌 완전히 다른 아무것도 없는 허공을 멍하니 보고 있었다.

앙코르 박수는 끝나지 않는다. 점점 커져서 마치 암흑 너머에서 괴수가 쿵 쿵 하고 걸어오는 듯이 들렸다.

맞아, 괴수처럼.

사막을 버린 괴수가 사람이 살고 있는 마을을 찾아왔다. 마을에 사는 사람들은 이런 소리를 들었던 것일까? 듣고 어떻게 했을까? 공포에 떨었을까, 아니면 기대로 가슴이 부풀어 커다란 이웃을 향해 손을 흔들었을까?

"후유키!"

정신을 차려 보니, 의자에서 일어나 소리치고 있었다. 멀리를 응시하던 후유키가 히토코 쪽을 본다. 눈이 마주친다. 제대로, 제대로 마주쳤다. 후유키에 이어 다른 학생들도 이쪽을 본다. 언제나 무뚝뚝하게 입을 다물고 피아노를 치고 있을 뿐이던 히토코가 갑자기 큰 소리를 냈으니 모두 눈이 휘둥그레져 있다.

호리코시도 히토코를 보고 있었다.

오츠도 보고 있었다.

어쩌면 자기는, 히토리코는 지금 되돌릴 수 없는 한 걸음을 내디디려 하고 있는지도 모른다.

다시 피아노 의자에 앉아 건반에 손을 얹는다. 심호흡을 하고 어깨를 펴고 페달을 밟았다. 구르는 듯한 경쾌한 리듬과 함께 시작되는 전주. 후유키는 금세 어떤 곡인지 알아챌 것이다.

웅성거림도 두런거림도 앙코르 요청 박수도, 체육관을 가득 메운 온갖 소리를 산산조각 내듯이 피아노는 높다랗게 울려 퍼졌다.

아무도 노래하지 않는다 해도 그걸로 좋다고 생각했다. 히토리코가 갑자기 피아노를 치기 시작하고 모두가 아연실색, 앙코르고 뭐고 엉망이 된다 해도. 그걸로 좋아.

하지만 확실하게, 그는 노래했다.

　　새빠알간 태양, 지는 사막에!

오직 한 사람, 히토코의 반주에 맞춰 노래하기 시작했다. 에비사와 후유키가 목소리를 높였다. 몸도 안 좋다면서 음정도 제대로 맞았다.

후유키를 이어받듯이 「괴수의 발라드」를 알고 있는 학생들이 노래에 섞여 들고 있었다.

세오 선배의 어여쁜 소프라노가 압도적이다. 뜻밖에 호리코시의 노랫소리도 들렸다.

괴수라는 둥 하는 단어가 나오니 어린아이들 노래처럼 들리지만 새삼 노래를 듣고 있자니 멋들어진 가사다. 과거도 응어리도 쓸쓸함도 버리고 새로운 곳을 찾아가는 노래. 사람을 사랑하고 싶다고 소망하는 노래.

그렇구나. 그런 노래였구나.

기분 좋게 노래하고 있는 후유키를 보고 있으려니 자신의 피아노 소리가 무척이나 상쾌하게 울리고 있다는 것을 깨달았다. 이 정도면 규 할머니도 로봇 같다고는 하지 않겠지.

숨을 들이마셨다. 2절 첫 부분에 자신의 목소리를 띄웠다. 다행히 노래하는 사람 수가 많으니 들키지 않을 거다.

　　새빨간 태양에 몰아치는 회오리를
　　커다란 괴수는 눈물로 바라보았지
　　자신의 발자국에 두 손을 흔들며
　　동쪽으로 걸어갔네 아침 낮 밤까지
　　바다가 보고 싶어 사람을 사랑하고파
　　괴수에게도 바람은 있다네

가사를 모르는 학생들은 저 나름대로 노래한다. 후후우 후우후 랄라라.

그것이 때로 용케도 다른 음성과 화음을 이룬다.

"마지막엔 야아!로 가자! 그리고 뭔가 포즈를 붙이자."

그렇지, 글리코 포즈! 도톤보리에 있는 글리코 마라토너(일본 도톤보리강에는 제과 회사 글리코가 세운 대형 마라토너 전광판이 있으며, 양팔을 번쩍 들어 올린 모습으로 유명하다.)처럼! 실물을 본 적은 없지만!

그렇게 세오 선배가 소리쳤고 누군가가 "오오!" 하고 외쳤다.

　새로운 태양은 타오른다
　사랑과 바다가 있는 곳

구호 전에 후유키가 다시 히토코를 보았다. 히토코의 음성이 들린 것일까? 뭐라고 한 것 같지만 물론 히토코에게까진 들리지 않았다.

뭐, 됐어. 합창이 끝나고 물어보면 되지. 굳이 꼭 오늘이 아니어도 좋아.

건반을 내려다보니 규 할머니의 루프 타이가 눈에 들어온다. 조명을 받아 펜던트의 아침 여명은 평소보다 격렬히 빛나고 있는 듯하다.

새로운 태양은 타오른다. 사랑과 바다가 있는 곳.

괴수는 사막을 버리고 길을 떠났다. 바다를 목표 삼고 있는 걸까, 사랑을 찾고 있는 걸까? 아직 알 수 없지만 아마도 새로운 태양이 떠오른 하늘은, 이 펜던트 같은 색을 하고 있으리라. 그 앞에 무엇이 기다리고 있을지 전혀 모르지만.

어쨌든 자신의 발자국에 안녕, 하며 두 손을 흔들고 있다는 것만은 확실했다.

이번에 한국어판을 발간하게 된 이 소설 『외톨이들』은 저의 데
뷔작입니다. 대학 시절, 졸업 작품으로 썼던 소설이 데뷔작이 되었
고, 바다를 건너 한국의 서점에 진열될 수 있게 된 것을 정말 기쁘
고 또 영광스럽게 생각합니다.

『외톨이들』은 지극히 평범한 한 소녀가, 어떤 사건을 계기로 친
구들을 잃고 학급에서 배제되어 버리는 일에서 시작합니다.

'친구 같은 건 필요 없어.'

''모두'엔 속하지 않을 거야.'

'얽히지 않아도 될 사람과는 얽히지 않아.'

소녀는 그렇게 결심하고 홀로, '외톨이'로 살아갑니다.

그런 소녀와 그 주변에 있는 소년 소녀들의 성장과 변화를 따라
가는 이야기지요. 그녀가 '외톨이'가 되는 원인을 만들어 버린 소

년, 일찍이 그녀의 친구였던 소녀……. 입장이나 상황은 제각각입니다. 그들은 '외톨이'라는 존재를 안타까워하기도 하고 슬퍼하기도 하고 짜증스러워하기도 하며 나날의 학교생활을 보냅니다.

이야기 속에 등장하는 인물들 가운데 어쩌면 독자인 당신과 꼭 닮은 아이가 있을지도 모릅니다. 예전 자신을 떠올리며 '맞아, 나도 이런 식이었지.' 하고 생각할지도 모르죠. 읽는 이에 따라 다양하게 표정이 달라지는 이야기라고 저는 생각하고 있습니다.

'어느 누구도 상처 없이 지나갈 수 없는 잔혹한 청춘'을 곱씹어 생각해 주신다면 기쁘겠습니다.

누카가 미오

몬스터 페어런츠

'몬스터 페어런츠'라는 말을 아시나요? 일본에서는 이 말을 흔히 들을 수 있습니다. 자기 아이가 학교에 지각하는 것은 선생 탓이니 아침마다 집에 데리러 와라, 아이가 다치면 큰일이니 운동회는 하지 마라, 이런 요구를 당당히 하는 부모들이 있습니다. 심지어는 대학을 졸업하고 회사에 들어간 자녀가 출장 업무라도 생기면 상사에게 "거긴 음식이 맛이 없으니 다른 사람을 보내라." 하고 말하는 사람도 있다고 합니다.

작품 속 후유키의 엄마도 정상적이지 않습니다. 자신의 생각대로 아이를 조종하려 들고 몹시 신경질적인 태도로 모든 일에 간섭하여 시어머니와 남편, 아들 주변의 모든 이들과 부딪칩니다. 친구들은 이런 엄마가 무서워 후유키에게 접근하지 않게 되었고 후유키는 동아리 활동조차 할 수 없었지요.

히토코의 담임이었던 모토야나기 선생 역시 예사롭지 않습니다. 이혼을 둘러싼 가정사와 특히 아들과 헤어지게 되었다는 개인적 불행을 자신이 가르치는 학생들에게 투사하여 노골적인 편애와 분노를 드러내는 인물입니다. 특히 금붕어 사건 당일, 다른 친구들 앞에서 히토코에게 휘두른 그이의 폭력은 결코 교육이라는 이름으로 덮을 수 없는 모습이었습니다.

친구들

이해할 수도 저항할 수도 없는 어른들의 횡포 앞에 놓인 아이들이 의지할 것은 또래 친구들뿐입니다. 하지만 아이들의 세계는 비틀린 어른들의 세계를 그대로 되비치는 경우가 많습니다. 똑같이 일하는 엄마를 두었건만 자기 것과 전혀 다른 근사한 도시락을 싸오는 것에 대한 질투, 아름다운 머리카락에 대한 시샘, 그리고 아키히로에 대한 호감을 히토코를 향한 적대감으로 바꾸어 가호는 죄 없는 히토코에게 누명을 씌웁니다. 그런 가호는 한때 히토코가 가장 믿던 친구였지요. 히토코에게 회복하기 힘든 고통을 줄 원인을 만들어 놓고 비겁하게 입을 다물고 만 아키히로는 또 어떻습니까? 항상 남의 눈치를 살피며 기를 쓰고 강한 편에 서려는 야마노, 합창 지도라는 하찮은 권력을 코끝에 걸고 반 아이들 위에 군림하려 드는 가타오카, 자신의 잘못이 아니라 자전거 사고로 부상당한

팔 때문에 합창 대회 반주를 못 하게 되었는데 아이들에게 무릎 꿇고 용서를 비는 히라츠카 등 작품 속에 그려진 여러 아이들 속에는 글쓴이 누카가 미오가 말하듯이 독자인 당신과 꼭 닮은 아이가 있을지도 모릅니다.

결국 믿었던 친구들에게서 철저히 따돌림을 당한 히토코는 '히토리코'가 되었고 "얽히지 않아도 될 사람과는 얽히지 않는" 것이 삶의 방식으로 굳어집니다. 친구들이 가족보다 소중하게 여겨지기도 하는 성장기의 사 년이라는 긴 시간을 오직 혼자서 견딘다는 것은 얼마나 큰 고통일까요?

다행히도 히토코 곁엔 좋은 엄마와 규젠 할머니가 있습니다. 굳이 하고 싶지 않은 말을 캐묻지 않고 기다려 주는, 상대를 섣불리 동정하거나 무시하지 않으며 있는 그대로 그냥 지켜봐 주는 어른. 무조건 최선을 다해 노력하라는 이들과 달리, '적당적당히 잘해 봐.'라고 말해 주는 어른들이지요. 이런 조언은 상대에 대한 신뢰가 없이는 결코 할 수 없는 말입니다.

외톨이와 홀로서기

후유키는 마침내 엄마와의 연결을 자기 힘으로 끊어 냅니다. '히토리코'가 되는 것은 생각보다 괜찮은 일이라고, 히토코가 부럽다고 말한 것의 의미는 아마도 이런 것이었겠지요. 자신을 잃지 않기 위해 고립을 택할 수도 있다는 것. 히토코를 보며 얻은 용기가 아니라면 후유키는 이렇게 하지 못했을 것이고 언제까지나 가족이라는 이유로 엄마에게 끌려 다니는 삶을 살았을지도 모릅니다.

몬스터 페어런츠 옆에서도 누구보다 올곧고 속깊으며 따스한 품성의 후유키가 자랍니다. 친구들의 지독한 따돌림과 괴롭힘을 겪으면서도 "(남들을) 상처 입히고, 그런 걸 '좋은 추억'이랍시고 소중하게 끌어안고 살아가"기보다는 차라리 상처 입는 편에 서는 것이 옳다고 생각하게 된 히토코는 또 어떻습니까? 그녀는 '그렇다면 나는 히토리코로 괜찮아.'라며 후유키와 호리코시를 고요히 용서합니다. 가장 큰 고통을 겪은 히토코가 홀로서기에 가장 멋지게 성공한 것이지요.

바로 이런 것이 인간의 신비로움과 존엄함이 아닐까요?

해피엔딩

이 작품에는 무당벌레를 잡으러 다니는 유치원 아이들부터 갑작스러운 죽음을 맞은 규젠 할머니에 이르기까지 거의 모든 연령대의 인간이 등장하고 인생의 각 단계에서 주변의 인간들과 어떤 관계 맺기를 해야 하는지, 혹은 해서는 안 되는지를 생각하게 합니다.

우리가 아무런 생각 없이 무심결에 속해 있는, 혹은 속하고 싶어 하는 '모두'라는 이름의 원이 때로 어떤 이들에게는 얼마나 끔찍한 비수가 될 수 있는지를 가르쳐 주기도 합니다.

어린이나 청소년을 위한 문학이 빠지기 쉬운 함정은 아이들에게 희망을 주어야 한다는 어른들의 생각 탓에 억지로 만들어 내는 해피엔딩입니다. 하지만 현실이 그렇게 녹록지 않다는 것을 우리는 모두 알고 있습니다. 지옥 같은 교육 현장에서 벌어지는 또래집단의 괴롭힘과 따돌림……. 심지어 이 때문에 목숨을 잃는 사건이 끊이지 않는 세상에 우리는 살고 있으니까요.

이 작품 끝까지 가호는 히토코를 받아들이지 않고 히토코 역시 굳이 그녀와 화해하려 애쓰지 않습니다. 유일하게 히토코를 이해하고 품어 주었던 규젠 할머니는 돌아가셨고 후유키의 엄마는 여전히 온전치 못하지요. 하지만 그들에게는 '꼭 지금이 아니어도 괜찮아.'라고 말할 수 있는 시간이 남겨져 있고, 흔적은 남더라도 상처는 치유됩니다. 그리고 바로 그 상처가 그들을 더 나은 인간으로 성장시켜 갈 수도 있을 것이라는 믿음이, 아직 오지 않은 이 작품의 참다운 해피엔딩이리라 여겨집니다.

서은혜

창비청소년문학 86

외톨이들

초판 1쇄 발행 • 2018년 8월 24일
초판 2쇄 발행 • 2019년 5월 21일

지은이 • 누카가 미오
옮긴이 • 서은혜
펴낸이 • 강일우
책임편집 • 정소영
조판 • 박지현 박아경
펴낸곳 • (주)창비
등록 • 1986년 8월 5일 제85호
주소 • 10881 경기도 파주시 회동길 184
전화 • 031-955-3333
팩시밀리 • 영업 031-955-3399 편집 031-955-3400
홈페이지 • www.changbi.com
전자우편 • ya@changbi.com

한국어판 ⓒ (주)창비 2018
ISBN 978-89-364-5686-3 43830